U0797119

回忆是场孤独的重逢

[英] 莎拉·韦曼 —— 著
高心悦 唐欣 —— 译

A Year of Marvellous Ways

四川文艺出版社

献给帕斯蒂

我们与濒死之人偕亡：

瞧，他们离去了，我们与他们同行。

我们与死者同生：

瞧，他们回来了，携我们与他们俱来。

——T.S. 艾略特《小吉丁》

“你简直像个绅士一样富有。”

“是的，你愿意爱一个绅士吗？”

“我更愿爱一个一无所有的水手。”

她老了。现在，她站在路边，就站在那里，等待着。

美妙女士自九十岁起，每天都会花大把时间来等待，虽然她年事已高，但倒不是如你想象般在等待着死亡的召唤。事实上，她也不清楚自己究竟在等什么，眼前的画面是模糊的，只是一种感觉，随着梦境的尾羽翩然而至——在那个关于“报纸杰克”的梦里，他的灵魂已安息在上帝怀中。然而，还没等她抓住这个梦，它便早已在拂晓前飞越海平线，消失在冉冉升起的朝阳的温暖里。

但她从中得到一个讯息：她必须等待，等待一样终将到来的事物。

她扶了扶硕大的眼镜，让镜片尽可能贴近自己的脸。这样一来，厚重的镜片便将她的双眸放大了十倍，看上去宛如两汪变幻莫测的蔚蓝海洋。她极目望向眼前的公路，这过去曾被称为“高速公路”的地方，如今却成了去特鲁罗的重型农用车才会选择的捷径。至于路边那十幢她司空见惯的花岗岩农舍，则都是上世纪为贵族庄园耕种的人们所建造的，如今都已封上木条，被遗弃了。只有一串串如幽灵般冒出来的金雀花，以及随风而至、像远道而来的流言一样的悬钩子才会到访此地。

人们把这里叫作“行止村”，但事实上它只是一个小屯子。此地原本得名于本村的一座同名教堂——坐落于潮溪下游，同时也离美妙女士的住所不远。

行止村没有自己的校舍，距此最近的学校位于向西两英里外的沿海小村，哗什维——村子的名字来源于早年间大片积雪所造成的一场洪灾。

但是，行止村有一座面包房。而由于老板娘哈德太太把“面包房”三个粉色的大字漆在了灰石板屋顶上，造访此地的游客们便开始把村子也直接称作“面包房”，久而久之竟取代了它神圣的本名。不过这倒也别有一番趣味。

每天清晨，当烤炉热起来时，哈德太太就会摇起铃铛，吸引她的客人们。但她所不知的是，在打捞失事船只时，也会响起一样的船铃，用以驱逐那些在利泽德半岛和锡利群岛间不幸溺毙者的亡灵。也是在这时候，村里的女人们会带来做好的生馅饼、肉酱饼和长面包，放进面包房的烤炉里。哈德太太过去常把她的炉子叫作“小小的地狱”。她告诉那些来帮母亲取已烤好的食物的孩子们，要是把馅饼放错了位置或错拿了别人的，可就不能再用这里的烤炉了。这也是在每一个充满忧愁的夜晚，孩子们在缀满补丁的被单下辗转反侧的原因：如果他们取错了食物，真不知道会发生什么呢！

这曾是一个因烤面包而引人造访的村子。而现在，1947年，这里只剩下一派荒凉，提醒着人们时间的无情流逝。

微风吹起了老妇人的头发，她举目望向紫丁香般淡灰色的低垂天幕。有种山雨欲来之势，但她并不觉得今天会下雨。“把云吹走吧。”她喃喃自语。

穿过马路，她在面包房前停下。她将手里的油灯放在门口台阶上，拍了拍那扇饱经风霜的门。“哈德太太在吗？”她柔声问道。

哈德太太曾告诉她，在她的人生中，总是在耐心等待着美好事物的降临。

“你的父亲该管你叫耐心。”她说道，“你一定要有耐心才行。”

“可我没有耐心一直等着，我想要自己努力去争取。”

哈德太太看了看光着脚，穿得破破烂烂却又天真烂漫、童言无忌的小美妙，心想，这简直就是个从树林里冒出来的野孩子，就像康沃尔郡盛产的黑猪一样冒冒失失地冲来撞去。这个女孩需要母亲的教养才行。

“你需要一个妈妈。”于是，哈德太太对她说。

“我有妈妈。”美妙回答。

“没错，可她已经不在了，”哈德太太说，“现在，我可以做你的妈妈。”

她等着女孩回答，然而回应她的只有一张略带惊恐的脸。于是，哈德太太摇了摇头，说道：“那好吧，不过你要记住，耐心是一种神圣的美德。”

哈德太太喜欢“神圣”这个词，同时她也爱上帝。自1857年她丈夫受财富的诱惑，背井离乡前往南非探寻矿藏后，耶稣与当地备受尊敬的牧师便填补了她心中的空缺。这信仰的转变简直天衣无缝，完全没有过渡期。而那个前往异乡探求财富的可怜人，在他抵达兰德后便带着对开启新生活的金钥匙的最后一瞥，悄然死在了他所挖掘的第一座金矿那密密麻麻的矿坑里，死在了异乡寂寥的黑暗当中。

“上帝所赐活命，许我以新生。”①

收到丈夫的死讯后，哈德太太把这句圣诗写在了面包房的门上。之后，有人把“新生”两个字偷偷改成了“面包”——想到这里，美妙女士不禁微笑起来，她仿佛还能看见当时所用的赭色颜料还淡淡地残留在自己手上。但哈德太太却从未发觉这个小把戏，因为她极少抬头看那句诗。

“对我而言，救赎来自泥土。”有一次她这样对小美妙说。

“就像土豆一样吗？”那孩子反问道。

风向标在头顶咯吱咯吱地旋转着，群鸦飞起，10月的薄暮迅速笼罩在村庄上空。“11月份就快到了。”美妙女士心想着。远处的村庄里闪烁着灯火，仿佛是岁月变迁的证明。

她拿出一盒火柴，点亮了那盏油灯，然后站到路中央，面向山丘举起了那盏灯。而这个姿势是在说：我还在。

一束黄色的光打在围篱上，篱笆后面有一个花岗岩十字架，旁边长着一丛没精打采的樱花草。美妙女士相信，这个在一战后仓促建起的十字架是一个纪念碑——直到现在她都是这么称呼它的。碑上刻着时间“1914—1918”以及一些早已长眠地下的人的名字。但她知道有一个人

① 引自英国作家埃德温·哈奇的最著名的圣诗《上帝所赐活命》，1878年收录于其作《疑虑与祷告之间》。

的名字并不在那上面，那是西蒙·朗德尔。

1914年，战争的浪潮意外地打破了这沿海小村原有的宁静。这里再没有集市、没有舞会、没有赛船了。因为男人们全都奔赴战场，生活也在无尽的等待中凝固了。“一个没有男人的村庄注定会消亡，”美妙女士说，“那时我们的村子也正慢慢走在消亡的路上。”

那位受爱戴的牧师被派往伦敦的一个新教区，但很快，哈德太太便收到消息说，他已在一场空袭中罹难。听到这个消息，她跑到附近那条被她称为“小约旦河”的溪边，一心想要结束自己的生命。她向命运屈服了，而自戕正是最为简单的方式，也是她脆弱意志的所指之路。在那段时间，面包房火灭烟消，连上帝也悄然隐退，只有被遗忘的子民们不停地祈祷着和平。可那些祷告却都被盖上“查无此人”的邮戳退了回来。只有死神列出的名单越来越长。

但是，在一个静谧的5月清晨，“和平”真的降临了——那是他们给一个停战前六个月诞生的婴儿取的名字——和平。纵然有无数双手推挤着她，但直到枪声熄火，直到疯狂停止，她才姗姗来迟，降生到这个千疮百孔的世界。而且，即便是在分娩过程中，她也百般不愿，仿佛她早已知道这个世界最近发生了什么。分娩时，她的脚先出来。头却不肯动。手、脚、腿和脐带缠作一团，就像一头初生的小牛犊。

“加在名字上的愿望太过沉重，婴儿的头都给压得垂下了。”美妙女士低声轻语着把婴孩从脐带中解出来。

可是，和平却不会像这样简单。当然，和平本身就不是一件简单的事。

那些旧时的生活方式随生命的逝去一道永不复返，只有西蒙·朗德尔回来了，带着在战争中留下的满心恐惧回到村庄。迎接他的是他的小妹妹——和平。

某天早晨，村里的人们发现他倒在小溪边，脖子以下的部分都埋在了小溪的泥沙里，和着他自己的粪便，随身携带的白手帕被冲到了一只大寄居蟹旁边。他伸出口中肿胀的舌头，像一只拖鞋一样四处甩着，一边高喊道："我投降！我投降！我投降！"随后，他举起父亲的那把鸟枪，痛快地对准了自己的心脏——关于这段故事，人们都是这样说的。

在场的村民们无不倒抽一口冷气——甚至有两个人晕了过去，鲜血溅在教堂大门上，就像一个华丽的红色门环。新牧师冲出来向大家宣布，当时发生的一切都是魔鬼的杰作。更不幸的是，这个无心的断言正好搭上了流言那双贪婪的翅膀，并且飞速传播开去，成了行止村的耻辱。甚至到了1936年，本村率先引入电灯之举也无法将这一点洗刷干净。

然而，这村子确实也没什么邪门之处。最多只能说此地的"正确"本就建立在一个偏斜的基础上。但这里的海浪似乎更高，烟雾更厚，草木生长得更快，仿佛大自然正在尽最大努力来纠正这种偏斜。当然，如果没法改正，它也至少会将其隐藏的。只是，那种对厄运的疑心总是存在，最终致使人们慢慢离开家园。他们就像从彩票机里平稳又缓慢地摇出的小球一样，一点一点地迁移着，慢慢搬到远处那些在秋日低垂天幕下，仍有灯火在闪烁的村庄里去了。

美妙女士最后一次看向高速公路。她感到心满意足，因为无论她在等待什么，她都没有将它错过。海风舒卷，雨云飘摇。她高举油灯穿过马路，经过纪念碑和水塔，径直走向一片她曾在那里养过一头小牛的草地。气温下降了，脚底的草地湿漉漉的。她心想，明天早上这里将迎来今年第一场霜冻。走着走着，她已经看到前面的树林了。脆弱的脚踝尚可支撑着她爬上微微倾斜的小坡，然后她小心翼翼地穿过一片梧桐树。榛子和香甜的栗子落进她的小溪中。潮水已经退去，她能闻到一股海盐的味道，这是她最爱的味道。同时她相信自己的血液闻起来也是这种味道。她想要拾一大锅海扇，然后放到火上，烤至贝壳一个个张开。想到这里，她禁不住满口生津。

由于步履蹒跚，她一不小心在一片黑李灌木丛中摔倒了，不过，趁此机会，她摘了满满两大袋野李子。抬起头时，她看到面前从自己那辆大篷车透出来的光。突然间，一股莫名的孤独感袭来。“我真希望永远也不要老。”她轻轻地对自己说。

天色已晚，一只猫头鹰咕咕叫着，黑夜中的黑眼睛们都一眨不眨地紧盯着地平线。美妙女士还睡不着。她伫立在河岸边，与明月为伴，刚才剥出的海扇贝壳堆在她脚边。她蜷缩在温暖的火焰旁，身上那件黄色的油布雨衣被烤得光亮而滚烫，发出一阵刺鼻的胶味。夜空中的繁星看上去遥远而模糊，不过，这可能是她已老眼昏花的缘故。以前她用双筒望远镜就能看见，现在，她用一副折叠望远镜才能看得清。

很快，夜色将会完全吞没白昼的天光。她的小船顺着潮汐轻轻地摇晃着，在夜色中只能看见一个模糊的轮廓。绑船的绳子发出摩擦木头的吱吱声，这熟悉的声音填满了黑夜的沉寂。一切都令她感到如此惬意。

她几乎一辈子都住在这条溪边，在这里，她也曾拥有过快乐的时光——这段时光也几乎同她的一生一样漫长。溪中孤岛上的废墟原本是个带礼拜室的小教堂。在她遥远的记忆中，潮水年复一年地冲刷着教堂的墙壁，直到教堂破损不堪，人们无法再聚集于此，抑或是人们先抛弃了这座教堂？已经过去太久了，久到美妙都不记得最初发生过什么。但潮水确曾没过通往教堂的小径。这一度让教堂、墓地以及人们的信仰都漂在了茫茫水面上。此后，礼拜只能在溪水位于最低点时举行。有时在拂晓，有时在黄昏，她还记得有一次，是在更深人静的子夜。一群持着灯笼的信徒边唱着圣歌边走过溪岸，仿佛朝圣者在寻访耶稣基督诞生之地：

我们聚集生命河边，
在那极美丽、极美丽的河边，
众圣徒同欢聚在一起，
欢聚在上主座前。[②]

她抓起一瓶黑刺李杜松子酒痛饮起来，这圣徒之蜜，流淌在上帝的宝座之下，阿门。

祭台上的烛光从教堂里露出来，洒在那些幸免于潮水侵蚀的墓碑顶上。美妙女士认为，烛光是教堂里的星星。好几年来，她每晚都会去教堂点蜡烛，简直就像是一个兢兢业业的灯塔看守员。

在战争年代，她曾在溪边遇见过一个人。可她现在已经忘记了他的名字。不过，她还记得那首歌：

---

② 此为罗伯特·罗理创作的圣诗《聚集生命河畔》。

为何不带走我的全部，
我的身与心？
你可曾知晓，
没有你的日子
我是多么伤悲……

那个她忘了名字的男子是个美国人。她曾看到他如一个阴影般闪进教堂。当他再次出现时，他那黑色的皮肤，和正抽着的那支夜行昆虫的心脏似的卷烟一起，散发着阴影般淡紫色的光。当路过干涸的河床时，他被乐声吸引，于是折回岸边，看到树下有一个接着电源的无线电广播。

他说："这是路易斯·阿姆斯特朗③的歌，没错吧？"

她却答道："很高兴见到你，我叫美妙。"

他笑了。在她之前的生命中，从未听到过那样的笑声。他的双眼如火炬般闪烁而明亮。他和她一起坐着。此时此刻，桌子震颤着，敌军投下的炸弹使溪流泛起波澜，空气中传来汽笛的鸣响——因为大港口与特鲁罗正在遭受空袭。防空气球在天空中划出一道道深影。二人安静地坐在这棵古老而见多识广的树下，唯有路易斯全心投入的歌声如高射炮一般强劲地直指靛色的夜空。

他谈起身在故乡南卡罗来纳州湿地地区的祖父，谈起他们从前怎样去柔软的沼泽地里垂钓。在那里，盐与泥土散发的气息便是故乡的味

③ 路易斯·阿姆斯特朗是20世纪最著名的爵士乐音乐家之一，被称为"爵士乐之父"。

道。“我懂那种感觉。”美妙说。接着，他向她描绘在黄昏中闪耀着粉色光芒的栈桥，在葱郁的湿地里茂盛地生长的香柏、木樨和茉莉的馥郁芬芳，而这些事物无不勾起他对已逝母亲的思念。他说他很想吃家里的鲇鱼，美妙说她也想，尽管她没吃过鲇鱼，倒是吃过狗鲨[④]。然后，他们轻敲着马克杯，互诉人生中的种种经历，假装自己正身在远方。

从那之后，他便经常过来。他从联合广场给她带来美国产的甜甜圈，他们一起就着浓浓的红茶品尝甜甜圈——尽管他更爱喝咖啡。他们还一起听乐韵俱乐部的广播，伴随着节奏跳爵士舞。有时他也会带给她几个猪肉罐头和腌牛肉，反正从来没让她饿过肚子。有一次，他还送给她一张多年前她看过的一部电影的海报。总之，他是如此细心周到。

但在计划进军法国境内的前几天，他恳求她给他一点“魔力”。

“魔力？”她很疑惑地问。

“幸运的魔力——能让我平安归来的那种。”他解释道。

她凝视着他的眼睛：“可我做不到，我从来没施过法。”

“噢！但是大家都说你会魔法。”

“他们总这么胡说。”虽然这么说，她还是握住了他的手，把她仅有的“魔力”都传给了他。

1944年6月，那是他们告别的日子。美国大兵们将要乘船离开。他趾高气扬地吹着口哨，那身夏威夷短袖配华达呢长裤让他看起来棒极了。此外，他还把所有的家当都留给了她：巧克力、雪茄、袜子，还有那些他们曾坐在

---

④ 鲇鱼是“catfish”，而狗鲨是“dogfish”。

树下一边喝着茶一边听过的音乐：路易斯·阿姆斯特朗、蒂加登、悉尼·贝谢，以及一些永远也没法像这三人一样负有盛名的音乐家的音乐。

她曾看着那个年轻的男人在膝头打着拍子，吹着单簧管。在那个瞬间，她仿佛能看到两种不同的未来正在争夺着他。在一种可能性当中，他死在了奥马哈沙滩上；而另一种是他埋首于书本间，在那个歧视有色人种的国度中，极力创造出一些属于自己的东西。

在他离开之际，她对他说："你要向左走。"

"什么？"他很不解。

可是她说，她也不知道那究竟是什么意思。待到时机成熟，他自然会明白。所以，他必须记住向左走。

"好吧，再见了，美妙。"他挥着手。

"再见，小亨利·曼弗雷德·格莱斯顿。"她也挥挥手。

哦，是了，小亨利·曼弗雷德·格莱斯顿，那便是他的名字！

"遇见你，我真的很高兴。"他说。

那晚的迁徙很是忙乱，混凝土驳船慢慢驶离港口，数以千计的男人从码头和海滩离去。不难想象，那是一场怎样的喧哗与骚动。然而，在次日清晨，一切又复归宁静。发动机停转了，空气中留下一股未散尽的柴油味。美国大兵悉数离开，他们身后只留下一些浪漫的故事，几个还未出世的孩子，以及许多许多欢乐的回忆。独独只有女人们，按她们往常所习惯的那样忍不住哭出了声。

"再见了，小亨利·曼弗雷德·格莱斯顿。"美妙却只是兀自喃喃低语，"遇见你，我真的很高兴。"

如美妙女士预想的一样，清晨，一层厚厚的白霜覆上了溪谷沿岸。溪边的一只杓鹬不停地鸣叫着，直到美妙女士的吉卜赛大篷车里冒出一缕炊烟才肯离开。片刻之后，她打开车门，小心翼翼地从凝着霜雪、闪闪发亮的台阶上走了下来，开始在冻硬的土地上活动筋骨。她朝着头顶的大树伸展双臂，然后弯腰触碰脚趾，如此反复几次。对于像这样一个小小的人儿来说，她所需的生活空间着实广阔。

顺着坡路回到河岸，昨夜坑炉中的火苗还在微弱地闷烧着。她往系泊石上沉沉一坐，开始为每日例行的游泳做准备，顺便也趁这空当想点儿心事。

最近，她心中有几分烦扰。昨晚睡得也不好——那个没有画面，仅有片语只言的梦再次将她惊醒。“打开船屋的门吧。”那个梦说着。“不，不行！”美妙女士激烈反对，可身在梦中，由不得她讨价还价。

到此为止，她停下了思索，站起身开始等待涨潮后溪水趋于平稳的时刻。在这个过程中，她脱下黄色油布雨衣和那双磨破了的靴子。脚趾嵌进湿冷的泥浆中，使她瑟瑟发抖。然后她散开头发，柔软鬈曲的银丝从肩膀垂下，泻落到她那曾经纤细的腰肢上。在宽衣解带时，她的手指也不再像过去那般灵活，一颗纽扣，两颗纽扣……她解了好一会儿。

长裤滑落在地上，带来一阵凛冽的寒意，她脱下套头羊毛衫，下垂的乳房裸露在早晨清寒的空气中，让她不禁起了一身鸡皮疙瘩。她把脖子上的贝雕盒摘下来，小心翼翼地放在溪边古老的岩石上。接着，她脱掉灯笼短裤——这是唯一一件与她的大腿根部肌肤相亲的东西，但接下来，她将要与这河水赤诚相见了。在最初的一分钟内，这种感觉会非常奇妙。在水中，一切感官都会变得大不相同。她当然也知道这一点，因为她已经活了这么久，久到足以了解这一切。

她举起双手，微风轻抚她腋下与私处的毛发。然后她摘下眼镜，静静地站在岸边，脚趾触着水的边缘，感受着即将涌到最高处的涨潮。

就是现在了。

她弯下双膝，纵身潜入溪中，直游到离岸边两码的地方才浮出水面。她和鲻鱼一起在水下畅游，观察狡猾的鹭鸟趁光线昏暗时轻而易举地捕鱼。自由泳太耗费体力，所以她选择了蛙泳，而且她也很喜欢那种两腿张合时，凉凉的河水围绕于周身的感觉。

游过船屋时，她把目光转向旁边的岩石和板房，突然之间，她的胃抽搐了一下——那间屋子，它看起来就像这个清晨一样庄严、平静而冷漠。那是她父亲在多年前建造的，同时也象征着他对爱情的誓言。它曾经是雪白色，而如今已覆满青苔，久久地埋葬着她的过去。在二十五年前，她把屋内的东西一概封锁，亦将自己的内心同样尘封。那些结着盐块的窗户在她经过时轻声献媚道：“把我们打开吧！”“想得美。”她一边回答一边潜入水中，任由鳗草缠住自己，直到快无法呼吸时才再次浮出水面朝系泊石的影子逆流而上。最后，她挣扎着爬上岸，用油布雨衣紧紧裹住自己。

她转身返回船屋。“你们根本不会说话。”她对那些窗户说。“是的，我们不会说话。”它答道。

“这才对。”她喃喃自语着，怀着泥土般沉重的心情回到她的大篷车。

那天下午，她趁着退潮将小船驶进狭窄的沙洲，发动机发出的低沉震颤声，仿佛将无关的外界隔绝在海湾之外。沙洲上有一艘渔船的残骸，那是她的老朋友坎迪的船“拯救号”。在退潮的水中，船左舷倾斜着，露出再也无法修缮的破损；而在涨潮时，船尾往往会被水淹没，使得很多人以为船的名字是“速递号”。[①]

极目望向沙洲尽头，可以看到宽阔绵延的卡里克公路，如一束闪耀的阳光般割裂了起伏的灰色水道。一记枪响回荡在草地上空。美妙女士停下来，侧耳倾听着，却只听到一声微弱的犬吠。一群海鸥飞向那低悬在空中的白色太阳，向山谷投下忽明忽暗的影子。美妙举起望远镜观察海鸥的飞行，想要看看其中有什么不寻常的迹象，然而这景象转瞬即逝。她只看到一只海鸥不慎滑落到水中，却仍愉快地逆着激流向上漂行的景象。

---

① 船的名字是“Deliverance”（拯救），被水淹没后半部分成为Deliver（递送）。

她只得放下望远镜，这个动作顺势带下了她的眼镜。很显然，无论她现在在等待什么，都不会是随水而来的。但这儿却有关于水的讯息——如此一目了然的讯息，就像曾经她见过两千只海星在夜晚的潮水中爬行一般，令人难以忘怀——

那景象发生在一个恍若隔世般遥远的夜晚，那天，百无聊赖中，她早早上床，合上眼却难以入眠。那时的她就像所有年轻女孩一样，期待着生活能有所改变。就在这时候，她突然觉察到外面有什么东西在缓缓移动着，于是她起身走出门外。

当看到那些闪亮的橙色海星时，她一度以为世界被颠倒了，天堂终于降临在人间——在某种程度上，的确是这样。因为就在那晚之后的第二天，杰克穿过浅滩，打破了十五年来如同荆棘般横亘在二人之间的沉默。

他来了，耳后别着一朵蓝铃花，嘴里还嚼着一根野韭菜，这招引来了正害相思病的蜜蜂——只有它们最明白什么才是一个好男人的气味。他停在了大篷车门前，张开双臂，大声喊着从前那群孩子编的歌谣：

美妙啊！美妙！
她到底是美好还是疯得不妙？
她能下个咒语让你好，
也能施个毒咒叫你糟！

美妙从大篷车里走出来，尽可能装出一副毫不关心的样子，冷冷地说：“你有本事就再说一遍。”

“那我就再说一遍！”他回答。

“那你想要什么？是让你变好还是变糟？”

他平静地回答道：“都不要，我只想要你。”

她说：“噢，那除非尤妮丝不住在这儿了。”

他回道：“该死，你这女人还是那么牙尖嘴利。快从台阶上下来！让我抱抱你。”

于是，他们抱住了彼此，这个拥抱是如此漫长，长得让二人都有点不好意思了。终于，杰克松开美妙，微笑地看着她。他的笑容如一个暖意融融的春日清晨般融化了她心中漫长的严冬。

那时候，他当然还没有“报纸杰克”这一诨名，这名字是后来才有的。曾经人们只叫他杰克，或者歌手杰克。彼时的他安静而充满警惕，总是像观察天气一样观察一切人与事物。他曾在一次争执中称美妙为“高气压带”。还有一次，趁他哥哥吉米不在，他管她叫“冬至日”。

那时美妙还和吉米在一起，但杰克喜欢上她了。可以说，他喜爱她远胜于他见过的所有女孩。有一次，两人恰好独处，杰克在醉后对她说，他会一直等着她，因为她担得起这份等待，就好像在夏日清晨第一眼见到的沙丁鱼群一样值得。

后来，两人再次重逢是在1900年。那年美妙三十二岁，杰克三十六岁，他们都经受过了生活的磨难，甚至比上次他们相见时都要矮了一英寸。

美妙在外面生火煮螃蟹，红红的蟹壳让她回想起过去，那时他们正喝着麦芽酒和朗姆酒，四目相对，羞涩的氛围让周围的树叶都红了脸。

“你没给自己找个男人吗？”杰克问。

“有过，但没能稳定下来。”美妙的回答惹得杰克半怒半妒，于是他说：“你这样的女人需要一个男人。”

“是吗，为什么？”

“因为像你这样的女人都会需要孩子。”

“可已经太晚了。”美妙一边轻声回答，一边开始着手清理那些臭气熏天的壳。自他们分别以来，小镇共有四百七十一个新生儿诞生，只是没有一个是属于她的。

她边做手里的活边说道：“我以前也想过和你有一个孩子，杰克，我想用心养育你的孩子。”说完，她弯下腰，在盛满河水的桶子里洗了洗手。

他沉默地坐着，注视着她，满怀愧疚。橡树枝头上夜莺唱着幽怨的曲调。等美妙忙完，他将她拉过来拥入怀中。头顶橡树上，夜莺的歌还在继续着，他们激烈地拥吻，从这一头滚到那一头。尽管她不想这样，因为在这个吻中，她尝到了同他的呼吸一起弥漫的忧伤，尝到了那段他生命中她缺席的光阴，以及他的情人们。而她知道，这一切都是他不可能留下的原因。

“我不能留在这儿。”他轻语道。

“我知道。”美妙说。

“但我会做出一番事业，然后回来找你的。”

“我会等你。”她这样回答道，毕竟她是如此擅于等待。

“你是我心中最重要的女孩。”

“可是，杰克，时间不等人。而且现在我已经不是女孩了。”

“但你现在的样子真的美极了。”

“这话以前你怎么不说？”

“给我几年时间，等我。”

“我不会离开的。”

沉默不时被几声鸟鸣打断。她抚摩着他的面孔：“这段时间你去了哪儿呢？”

“澳大利亚。”

“我好像能在你的皮肤上看出另一片土地上阳光的痕迹。”

“那时我在南部的铜矿区落脚，人们管那地方叫蒙塔-小康沃尔郡，因为那儿也有馅饼和卫理派教徒。”

“真有意思。”美妙说，“吃的东西总能这样发人深思。”

“那里还有澳洲土著，他们熟知一切，关于土地，还有大海。我常去海湾边看他们用刺鳐做成的鱼叉刺鱼。有个土著，人们叫他鲍勃，他管我叫‘白种佬’。你能想到吗？在站到那个奇异的海湾看土著抓鱼换茶叶，望着我此生所见过的最蓝的天空之前，我从没想过自己也会变成他们口中的‘白种佬’。”

美妙微笑着抓过他的手吻了吻。

他想告诉她，低压压的天空下那些皮包骨的澳洲土著勾起了他对故乡的思念。他还想告诉她，那里的一切给他的感觉都不对劲。他想念他的家，因为他无法在一片总是低语着愤怒话语的土地上建立起新生活，无法忍受那里比人还多的苍蝇，无法忍受红土地上不停攀升、堪比火窑的气温。更何况，他怎么能在一个没有她的地方成家？那天，他在海滩上失声哭了起来，当时鲍勃笑着问他："怎么了，伙计？"他只好假装正午滚烫的太阳灼痛了自己的眼睛。

"然后呢？"美妙问道。

杰克陷入了沉默，他只是把一块沉重的金怀表塞进她手中："你看，我现在已经有钱了。"

"你简直像个绅士一样富有。"

"是的，可你愿意爱一个绅士吗？"

"我更愿爱一个一无所有的水手。"

杰克大笑起来："你怎么知道我还做过水手？"

"因为我了解你，杰克·弗朗西斯。我能从你手心散发的味道闻出你有过怎样的生活。"

美妙用酒壶给他的杯子里斟满酒。"我下矿井的时候还发生过一些意外，我没有勇气再干下去了，小美妙。我没法再下矿了。你想想吉米——你会想起他吗？"

"偶尔会吧，但想起你的时候更多些。"

"所以，你还是更爱我吧？"

"是啊，毕竟我拥有了更多的爱，所以也有更多的爱去给予。"

他接过那杯麦芽酒："可我始终有罪恶感。"

"时间总会消化掉罪恶感。"

"那你挺幸运的。"

"不……"美妙沉重而疲惫地反驳，"我只是厌倦了被罪恶感折磨。"

“总之，我再也不会下矿了，”杰克说，“我现在只出海，在浪涛中把握我的机会。”

“那么，你还可以和我一起游泳。”

“我不会游泳。水手们都不会游。”

“我们去水浅的地方游，而且我会拉紧你的。”

“我很重的，你抓不住我。”

“但你可以把我当作支柱，最好的支柱。”

他们站在系泊石边的一豆灯火下，褪去了彼此的衣衫，目光如抚爱的双手一般细细游走在彼此的每一寸肌肤上。他们涌动的欲望使河水也泛起了涟漪，在意乱情迷中，她携他走入那冰冷的水里，他只觉一阵晕眩，脚下无力，难以站稳。

在他穿衣服时，她帮他收拾行囊，在里面装上黑刺李杜松子酒、腌过的帽贝、藏红花面包，还有一包干甜栗和紫草叶，用来舒缓他之前一直试图隐藏的呼吸困难。

那晚，在他离去前，她邀他一起睡，她就那样坦然地说道，他们已经浪费了太多时间，久到她快要在等待中死去。在酒精的作用下，他跟随她进了船屋，在金黄的烛光中，夜晚绵密的汗水取代了白昼的酷热。她脱去衬衣，任由他爱抚与亲吻她的乳房，褪去她裙下的衣物，双手所到之处激起一阵细细的战栗。他解下裤子，而与此同时，她也再次打开了他的心扉。这一刻，他们终于不再感到任何的羞耻。

他们紧紧相拥，做爱，仿佛这是他们之间最后的一次机会，又仿佛他将因此而沉浸其中，永不离开。在这个晚上，就像所有了解了彼此灵魂重量的人们一样，他们谈起了彼此的梦想。

杰克守着她进入梦乡，因为破晓时分他就要离开。他知道该怎么做才能不发出一点声音——让气息如充气球般填满他的肺部，然后他屏气凝神，如同要将自己抽离地表般抑制住呼吸。而当他离开后，疾步穿过树林时，她的声音才从梦境中破土而出，她说道，我会一直在这里等你回来。快回到我身边吧，我的爱人，我会等待着你。

可是，他却没有快快地回来。但她的确守住了等待的承诺。她等了二十年。而当他终于归来之时，家门口金黄的小道上再也没有了闪亮的海星。只有明白无误的流言不断回荡在此地。

外面的烟火声把美妙从沉沉的睡梦中惊起，让她还以为是战争再度爆发，可当她摇摇晃晃地走下车后，却发现眼前依然是一派和平的景象：白、绿、红三色的余烬落在林间，沾湿了，发出嘶嘶声，顺着溪流淌成一片柔软寂静的乳白，唯留下天空中点点繁星依旧在闪烁。

她独自蓬头散发地站在岸边，康沃尔郡的茫茫夜空使她突感迷茫、压抑。她的眼眶开始湿润，不知是不是因为她的手在群星的光耀下显得太过苍老，又或者因为她不知道在如此壮美的星空下该挥手示意何人来一同共赏。

于是，她只好蹒跚地走进她的船。她的内心一半是女人，一半是孩子，因此总是不知道自己该做什么。她点燃一盏灯，把毯子盖在腿上，荡舟离开了河畔。她的思绪随船飘荡，此时，船外恢复了以往的寂静。没有任何飞机、发电机、警报器或炸弹的响声，没有鸥鸟的鸣叫，甚至没有水滴从濡湿的树枝下落的轻响。在她耳所能闻的范围之内，一种近乎无限的寂静悬浮在水面，将整个河岸重重包裹了起来。

小船随水徐徐前行，轻轻晃着。与此同时，拯救号已近在咫尺。看到船体上的裂痕时总会使她感到悲伤。因为有时候她感到自己的心也同这艘船一样一点点破裂着。她甚至能感受到，那裂痕已在双目上方蔓延。记忆中的许多时刻已随潮水而去。她怀疑自己的心最终也会像这艘破船一样，变得空空荡荡。她想，等到那个时候，她的生命一定会变得十分孤独，因为再没有人能记得她曾经历的一切以及她年轻时候的样子。

假若她不记得自己曾在那些宁静的午后思索过生命；假若她早早忘了杰克、吉米或那位让她懂得什么是爱情的灯塔看守人；假若她忘却了船前日升日落的景象、圣诞将至时从矿山传来的唱诗；假若她想不起那一大筐令她满手水泡的牡蛎，又或者那些早出晚归，在海天一线处疾行的横帆船；假若她的父亲变成她心中一个无关紧要的陌生人，而猫头鹰也不再是一只猫头鹰，一切都失去了意义——钟塔敲响十一点整成了一个毫无意义的声音；假若一切都逝去，甚至夜幕降临她也浑然不知；假若鹬鸟学会歌唱，鲻鱼在地陷之时上涌，塘鹅潜入水底，而她却遗忘了世间万物的名字，就像把一枚硬币遗落在椅背后；假若她将贝壳放到耳畔倾听，却忘了该用怎样的词句来形容这种声音……这一切的一切，又会变得怎样呢？她如壳下的帽贝般被困在这些念头里，除了带来纠结之外没有任何好处。

她驾船缓缓靠近拯救号，两艘船像老朋友一般互相轻推了几下。这时，她从口袋里掏出了一块姜饼，一阵香味霎时盖过了杂草和泥土的闷臭，使她顷刻间感到胃部一阵暖意，驱走了使人忧郁的湿寒。她伸手抚摩着拯救号潮湿而长满青苔的右舷，微风渐止，船随之停止晃动，她倾身向前，开始讲述关于这艘船如何损坏、变旧的故事。

当她讲完故事，白昼的天光已经一点点侵蚀了夜空。微风四起，清晨与大雾一起从大地尽头悄然弥漫开来。河水随着退潮而降低了水位。美妙女士把头靠在一根潮湿的木头上，倾听着一种她之前从没听过的声音。如果她之前听过别人的心跳，那么她会发现，这是同一种声响。但这只是一条船，所以她沉默着，未发一言。

在迈纳科石群[1]外，敲响的钟声宣示着大雾天气即将来临。大团雾气正缓缓朝美妙女士涌来，它们像寄生藤般攀上树木，在杜鹃花叶上留下一道道盐痕，也爬上棕榈树的植株。她不由得突然惶恐起来，因自己的衰老而惶恐，于是，她把毯子拉得更高，在船舱的甲板上缩成一团。“打开船屋”，她记得那个梦曾这样说，于是，她回头看向那间略带哀愁的白色小屋，心想，那里掩埋着她的过去，就像琥珀中包裹着小飞虫。

终于，黎明悄悄降临，她不禁长叹一声。

雾散去了一点儿，阳光正好照在她系船的泊石上，并且穿过雾气艰难地照向她的大篷车，幸好她没改变主意，把它们挪换到另一个位置。一串形状各异的钥匙挂在外面，发出风铃般的脆响：船钥匙、农舍钥匙、不知道什么地方的钥匙，还有一把需要斟酌一番的、缀着碧绿色穗子的小钥匙。她总说自己忘了这把钥匙是哪扇门的，但每当她凑近仔细观察时总会发现：那显然是船屋的钥匙——她上次用这把钥匙还是在

---

① 迈纳科石群：位于英国康沃尔郡的利泽德半岛，石群周围有许多野生海洋动物与沉船的残骸，因此而成为热门潜水地点。在康沃尔方言中，Manacles意为“教堂的石头”。

二十五年前。就是它了，仿佛他乡遇故知般，她将它从钥匙串上撬下，得胜似的高举着，走向那扇苔迹斑斑的门。

锁一下子就开了。她取下挂锁，奋力一撞，大门似乎呻吟了一声。她与报纸杰克在此地重逢的回忆就这样扑面而来，使她不禁恸倒在地。然而，回忆并没有就此将她放过，而是反复用那些悲喜交加的画面侵蚀着她的脑海。

她挣扎着喘息，好不容易重新将呼吸平静下来。她定定地凝视着船屋的门——它被风吹动着。风止后，她依然没有移开目光，一切都静止了，如同一个不再走时的钟摆。门在凝固的空气里虚掩着。

屋内，常年封闭导致的恶臭和潮湿的海水味折磨着她的鼻子，蜘蛛网遍布整个房间，细长的蛛丝缠绕在地板、天花板和墙壁之间，绿色的霉菌孢子悬浮在她面前，并且大肆繁殖着。四壁间充斥着能渗入骨髓的毒气、湿气及沉重的叹息，仿佛此地的空气是从棺材里释放出来的。她打开阳台的门，让海上的空气涌进来。光线也随之洒入，落在墙壁以及那张潮湿的旧床上。

这时，她吓了一跳：床上方的墙壁上居然吸附着一只海星，而且依旧是当年一样的金黄。她取下它，放在手心里抚摩着，同时也像在安抚着那个曾在这张床上躺过的女人——过去的自己。不知不觉间，他已离开二十五年了。而在曾经的那些日子里，哪怕他离开一天都是她无法忍受的。

“二十五年了！”她不禁大声喊叫起来，“听到了吗？你这愚蠢透顶的男人。”

她仿佛听到他困难地呼吸着，听到他的声音：“我们还年轻啊，至少我们还拥有青春。”

“青春？”她嘲讽道，“我们从未有过青春！”

“可你现在看起来真美。”她仿佛听到杰克这样回答。

“你总说些没用的。”

“可这不正是你爱我的原因之一吗？”

“确实。”

“美妙，你有没有好好照顾自己？”

“我会好好照顾自己——在我记得的时候。你呢？”

“咳嗽好了，我的精力也回来了。你收到我给你的梦了吗？”

“当然，但它实在难懂。”

“下次我会做得更好一些。”

“没用的，杰克，那到底是什么？我究竟要一直等待什么？”

“我不能说，小美妙。”

“那你会留下来吗？这是你让我打开这个房间的原因吗？为了你能够留在这儿？”

“现在还不行，但我很快就会回来的。”

“又是这些陈词滥调。”

“亲爱的，学着宽容点儿吧。”

“好吧，其实我已经改了很多了。我可能也不会再等你了，你知道的，我老了很多，也学聪明了很多。”

“噢，你会等的！”她听到他说，“没有我你不完整，只有我能使你狂热。”

“的确，你总能令我疯狂。”

“疯狂且狂热。所以，你要等着我。”

“那恐怕不会了！”她大喊道，“你这老浑蛋！”她的喊叫中还带着不耐烦。

然后，她便再没有听到他的回答，周围只剩下河水激荡、树木摇晃的声音，以及她内心无法言喻的恐惧。一只猫头鹰突然尖叫起来，她环顾四周，只见猫头鹰迅速俯冲，抓住一只老鼠作为早餐，大吃大嚼着。

她把那只海星放进口袋，打开船屋的门，打了一桶水，开始找肥皂、刷子。从现在起，她将让船屋焕然一新。她还将在灶台里点燃原木，使其日夜燃烧，驱尽那些裂缝里的潮气，直到窗棂中只凝着干燥的盐晶。

在经过几个小时的打扫后，她筋疲力尽地倒在床上，双手发红，手臂虚弱，甚至都无力抬手扶一下眼镜。麻鹬嘹亮的叫声传来，即便在雾钟凄切的轰鸣声中依旧显得铿锵有力——那声音是在她漂移、转换、模糊不清的世界中唯一的固定点。尽管身下的圆形石板已在炉上加热过，但仍旧无法抵挡这潮湿的寒意，她觉得很冷，只好把一片石板移到胸前挡住，就这样，在温暖的重量之下她才慢慢入睡。

然后，在她轻合的眼睑之下，梦境正排着队飞入黑甜之乡。在这个梦中，最终将会出现两幅景象，掩藏在她的心灵之门后：一边有一只红雀自由自在地引吭高歌，从泰晤士河上空飞过；另一边是一个年轻人的形象，他沉默地眺望着地平线，无言，亦没有留下任何承诺。

雾钟凄切的悲鸣，仍在窗外回荡着……

“你知道她为什么那样忧伤吗？

因为她见惯了人事变迁。”

现在，他站在这里，在SS号汽运船的甲板上呕吐不止，几乎要把内脏都呕出来。在这种时候，他尤为思念多佛尔10月的灰色午后，白崖在雾中时隐时现的情景。

在大部分交叉口，大海都尚为平静，至多不过泛起一个起伏缓慢的浪花，但那足以使他尚未消化的早餐——味道尚可的煎鸡蛋和火腿——在胃中翻滚起来。而当他站在前甲板呕吐的时候，这艘船才刚刚起航离开布伦。

船上的喇叭声令德雷克头痛欲裂。他呻吟着。即便海面上溅起的水沾湿了皮鞋他也无动于衷。以往，他很少会想起父亲，除非是像现在这样的时刻，他会想，那老头是否也遭遇过此情此景：弯下腰去使尽全身力气握住栏杆，经历着几乎无法用语言描述的恐惧。

随着船慢慢驶近悬崖，人们开始聚集在甲板上：优雅的夫妻们一边兴奋地聊着天一边指指点点。是薇拉·琳恩[1]在他脑中歌唱？还是他身

① 二战期间英国当红的女歌手、流行曲作家和女演员。曾在埃及、英属印度和英属缅甸等地做巡回演出，为英军官兵举行户外劳军演唱会，因而被称为“三军甜心”。

后女人的歌声？当他转身时她立刻移开了目光。或许他应该先擦擦嘴巴的。他用栏杆支撑住摇摇晃晃的身体，面向英格兰的土地，他很想朝这片土地敬个礼，以示某种使命已经完成。1940年，他从这里离开，整整七年后，他才终于回来。想到这儿，他口中不禁涌起一股强烈的苦涩，但这反而让他感觉不错。

在福克斯通渡口，一辆汽车被摇摇欲坠地从运船上吊下来。行色匆匆的人们聊着他们怎样安排度假，以及那场即将到来的皇室婚礼。话题终于不再是战争，生活的走向可真是有趣。他疾步向前，超过一路上慢慢行走的人们，登上了那辆在开往西南地区前，需在伦敦维多利亚站停留一晚的列车。

只是一个晚上罢了，他心想，但行无妨，不是吗？只不过是去老街区待一晚，看看那里现在被折腾成什么样子罢了。

他走进一节安静的车厢，里面坐着三个男人和一名女子。他将手提箱放到头顶的行李架上，然后摘下帽子，脱掉雨衣——动作很小心，尽量不打扰到任何人。他坐下后，火车启动并开始颠簸，于是他连忙深吸一口随身携带的薄荷油，接着，他感到胃部放松下来，面孔也渐渐恢复了血色。窗外的大海开始不断后退，他把脸颊贴在冰冷的车窗上，当火车隆隆地驶过交界处的防波堤时，他闭上眼，沉浸在列车平稳前行时那种甜美又充满安全感的辘辘声里。

列车员来查票的时候，他感觉好像已经睡了好几个小时，但他看表才发现只过了三十五分钟而已。

他从口袋里掏出票递给列车员，对方离开后，他回到座位准备继续打个盹。这时，对面的女人弯腰捡起他脚边的东西递给他："你的信封掉了。"

他谢过她，随即看到了信封上熟悉的笔迹，以及上面沾染着的法国泥土。信上的地址是康沃尔郡。近三年来，他一直在等一个机会，好让他能寄出这封信。这事儿总出现在他的脑海中，像一个硕大的铃锤，不断发出使他内疚的刺耳噪声。然而，这一切踌躇都在肯特郡的列车上溃不成军。天才！德雷克，你真他妈是个天才！他止不住地颤抖着把信塞回内侧口袋，手指按在信封上，同时感受自己心脏的跃动。他闭上眼，努力想一些他喜欢的事物：当然，要有一品脱啤酒，满满一大盘食物，还有女人的双腿——不，不能想这个，他睁开眼睛，列车疾驰过乡村，车窗上映过一连串的模糊的棕与绿，他试着把注意力转移到一棵树或者某个谷仓上，但他根本没法做到，因为他的心已经飞回了1944年，盟军登陆诺曼底前后的那一周……

进军卡昂[②]本该十分顺利，但实际上，他们发现自己进入了一个灌木丛遍布的地方，前线是由一片篱笆围起来的阵地和沟渠组成的，重型迫击炮不停地开火，德军狙击手无处不在，恐惧弥漫在掩体之间，使人们总是心神不宁。

军队已成一群褴褛之徒的集合，惊恐的人群绝望而疲惫。有些人为了能离开这个鬼地方，甚至不惜加重自己身上的伤口。

但尽管在这种时候，他们六个人仍然是朋友。这点在今日回想起来

② 又名冈城。法国北部城市，靠近英吉利海峡的港市，16世纪商业繁荣，在第二次世界大战中遭严重破坏，战后重建。

已变得难以置信。

也许这将是毁灭他们的最后一战，会把他们一个个像橘子一样活活剥开，让他们生不如死。也许，之后会发生的一些事已经在此刻悄然抽芽，毕竟仇恨从不需要浇灌与呵护，只需要一个闪念。

他们在一个新近废弃的农舍和一堆家用杂物的废墟边等待下一步行动，“上帝啊！保佑我吧，我的爱人！”约翰诺举着一个上了年纪的胖女人的照片祈祷着。人群发出嘲笑和呼哨声，但德雷克充耳不闻。他越过人群朝远处望去——透过破碎的窗，他能看到无处不在的夏日金黄：在阳光下，玉米地里，细小的花丛中以及田野和草原上，无不闪烁着这种色彩。

在漫长的等待中，除抽烟和睡觉之外，他们无所事事。他心情沉重，感觉自己困倦又迟钝，所以，他决定在下一场冲锋来临前先到处走走。

没走多久，他便穿进了一个位于果园边缘的野战医院，那里，无数只苍蝇在残肢断臂和汩汩流淌的血泊中愉快地嗡扰着。

“别光看，过来搭把手。”一个护士冲他说道，然后匆匆走了过去，“去帮帮那边的士兵。”她指了一个方向，他朝那儿走过去，来到一个躺在担架上，除了脸以外浑身裹在毯子里的士兵跟前。德雷克拿出一根烟，席地而坐。那士兵有张英俊的面庞，脸上的表情平静而放松，几乎让德雷克怀疑他已经死了。正这么想着，士兵忽然睁开了眼睛。“能给我一支烟吗？”他问道。德雷克帮他点了一支。“我的手不能动。”士兵说。于是德雷克把烟送到他的双唇间。士兵深吸一口，咳了一声，“这烟味道真好，谢谢。”

“你很快就能出院了。”德雷克安慰他。

“我看不一定，我的伤还没好全。”

“我为你祈祷，伙计。喏，这就是给你的幸运草。”

士兵笑了起来，示意德雷克再给他来一口烟。

“待在这儿也不坏，不是吗？”德雷克朝四周看了看，说道，“太阳下山了，花也谢了，鸟倒是还在唱歌。”

“这里都有些什么花？”

德雷克摘下靴子旁的一朵黄色喇叭形状的小花，举到士兵面前。

“这是报春花。”士兵说道。

“报春花。”德雷克跟着重复一遍，同时又给他递了一口烟，“说说吧，伙计，从这鬼地方离开以后你第一件想做的事情是什么？”

“游泳。”

“我倒是特别讨厌水。”德雷克说。

“可一个人身上的百分之六十都是水，你知道吗？”

“噢，这大概就是我没法跟人好好相处的原因了。”

士兵又笑了：“我叫沃克尔·阿诺德，认识你很高兴。”

“我叫弗朗西斯·德雷克。”

“嗬嘿！[3]你好啊！”

“我听过这种打招呼的方法。”

“真的吗？”

---

③ 水手之间用以引起注意的打招呼声（Ahoy）。

“因为我父亲从前是水手。”

“不错。”

“但我从没见过他。我的名字是我妈取的，那时候，她对大海呀之类的玩意儿还抱着那种罗曼蒂克式的幻想。”德雷克把烟塞到士兵嘴里，他咳了两声。“悠着点儿，”他对他说，“来，慢慢吐气，好，这下好多了。”

“你能帮我一个忙吗？”士兵问道。

“当然可以。”

“在我胸前的口袋里有一封信，我够不着，你能帮我拿出来吗？”

德雷克掐灭了烟，他紧靠着阿诺德，他小心翼翼地拉下盖在他身上的毯子，散发出来的气味使人作呕。士兵身上原本是双臂的地方被绑成了两根木棍，肘部以上覆盖着被烧焦的破衣烂衫。德雷克屏住呼吸，忍住嫌恶，尽量不动声色地轻轻伸进对方的上衣口袋。

“给你，”他举起那封信件，“是给阿诺德医生的信，对吗？”

“是的，那是我的父亲。”

“寄到康沃尔郡？”

“那儿是我的家乡。”

“我没去过那儿。”

“你会喜欢上那里的，那是个临海的地方。”沃克尔笑道。

这时，德雷克从包里抽出一个小酒壶，拿到士兵的面前晃了晃。

“这可太美妙了，”对方笑着说，“装甲部队来了！”

“来点儿吧。”说着，德雷克把酒倒进他的嘴里。

“干杯！”沃克尔说。

“干杯，致我们美好的明天。”

“美好的……明天。”说话间，士兵轻轻地合上了眼睛。

德雷克凝望着他。他和他看起来差不多年龄。不知他是否有心仪的女孩？可能没有吧。因为那封信是给他父亲的，不是吗？他解开了士兵衣领上面的另一颗纽扣，他的脖子上还有微弱的脉搏。

“送……”那士兵虚弱地说道。

“你需要什么？”德雷克靠近他身边。

“送……”

“送？送什么？”

“帮我送那封信。”

“我帮你？”

“给我父亲……去康沃尔郡，到战争结束……你自由之后。帮我告诉他，我很好。”

“告诉他你很好？”

“……总之，跟他说点儿好话。”

外面传来坦克滚过的隆隆声，士兵们大声喊叫着：“战线推进了，盟军夺回了法国！”

“求你答应我，弗朗西斯·德雷克。我听不见你的声音了。”

“我在，我还在。”德雷克凑得更近了些。

“求求你答应我。”沃克尔仍在说着。

“我答应你。”德雷克回答道，“我会替你把信送到的。”

从维多利亚站下车后，德雷克搭地铁去法林顿。他从台阶走上地面，走进了略带寒意并且雾蒙蒙的黄昏。一只肥大的老鼠从他身前蹿过，并用一种愤怒的眼神瞪了他一眼。

“啊，我回来了。”走在特米尔大街上，隆隆作响的列车不断地从他的左侧驰过，将那庄严肃穆的圣保罗圆顶大教堂落在身后。空气中有一股污秽之气，仿佛充满了颗粒物。不过，他早忘了这里的空气原本是什么味道。一大拨赶着回家的人朝他拥来。

是的，他没有彻底忘却这里的一切，因为这座城市早已深入他的骨髓，与他的生命合而为一。

一团黑云从屋顶疾速飘过，看上去要变天了，他大步流星地穿过克拉肯韦尔街，想在滂沱大雨到来之前赶到招待所。

当他正在招待所走廊里一个小桌旁等待时，窗外的雨中依旧车来车往，川流不息。楼上有人重重地躺倒在床上，令头顶的天花板嘎吱作响，吊灯也前后摇曳了几下。灯光打在他身上，投射出一个晃动的影子。潮湿的木头味混着煳了的牧羊人烤派[①]散发出的味道，让他不由得又泛起一阵恶心。一个年轻女子经过他的身边，他试着不去看她，而她则努力收敛起笑容。

他的面孔被法国强烈的阳光晒黑，身体被战场与建防御工事的活儿塑造得很结实。他戴法国产的帽子，抽的也是法国烟。因为要轻装上路，脚边只有一个小巧的手提箱，里面放的也仅仅是一些路上买的生活必需品。他目送着那个女人上楼——真是一双修长美丽的腿啊。

这时候，在他身后的卧室里，无线电广播中传来了路易斯·阿姆斯特朗低沉的嗓音：

你只说了声再见，我的泪滑落唇边。

亲爱的，我将如何度过失去你的每一天？

他瞥见身旁的一个电话机，却突然意识到，在这世上甚至都没有一个可以跟他通电话的人。这使他心头一凛，双腿无力。他只好把身子靠前，深深吸了一口气。

“房间准备好了。”马什女士，也就是这儿的房东太太说道。她走下楼梯，交给他一串钥匙和一卷切好的报纸。

“厕所在外面，”她补充道，“但别占用太久。”

啊，英国。

---

① 牧羊人烤派：英国的一种传统料理，又称为农舍派，是用土豆、牛羊肉、蔬菜做成的一道主食。

他订的房间很旧，不过木地板却很干净。台灯向床投射出微弱的光，他想打开顶灯，却发现那上面连灯泡都没有。天花板四周的蓝色墙纸早已斑驳脱落，成了霉菌成群寄居之所。还有一幅俗气的菊花画像挂在床头。他蹲下身子打开电暖炉，它发出红光，却没有热量。

他走到窗边，望向周围那些拥挤杂乱的单调建筑物。它们有些钉着木板，有些则早已被遗弃，但同样都使此处糟糕的夜色显得愈发不堪。他拉上窗帘，拿出外套口袋里的那封信，将它放在壁炉架上端详着。在完成了第一部分旅程——回到英格兰后，这一切似乎变得有些不同了。此时此刻，他的一切念头似乎都毫无意义，都是些陈词滥调。他为自己没能早点回来而感到抱歉，但这致歉听来像是另一个人的声音。“一切都一团糟了。”他说道，同时有些震惊，因为他之前从没说过这样的话，这让他听起来像是个可怜无助的孩子。

他坐回床上，屁股下的床垫上有些突起物，硌得他很不舒服。他打开一包高卢烟，双手又开始颤抖起来——也不知道什么时候有了这个毛病。他点燃香烟吸了一口，朝着头上斑驳的阴影喷出一口辛辣的烟雾。在昏暗的光线下，烟圈盘旋着，徘徊着，如同一层薄雾。他闭上眼睛躺回床上，想象自己此刻很温暖，没有丝毫的寒冷；想象现在正听着海鸥的声音，而不是隔壁发出的争吵；想象着他正身处任何地方——除了这个昏暗的房间。

那是在战争结束后，他漫无目的地行至阳光明媚喜人的法国南部。想到这里，他微笑起来，仿佛又看到了夕阳余晖下的咖啡厅，广场上的长椅，以及像黑土一样浓郁的浓缩咖啡。渔船返港，码头上，渔民们吆喝着兜售他们捕到的章鱼和海胆。渔村朦胧的剪影在糖浆般梦幻的黄昏中显得如此美丽。而他用货车运来蔬菜，提供酒水，支起甲板，建造棚屋……该死的，他是所谓法国的解放者，做了所有他们要他做的事情，但那里总有他做不完的事。这里的女人们也暗中关注着他，她们在私处撒香水，但他对她们毫无欲望，总是和她们保持着一定的距离。

日子就这样一天天过去，他漫无目的地四处游逛着，假装战争中那些残酷的事实从未发生，他所见证过的那些暴力也从不存在，那些像他一样的男子以及像他母亲一样的女人们身上发生的悲剧也从未上演。他假装对那一切无动于衷，尽管他的心仍在为这一切热烈地跳动。

噢，要是他能一直待在那儿该多好啊。他可以永远地坐在咖啡馆外面的餐桌上，永远也不用考虑这封信，或者是回英国的事，因为在他心里，这些事情就像月亮一样遥远而令人沮丧。那过去的一年是多么完美啊，用法国人的话来讲——“parfait”②。

但他的思绪却开始玩起了把戏，记忆朝那无尽幽凉的黑暗深处扎下根去，然后像沙滩上的滨草一样破土而出，紧紧攫住了他。很快，他又看到了那些面孔，闻到那种头发烧焦的刺鼻恶臭。于是，在那个夜晚，没有任何告别与道谢，他不得不离开这个他原本觉得还不错的地方。

他尽量避开火车站和港口，转而北行去往法国内陆地区那些需要人手的村庄和农场。晚上，他睡在谷仓，黄昏里缓缓归家的奶牛们成了他的好伙伴。他像个修行的人一样，安静而孤独地活着，默默完成工作，只吃面包、奶酪和偶尔的炖菜，并且从来不花自己赚的钱。就这样，一天晚上，他从图

② 法语，意为“完美”。

尔市回来后，发现屋主的女儿爬进谷仓躺在他床上。她解开了他的裤链。他有点尴尬，对她说，这儿净是些牲畜，散发出动物的体味，还到处撒尿。但是，对于一个年仅十八岁的姑娘而言，她懂得太多了，她只是弯下腰，轻轻含住它。他感到欲望在她口中膨胀，甚至连奶牛们也安静了下来。他很快就达到了高潮。他们没有分开。他抚摩她的头发，看看她有没有睡着。这时她抬起头，露出晶莹诱人的双唇。以前从没有人这样和他做过，他也不觉得这样的事还会发生第二次。于是他深深地吻了她，甚至在她口中尝到自己精液的不适感，都无法抑制那一瞬间他心中奇异的平和。

他们背靠谷仓的旧墙，并排坐在床上，依然是陌生人，无话可说，也没有未来可展望。最后，她在父亲的呼唤声中离开了。

“再见。”她最后说道。是啊，再见，或者说永别。他独自站在畜栏边，秸秆的恶臭变得柔和起来，居然使他想起了奶酪的味道。他太饿了，饿得快把自己那双该死的手给啃下来。于是他吃掉了剩下的面包，然后突然意识到这根本不是饥饿，而是一种孤独。原本应该是心脏跳动的地方，现在却空空如也。就在这个瞬间，他决定回英国，他需要找回能填满心房的那种东西，哪怕只是为了阻止孤独所带来的饥饿。

德雷克掐灭烟，从床上爬起来拉开了窗帘。雨已经停了，人行道上闪着湿漉漉的光。他把手提箱举到床上，啪的一声打开扣夹。然后拿出一瓶杜松子酒，塞进上衣口袋，正要出门时，那封信吸引了他的视线。

“明天，”他悄声道，“我向你保证，明天我一定去。”说着他离开了房间和那与他一门之隔的嘈杂，低着头下楼，走进一片没有防空气球和密密麻麻的探照灯的朴拙黑暗中，走进了那个浸淫在甜蜜寂静中的和平世界。

空旷的街道上，黑夜如一场古老的瘟疫般吞没了生活。在这被人遗忘的地方，只留下房屋和人群的模糊轮廓的荒凉里，雏菊生长起来。他向来不害怕鬼魂，因为只有活人才最可怕。有时，他隐约听到背后传来脚步声，猛然转头，在沿途的煤油路灯下却什么也没有，只有一个担惊受怕的自己。他朝圣约翰街走去，联想起在巴西发生的圣保罗起义。以前他的姑妈们说过，那是一座罪人统治圣人的城市，也许她们是对的，他心想。

肉货市场的运输港湾废弃了，这里只有微风中飘悬的纸袋和他孤身一人。但他并未因这凄凉而震惊。毕竟，在目睹过卡昂的轰炸事件之后，还有什么景象能震撼到他呢？

炸弹将那座城市夷为平地，军队直接开进狭窄的碎石小道，在尘土与烟雾的笼罩下，空气因战火、掩体的崩塌和无辜伤者痛苦的尖叫而震颤。战争的持续使得死亡对他的影响变得微乎其微，然而一个个家庭的毁灭却令他窒息。就像这场战争本身一样，他对那些死去的人无动于衷。但这对家园的毁灭实在令他感到愤怒。几百年来一砖一瓦的苦心经营就此毁于一旦，而当市民们颤抖着从防空洞爬出来的时候，他们竟又开始鼓掌欢呼——真是活见鬼——那他是不是还应该鞠躬答谢一下？当然，在那时他还无暇顾及这些，这些都是他事后想到的。由此他才清楚那天为什么自己的双手会颤抖个不停。因为，毕竟每个人都有自己的底线。

他加快步伐，匆匆穿过医院，朝老贝利街走去。他并不觉得自己心中期待着能见到什么。但是，当他看到街角老旧的客栈和旁边破败的房屋时，他感到头晕目眩，几近晕船。他感到有东西扼住了他的喉咙。不过，那并非痛苦，而是一种好的情绪，使他双目刺痛，鼻子发酸。

那便是他度过十一年光阴的地方了，他与母亲两人住在这间小小的两居室，空间虽不大，却让他很满足、很快乐。此刻，他多么希望时光能够倒流，他可以把这些话讲给母亲听啊。

他听到屋里有谈笑声，于是他立在窗旁偷偷地往里面看。现在，总爱下酒馆的贝茨夫妇已经不在了，弹钢琴的托格斯先生也不在了，艾瑞丝、莉莉不在了，连带着她们和男人们之间那些肮脏的勾当也一起烟消云散。十六年过去了，这里他所认识的每个人都早已离去。他知道，这一切并非被战争改变，而是被生活本身带走了——生活就是这样流逝的。不，所以他不能走进那扇门，起码今晚他不能。他只是闭上眼，倾听火车和无轨电车隆隆而过时那熟悉的声音。

他漫无目的地游荡在儿时玩耍的街上。从前，他常在这儿等待着街坊的男人们从工厂或是酒馆回来，然后他便可以赖在他们身边，假装他们是自己的兄长，甚至是父亲。在某种意义上，这是他在望梅止渴。这一酸甜的时刻会让他口中不禁生出唾液，随后，双眼也湿润起来——每当暮色四合，家家户户烹茶煮饭之时，那些男人就会像扔掉身上黏着的一颗苍耳一样把他扔在一边，然后回到他们自己的家中。接着，他就站在别人家的窗边一直看着他们家中的景象，有时是几分钟，有时则更长。每当时间到了，窗帘被拉上，他就会不情愿地背过身去，甚至开始为一个强烈的念头——他没有，而且永远不可能有一个像样的家——而感到难堪。

所有痛心的时刻都被灌进了他的双腿，使他总是显得不合时宜：当他该跑的时候他总是一动不动，反倒是该静静待着的时候，他却跑了起来。然而，对于一个没有父亲的男孩来说，奔跑的感觉还算不错。

蜜西是他唯一倾吐过这些经历的人。她告诉他，那些经历总能使我们更强大。她曾把它们称为“抗原体”，就像接种疫苗一样，保护我们免受未来会出现的那些孤独感的伤害。蜜西说了不少傻话，但就是没说到她本该讲的事。后来，连她也离开了，从那以后他才知道，再没有人会虚构出“抗原体”这种东西来保护他的心。

他最后一次见她是在……天哪，是在什么时候来着？1939年的秋天吗？是那一天吗？那天，她像一个电影明星一样光彩照人地从萨瓦[①]回来。她那一头鬈发如此完美，一握腰肢如此纤细，精巧得仿佛你眨眨眼的时间便会错过。她挽着一个男人的手臂，那个男人简直像她的一件

---

① 萨瓦是法国罗讷-阿尔卑斯大区所辖的省份，与瑞士日内瓦相邻。

首饰般闪闪发亮。当她看到他时，她绽放出一个大大的笑容，挣开那位“首饰先生”，张开怀抱朝他走过去，热情地喊道：“弗雷迪！”——她是唯一一个会这样叫他的人，而与此同时，她的笑容又是如此真挚、如此明艳，“你现在长得真好看啊，弗雷迪。我就知道你长大后一定会变英俊。”她轻抚他的脸颊，那里泛起了一阵潮红。

他说：“我已经十九岁了。我马上就要离开这里了。”

“你要去干吗？”

“总得有人去前线。为什么我不能去？”

“好了，你有一百个充足的理由，小鬼。”弗雷迪被她逗笑了。

那位“首饰先生”叫了一辆出租车。蜜西松开弗雷迪的手，走开了。

“你要去哪儿？”他问道。

“巴黎咖啡馆。肯·约翰逊和他的乐队在那儿，我喜欢听他们的歌，本该请你跟我一起去的，可是……”

“我也愿意和你一起去。”

“哎，弗雷迪。”

他一直跟着她到车门口。“是不是我穿得不太得体？”他问。

“我看已经够好了。”说着她滑进后座。就像她身上的绸缎那样平稳流畅，“你一定要安安全全地从战场上回来，知道吗？可别强出头，小笨蛋。”

“我会的。”

“好了，待会儿记得来找我，弗雷迪。”

“我去哪儿找你？”

“当然是巴黎咖啡馆啊。”

此时，德雷克奔跑着，他穿过那座浮在尘埃之海中孤岛般的圣保罗大教堂；他沿古德里曼大街跑过维多利亚女王大街。衣领在风中竖起。他闭上眼睛都知道自己正跑到哪个地方。那股仿佛来自他少年时代的咸咸的泥土气息在他的脑海中化成优美的铃声，尽管他心中的感觉并不那么好。

他沿着鹅卵石铺的小路朝着码头跑去，前方，一盏瓦斯灯微微地亮着。他的喘息越来越剧烈，他的回忆越来越清晰，离那些湿漉漉的台阶也越来越近。泰晤士河正在呼唤着他。

那儿！有河流！美丽的河流！

河边有一条老狗，注视着他从一辆汽车的尾灯的光线中跑过来。在停下的一瞬间，他的身体像是要爆炸。他立着衣领，缩着两肩，向自己冰冷而布满老茧的手上呵了口暖气。

他的眉头紧锁，眼神空洞、迷惘。老泰晤士河呜咽着，缓缓涌动着浑浊的泪水。“你不再是我认识的那个男孩了。”它说。

德雷克站在仓库墙边，涨潮了，薄暮中河水波光粼粼。待到夜晚降临，泛着银光的河水拍打着台阶，溅在他的双脚前。寂静之中暗流涌动，他感到胸口有一阵熟悉的撞击感，仿佛他正蜷伏在水流上，而河流为他而变缓了，给他依靠，让他倾听。

“别被它诱惑，”然后他听到了母亲的声音，“快回来！它总能用自己的方式把最强壮的事物都一一撕碎，无论是一堵墙、一面防波堤，还是一个家族——它能摧毁一切，也包括爱。你赶快离开，弗朗西斯·德雷克，赶快离开。”

他母亲总喜欢谈论与水有关的一切。事实上，母亲喜爱谈论一切的事物，除了他父亲。这一切仅仅是因为，他父亲是个拥有一双蓝眼睛，并且一去不返的水手。

那蓝眼睛的男人，再也没有回来过。你爱着他，他却从未爱过你。如此而已。

德雷克打开了那一小瓶杜松子酒，他喝了一口，吐了吐舌头。

“妈，他到底叫什么名字？”

“别再问我这个。”

“我爸到底叫什么名字？”

“他叫‘好运气’。”

“哪个‘好运气’？”

“绝无仅有的那种。好了，现在去睡觉吧。”

水电站正在抽取淤泥，一层薄雾笼罩在城市上空。那是雾还是霾，他并不清楚，但那灯光在烟雾下显得尤为美丽。在他对面，支着一架他熟悉的起重机，像一位倦怠而忧郁的老者，沉默地守望着这个城市。德雷克脱掉雨衣把它挂在墙角，然后坐下来用外套紧紧裹住自己。在这个潮湿的世界，湿气如往昔的记忆般直渗入他的骨头。他举起杜松子酒灌进嘴里，仿佛又看见母亲正在茫茫大雾中的河岸踽踽独行。上次见到这个情景时，他才十一岁，他看着她不断呼唤着一去不回的父亲的名字。那时他还太小，什么也不懂，但他没有把这事告诉任何人，没有告诉别人她可能已经疯了。那整整一个月，她不停地在河的上下游呼喊，直到一天早晨，她再也没有醒来。一切都变了。医生说，她有心脏疾病。但德雷克知道那不是病，它只是被沉重的负累压垮了。

运啤酒的车在雾中发出清脆的碰撞声，仿佛嗒嗒的马蹄正踏过桥梁。德雷克将瓶中残酒一饮而尽，摇摇晃晃地站起来，把瓶子甩进了漆黑的河里。他眼看着它被浪潮卷到锡尔弗敦、沃平。在流入开阔的海域之前在水面上短暂漂浮着。他感到如此疲惫眩晕。去他的吧。他醉了，胃在烧灼着。他爬到路灯上，仿佛登上了圣保罗教堂庄严肃穆的穹顶，又仿佛回到了那处挂着俗气菊花画像、冷而寒酸的寓所。

他停住了，醉眼蒙眬地回头，望了最后一眼。

河边，那条老狗发出了一声叹息。

第二天，德雷克被一阵从隔壁传来的吸尘器声吵醒。“上帝啊，一大清早就跟我作对。”他头痛欲裂，嗓子冒烟，一股热流在五脏六腑内涌动。他盯着墙上的蓝纤维壁纸，过了好一会儿才意识到自己身在何处。接着他抬表一看，天哪，他居然睡到了午餐时间。

“你还在屋里吗？”马什太太捶着门喊道。

“还在，马什太太。”他含混地回答道。

他付过房费，即刻起身赶往帕丁顿车站，试图补救这糟糕的一天。他决定先买一张火车票，然后在附近找个地方住下，以便次日能早早出发赶往康沃尔郡。这是他所能做的全部计划了，此刻宿醉感像只老鼠一样津津有味地咀嚼着他的大脑，那种难以摆脱的焦虑感又回来了。

由于通勤高峰早已过去，通过售票区便显得没那么艰难。火车到站时一团蒸气云升腾起来。他往后靠了靠，方便下车的乘客和一些搬运工人通过。这时他抬头看了下钟，发现到饭点了，于是他走向左边的茶室。

从昨天的早饭到现在，他几乎没吃什么东西，更何况大部分他咽下的东西也都吐在了渡船的甲板上。他点了一杯茶和意式培根卷，女服务员却嫌他粗鲁：“您多说一个‘请’字也不会如何吧。”他摸索着上衣找出钱，心想，上帝啊，说得就好像她有多了解我一样。他并不是粗鲁，只是惜字如金。

他尽量克制住自己不要反驳，也尽量控制自己的手不要发抖。他用双手接住茶壶才控制住没洒出来。那是一壶浓烈的英式红茶，相比之下，法国人实在是不会泡茶。他未加细品就直接一口喝掉了。他返回柜台取餐，“这是你的培根卷，先生。”服务员说。

德雷克看着她。他知道她不喜欢自己，也知道她不会被自己愚弄——这并非是经由他的法式服饰，也不是凭借他的薄荷味口气，而是她了解在那湿冷与酸腐之下究竟藏着些什么。

“谢谢你，”他说道，“还有，我想道歉。我昨晚和今天早晨都过得糟透了，一切都糟透了。”他强挤出一个笑容，好了，说这些也不难，不是吗？他坐下来风卷残云般地吃着培根卷，同时看着服务员收拾着他对面的桌子。她倾下身子时露出的胸部以及上下晃动的臀部暂时缓解了他的头痛，然而，当她走进他身后的柜台，坏情绪又回来了。他看着乘客们在窗边来来往往，似乎有点陷入了被催眠的状态。直到他吃完最后一口培根卷，点燃一根烟后，他才开始感到清醒过来。

这时，一个金发女郎途经此地。尽管只是匆匆一瞥，但他却看得很清楚。她经过窗边时放慢了脚步，慢到足以将面容投射在雾气氤氲的玻璃上，她似乎不是因虚荣而想看看自己在镜中的容貌，那只是一个下意识的动作，如同一个附身的幽魂，想要确认自己的重生。

是蜜西？德雷克猛然起身，撞倒了他的茶杯。不，不可能。天哪，一定是他的头太晕了。他摆好椅子，掏出手帕把打翻的红茶擦干净。他坐回去，试图让自己镇定下来，他又点燃了一根烟，味道有点怪，他马上掐灭了它。他跳了起来，该死，那绝对是她，他敢肯定。他跑到门口，一对年迈的夫妇和他们特大号的行李挡住了他的去路，他一脸凶神恶煞，有点过分，以至于他跑过窗子时，注意到了服务员脸上厌恶的表情。

两列火车同时进站，到处都是人，喧嚷声与火车蒸气铺天盖地。“蜜西！”他大喊着，“蜜西，等等我！”可他的声音却被空气中喧闹的语声、行李手推车拉动的哗啦声以及空气中的尘土迅速淹没了。他停下来大口喘着气，哪儿都看不到她。他气得朝地上踢了一脚，然后又继续下楼跑进售票处，气喘吁吁、步履蹒跚地奔向月台。往东还是往西？他听到熟悉的隆隆声已经接近。拜托，想一想！东边还是西边？德雷克！列车越来越近了。东边还是西边？他开始奔跑起来。东边，她一定在东边。

站台前挤满了人，若不做出些惹人注目的行径，在这拥挤的人潮中根本无法移动。他没能在人群中找到她，可想而知，她是向西而行了。他倚在墙上，风呼啸着涌进隧道，吹到他身上。灯光渐起，火车迎面驶来。他的帽子被挤掉了，并在他正想弯腰去捡时在熙熙攘攘的人群中被越吹越远，就在这时候，他看见了她。

她坐在长椅上，正盯着一面小镜子为她那本已鲜艳饱满的红唇补妆，漫不经心的样子仿佛这世上的一切喧嚣都与她无关。他突然感觉缓过劲儿了，并且由衷地笑了起来，因为，她看起来是如此美好。

他慢慢接近，她走进了左边的门，他则偷偷靠右走。她走到一辆马车旁，一个男人邀她上车，并递给她一支烟——她接了过来，坐上马车，并把随身带的小皮箱置于膝上。德雷克站在另一边看着她，偷窥并不是一件好事，但此时却让他感到愉快。他故意把帽檐压了压低。一种隐约的骚动正透过过去的时光，从他裤子里向前冲撞着。

至今他仍然能清楚地记起自己第一次见她的情形。在他十一岁那年母亲去世后，他搬去和姑妈们一起住。那天她门也不敲就冲进他的房间里，十六岁的面颊上洋溢着美丽的光彩，她说："我叫蜜西·霍尔，是你的三表姐。不过别担心，我们还是可以结婚的。"说完，她大笑起来，从她校服口袋里掏出一包烟。她走到窗边打开窗，点燃一根烟，说道，"你以后就和我待在一起吧，弗朗西斯。我也是孤儿。"

他厌恶这个词，孤儿。他还没准备好成为一个"孤儿"呢。

她说，还有一年多她就要离开学校，到那个该死的社会上去。"顺便一提，你知道'弗朗西斯'是个女孩的名字吗？所以我以后就叫你弗雷迪，没问题吧？"当然没问题，这也就是"弗雷迪"这个名字的由来。

有时候大人们不在家，她就带他去河边。在那座著名塔桥的庄严凝视之下，她自如地脱去身上的衣物。

"快来呀。"蜜西大喊着，一个猛子扎进水中。弗雷迪跟着她跑，拼了命似的表现出自己的勇敢，表现出自己已经长大了。不过，他还是一直穿着衣服，踩在湿润而安全的河床上，没有下水。每当蒸汽拖轮驶过时，他看着那个苍白瘦弱的身影在浪花中浮沉，觉得分外有趣。

“怎么回事儿，弗雷迪，你不会游泳吗？”蜜西蹒跚着走向他。

“不太会。”

“想让我教教你吗？”

“不用。”说着，他递给她一块毛巾。

他注视着她，身上的衣服渐渐干了。她的身体再度变得灵活起来，偶尔，微风抚过她的肌肤，让她倒吸一口冷气。他看着她从口袋里掏出一包加拿大水手烟。他弯腰给她递火，半握着手掩住火苗，为她点烟。在她光芒四射的微笑中，他仿佛已经许下了漫长的一生。

到国王十字车站时，有一大批人下车，这迫使他迅速做出决定：是在这里被她发现自己，还是走到另一节车厢去。最终他还是决定离开。他边走边透过一扇封闭的窗户看着她。目光穿过她的双腿，拍打着她的头，留恋不舍地拉扯着她美丽花呢裙的下摆。

然而在大约一年后，有一次，蜜西将他叫进她的房间。他进屋时，她正躺在床上，昏黄的灯光落下来，上衣的扣子解开了，乳房袒露在外，左乳上平放着一枚硬币。

“把它含进嘴里，”她指了指硬币，“然后它就是你的了，弗雷迪。”

他紧张而尴尬，感觉不太对，毕竟这有点脏。而且，他还有点怕。但他还是跪倒在她的床前，低下头，张嘴，亲吻着她那温暖的肌肤纹理。硬币落到一旁，但她捧着他的头，移动着，直到他的舌头触到硬币，直到肉体的温暖与金属的冰冷融为一体。这时，姑妈的脚步声靠近了，他们停下来，等着她离去。只有在接下来的黑暗之中，他们才敢继续。

“这是你心脏的大小，”蜜西边说边用食指在他的手掌上画了一个圈，“放这么多爱进去刚好足够，弗雷迪。”

“足够干吗？”

“足够你把持住自己。当你爱得太深，只会给自己带来伤害。那必须是你刚好能把握的分量才行，一旦超出这个量，你就有麻烦了，懂吗？你在听，还是睡着了？”

“我在听。”

“那你说说我刚才说了什么？”

“你让我不要完全释放自己。”

他听到她的笑声，“那也对。”她说。

他把硬币还给她：“我们能再做一次吗？”

“要有礼貌，”她说，“你要说，‘请问’。”

他在她胸前游移着，当他抬起头时，那六便士的硬币被他含在双唇间。他敢说他从未做过这样的事，口中含着硬币，探索着她的气息，这是第一次，他接近了原本存在于庄严肃穆的高墙之外的生活，在那里，他爱着她，那便是一切了。

她回吻着他，开始时充满了热情——她的舌头探寻着他的口腔，让他感觉挺好，同时，他感到欲火焚身，两腿之间的那股冲动膨胀起来。

直到她突然颤抖了一下，猛地把他推到地板上。她盯着他，有点被吓着了，因为他双唇间沾染的不是承诺的气息，而是那种初次对欲望的渴求。于是她确切地知道，自己必须离开。

在那个寒冷的3月早晨，当所有人的生活刚拉开序幕时，他的生活却已经结束了。一张纸条被匆匆塞进他的门缝，上面画着她手掌的轮廓。“永远别要太多，弗雷迪，”她这样写道，“但现在已经太多了……永远不要忘了我。永远，永远，永远。”

在利物浦街，德雷克盯着没有标记的车站牌，直到门快关上他才注意到蜜西已经离开了。他抱着手提箱，向狭窄的门口冲过去，迫使门再次打开。下车后，他发现她在不远的前方，白金色的头发飘浮在人群黑色与灰色的头顶中间。他扶了扶帽子，稳了稳呼吸，再次走到她背后，与她保持着一段安全的距离。

蜜西向右拐了个弯，穿过大厅，走向通往主教门的阶梯，当她走完楼梯即将消失在德雷克的视野中时，他连忙三步并作两步，在她正要过马路时赶上了她。在路过警察局时她似乎改变了主意，开始放慢步伐，走向拉施菲尔德街和水果市场。随后，她突然停了下来。他赶紧转过身去，弯下身假装系鞋带。接着她又走起来，他一路跟到了商业街，看到她冲着一个站在十铃酒吧前的女人挥了挥手，她看起来好像想过马路，但又犹豫了一下，似乎是忘记了什么东西。站在被时间侵蚀得痕迹斑斑的老街上，她飞速转身离开，几乎快要一路狂奔起来，跑回苻加特街，跑回……上帝啊，德雷克心想道，她能不能别这样。可事实就是这样，当他拐过一个弯时，面前的街道除她之外空无一人。

她正站在路中央凝视着一所房子。它看起来倾斜着，倚靠在一旁的废墟上，破败却依然挺立着。是的，就像她在微醺并有点悲伤时会说的那样——它依然挺立着。煤气的泄漏几乎做到了希特勒的炸弹所不能做的事，而无心的议论也会要了人的命，蜜西心想，就像许多香烟不小心引发的火灾一样。她捡起一块石头朝用木板封住的窗户扔去，也不知道自己为什么会如此厌恶这幢房子，毕竟这也曾是一个家。但却曾让年轻时的她感到自己既无用又肮脏。

背后响起了脚步声，她心中泛起一种不祥之感。所以她甚至没有转过脸去，只是侧了侧肩膀，挺身问道："你究竟想干什么？我知道你在跟踪我。我可以去警局告你，但那不是我的作风。不过你还是得小心点儿，我兜里有……"

"蜜西，是我。"德雷克轻声说。

"有一把刀，而且我可不会跟你客气。"

他只好又重复了一遍她的名字，并从那个恍若来自童年的建筑物的阴影中走出来，与她一起站在阳光下。她轻轻诧异道："弗雷迪？"

但他却无法作答，因为他剧烈跳动的心此时已涌上了他的喉头。

他们在酒馆角落里的桌旁落座。夜色在身后的窗外悄悄蔓延。四周嘈杂的喧响带来一种奇妙的安全感：男人们聊天的话语，玻璃杯碰撞的脆响，说笑话的声音，柴火燃烧的毕剥声，以及响亮的笑声。笑声在房间各处此起彼伏，就像孩子们在玩摸盲游戏时一般。他们真该感谢这些噪声帮他们免去了无言沉默之苦。二人看起来都有几分倦怠，任谁都不愿把这点说出口，因为在内心中，他们是欣喜的。更何况他们很珍惜这美妙的片刻沉默，因为如果一旦开口，话语的含混就又会把他们拽进庸常的尘世中去。

“我还是不敢相信，”她说，“居然会在这儿遇见你。”

德雷克咧嘴一笑。举起杯子尝了口杜鲁门酒，“老天，这可真不赖。”他说着抹了抹嘴上的泡沫。

“你出去见过世面了，弗雷迪。”

“没错。”

“而且你安然无恙地回来了。”

他又笑了，把那只止不住颤抖的手收在桌子底下。

“你什么时候回来的？”她问。

“昨天。”

“昨天？啊，怎么昨天才回来？”

“我也不知道。”

“可大部分军人去年就回来了。有一些还更早。”

“我知道。但我不知道自己为什么要回伦敦。”

“你不能为我而回来吗？”

“我以为你已经死了。”他说。

“什么？为什么？”

“因为那时我听说巴黎咖啡馆被炸毁了，我以为你也出事了。我还以为我已经失去你了。”

蜜西沉默了。

“你告诉过我去那里找你。”德雷克说。

“我说过吗？”

“不记得了吗？”

“已经过去太久了，弗雷迪。”

“我知道。”

“久得好像已经过了一辈子。”

“是啊。”弗雷迪喝着啤酒。

“我猜你坠入爱河了，所以你没回来，对吗？”

德雷克笑了："我没有。"

"我不信。"

"我要是坠入爱河，现在可就不会在这儿了。"

"可能你又失恋了。"

"对我来说还没有过，"他直视她的双眸，"我还没遇到过中意的女孩，蜜西，一个都没有。"

"那真可惜。你没有感觉好一些吗？"

"你认为呢？"

"我了解你。"

他笑了，因为他知道她并不了解。但是，突然被一个人说了解自己，被一个人关心的感觉还是很好的。这份温暖令他有一点自我膨胀。于是他松了松领带，卷起袖口，靠近蜜西，轻轻地摸了一下她的脸颊。"你看上去好美。"他说。

"我？你疯了吗？"

"你根本没变。"

"真的？"

"当我在帕丁顿看见你时，我就在想，天哪，她可真漂亮。"

"'她可真漂亮！'你今年多大了？十二岁吗？"

弗雷德笑了："可你看上去确实很美。当时你从哪里回来？"

"牛津。"

"你去那儿干吗？"

"我去找一个人。"

“什么人？”弗雷迪问。

“不是你想的那种人。”

“我想的是哪种？”弗雷迪又咧嘴笑了。

“是这样，我在弗利特街一个办公室上班，每周工作三天。剩下的时间我接一些模特的活儿。”

“杂志模特？”

她笑了，说：“要做杂志模特我还得年轻十岁！那天我是在等一个喜欢以我为绘画模特的老家伙。而且他给的报酬也挺多。别那样看着我，弗雷迪，我知道你在想什么，你把这个想得太脏了，其实不是那样的。我是写生模特，这份工作值得尊重。那老人也是个值得尊敬的好人，他从没碰过我，只是给我画画而已。只有一次，他让我解开内衣。”

“你照做了？”

“是的。”

“然后呢？”

“然后什么也没发生。我披着睡衣，面前有个电灯，旁边有只虎斑猫，他还在我肩膀上盖了东西。”

弗雷迪笑了：“什么东西？”

“大部分时候是披着围巾，有次是裘皮披肩，什么东西都可以。而当我看到他的画时，我发现坐的那个房间彻底消失了，炉火、书架，一切都消失了。他描绘出了一个完全不同的世界。他画的是一个农舍，但画布上展现的却不是。他画的是个很遥远的地方，绵长的地平线，奇异的树木，到处都是红土，还有令人无法直视的日光。远处有一片碧蓝的海——他叫它‘海’，而我甚至能闻到一股海水的味道，那就是他画作的力量。你懂吗？我也真的很喜欢画中的我，那个他所描绘的我。他给我戴上围巾，我素面朝天地正望着什么东西，但他没有画出来。你能想象吗，弗雷迪？那真的非常迷人。当他看着我时，我就能看到他的世界，那个他全心投入，从未想过走出来的世界。我想艺术就是一种秩序的排列。”

“排列？”

“是的，或者说是某种重新排列。他重新定义了生活的秩序。在他眼中，生命本应该是那样的。就像梦一样，用绘画来做梦。他从来不觉得自己是毕加索一样的人物，他画画只是因为寂寞。所以我猜我就没法成为一个好画家，弗雷迪。”

蜜西喝完了她那半杯酒。“要不要再来点？”她问，“我请客。”然后她起身，扭动着穿过了酒馆里男人们的眼神汇成的海洋。

弗雷迪总能注意到那些盯着她看的男人。那晚，他看到有一群人在看着她，在找她是和谁一起来的。于是德雷克忙转头朝她微笑，以便那群人注意到他的存在。他知道自己就像个傻瓜，但他没法控制自己。他现在感觉太棒了，而这种感觉又是如此罕见。

她回来时，他帮她挪了挪桌子以便她落座。他点起一根烟，对她露齿一笑。

“法国烟，”蜜西对他眨了眨眼，“在这里抽这个可有点奢侈啊。”

“来一根吗？”弗雷迪问。

“好啊。”

他为她递上打火机。她握住他的手，止住了那种颤抖。

“你有一双建筑工人的手。”她说。

“毕业后我去当了学徒，主要做木工。”

“哇，看来你以后不会挨饿了。毕竟人们总是需要桌子的。”

“是吗？”他笑了。

“那么你能不能告诉我，”蜜西忽然显得有几分尴尬，“姐姐们后来怎么样？你们都到哪儿去了？”

“诺森布里亚，是在开战三年前搬过去的，他们买了一个小屋还有一些地。”

“只有这些吗？说完了？”蜜西问。

“恐怕就是这样了。”

“没有什么更好的事可以说说吗？”

“没了，结束了。”

“不，我们的故事也已经结束，弗雷迪，他们重演了我们的故事，我们完了。”他们各自喝了一大口啤酒，相视而笑。

“我很高兴你回来了。”

“我也是。”他说。

蜜西灵光一闪，突然站了起来，在身后凝着水雾的玻璃窗上写道：

1947.10.31

弗雷迪回家了！

“现在你就算是正式回来了。”她转过头望着他说。

她的视线越过他的肩膀，看到门边有一张熟人的面孔。那是珍妮？她下意识地想要朝她走过去，可忽然又意识到她们已经不再是朋友了。珍妮很快地窜向洗手间，那是一个暗示吗？是表示她想用一下洗手间，还是说想离开这儿？

“你还好吗？”弗雷迪问她。

“好得不能再好了。”蜜西粗率地回答。

“可你的脸色看起来像幽灵一样惨白。”

“这儿到处都是幽灵，弗雷迪。”她迅速整理好自己的东西，低声诅咒自己为什么选这家酒馆见面。

当他们离开时，玻璃上写下的日期已被凝结的水珠消融了。

他们赶在瓢泼大雨落下前抵达蜜西租住的寓所。此时，雨前的第一声惊雷正回荡在街道上，她拉着他的手，带他通过狭窄的楼梯悄声走上二楼。“可别让卡吉恩小姐发现，免得她又像上礼拜那样大惊小怪地闹一回。”

“上个礼拜怎么了？”弗雷迪假装漫不经心地问了一句。但蜜西没回答他，只是说：“我会跟她说你是我弟弟。”然而，“弟弟”这个词令他有几分恼怒。

她开门，用手势示意他安静。她一只手接过他脱下的鞋，把它们放在一本旧《广播时代》杂志上，另一只手把他的外套挂在门背后。

“就当在你自己家一样。”蜜西悄声对他说。

屋子里只有一张单人床和一把椅子，于是他坐在椅子上。她点燃了窗边的取暖炉，屋子很快便暖和起来。她在水龙头下接了一壶水开始烧，顺便洗了洗手，然后摘下耳环。这些动作在他面前如舞蹈般一气呵成。她似乎对和一个男人单独待在房间里的情形很熟悉。同时，她对自己紧实臀部的运动也依旧拿捏到位。这突然使他感到一阵嫉妒，即使他们之间已经过去了那么多年。

“我们先换个位置。”她从他身前挤过，走到衣柜旁边。

她说她要换衣服，让他先别回头。于是他转过身去，检视着她的日常物品，将她的生活尽收眼底：钢架床的床头摆放着一个相框，里面有一张克拉克·盖博[①]气宇轩昂的照片，很显然，她喜欢看着这个男明星的脸迎接新的一天；床旁边立着一个小书架，不过上面没有书，而是放着一些鞋子、一台飞利浦便携式收音机和一沓《音乐人》周刊；床头的桌上摆着一大瓶香水，一只烟灰缸和一盏阅读灯；桌下有一个热水壶、一双厚袜子和一个已经打开但又盖上了的巴特利梨罐头。这一切似乎都昭示着这是一个没有丈夫也没有孩子的单身女子的生活。

“跟我说说话吧，弗雷迪，你坐着一动不动感觉挺奇怪的。”

“我觉得还好。”

“那好吧。”

“那只鸟叫什么名字？”他指着一个鸟笼，轻轻问道。

“它叫小家伙。”

“嘿，小家伙。”弗雷迪咂舌逗引它。

“不过它不会唱歌。”

“它怎么了？”

---

① 克拉克·盖博（William Clark Gable，1901—1960），生于美国俄亥俄州，外号“电影皇帝”，《乱世佳人》中白瑞德的扮演者。

“我也不知道啊，突然有一天它就不唱了，也没通知我原因。”

弗雷迪看向那只靠在镜子上蜷缩着的小鸟，它的笼子相当大而华丽，看上去像是给凤冠鹦鹉而不是一只小红雀准备的鸟笼。笼子里面还有一个用黄色塑料制成的漂亮金丝雀模型，相比之下，小家伙绯红中掺杂棕色的羽毛便显得有几分粗糙暗淡。

“好了，看来你的另一只鸟也是哑巴。你到底是怎么想的？”弗雷迪说道。

蜜西穿着一件绿色居家裙走了过来。此时，壶中的水烧开了，发出尖锐的鸣叫声。“你这小笨蛋。”她揉乱了他的头发。他弯下腰把箱子拖过来打开，然后取出一瓶白兰地。

“我一直省着它没喝。”

“为什么呢？”

“我在等一个好日子。”

“那么，我们可以把今天变成一个非比寻常的好日子，”她拿起炉子上的水壶，并递给他一个骨柄开瓶器，“你看上去挺高兴的。”

她从挂钩上取下两只杯子，放在床和扶手椅中间的茶几上。然后他打开白兰地，倒进杯子里。

“敬我们两个人。”她说道。

他觉得这句祝词美妙得无与伦比。

蜜西拉上窗帘，隔绝了外面的世界。在灯泡的刺目强光之下，她挂在一旁的那件半新衣裳把窗帘衬得又旧又粗糙。但这一切都被这个“好日子”的光辉笼罩了，也包括她自己在内。她看了眼弗雷迪，他已经在她床上打起了瞌睡。

她刚刚问过他晚饭想吃什么，他说他想要一点惊喜。于是她从炉子旁边的橱柜里取出一个生鸡蛋，她把它举到他面前，说："还记得前阵子这玩意儿贵得像金沙一样吗？"他们双双大笑起来。他们有太多的话可说了，反而突然不知该从何说起。那些战时的夜晚，她做过这样和那样的事，还有许多其他的事，她为此感到深深的羞愧。和再次见到珍妮时的心情一样，那些事依旧在影响着她。

她把手按在胃部，这种感觉从未真正消失，不是吗？它蛰伏于黑暗中，只有耀眼的光芒才能将其揭露。而那个像小孩似的在那儿打瞌睡的人，他就是这道光。蜜西停下手边准备晚饭的活儿，坐下来给自己倒了一大杯白兰地。

她不记得是谁先提起了防空洞，她自己还是珍妮，但那都一样，她们一样糟糕，就像两个坏孩子一样互相挑唆。

在她们踏足那个地方之前，它早已经臭名昭著。这点她们当然无法完全忽视。这是独属于她们的秘密，从没被其他朋友知道过。就像那种关于传染性恶病的知识一样，她们把这件事谨记于心，从不表露。

防空洞开放后的第一周，一切都混乱而无序，甚至在警报撤销前，数千人就已经在交易所外排起了队。她和珍妮手拉着手沉默地通过大门。待在这里的其他人有的在闲聊，有的在玩耍，有的一家几口人挤在前面。但她和珍妮却一言不发，因为她们知道自己即将要进入一个什么样的地方。

她们跌跌撞撞地从旋转扶梯走进另一间地下室，那里空气的味道十分难闻——夹杂着腐烂的蔬果和各种人的体臭味。

带孩子的父母和老人们留在被火炬照亮的地方，在那里是一片欢歌笑语。而另一些人则会鼓起勇气走向那个黑洞深处。在那个地方，一切匿名，金钱至上。那就是她和珍妮曾去过的地方。她们走向毫无保障的黑暗深处，同时也是在走向一种罕见的自由，走向一种无处不在的、强制性的恐慌。

她们总能通过空气中香水和古龙水的浓郁程度判断出是否已抵达目的地。蜜西紧张得膝盖发软。因此，在每次她出来之前都必须先清空自己，否则她无法使自己相信在那里都会发生什么。

没有人说话，她都不知道珍妮是否还在身边。但你能感受到呼吸与脚步声，在身后、身前，或是在你周围的任何一方。没有人点火柴，用打火机或是打开手电，这是一片黑暗的领域，匿名是这里的原则。每个人在此都有不愿放弃的肮脏秘密。

那里的男人们，总是从抚摩手、大腿和臀部开始，然后迅速游移到她们的胸部。他们嘴对着嘴，身上的套衫被高高撩起。大多数人身上都有股熏人的酒味，但有一次，她在一个男人的呼吸中嗅到了洋葱的味道。这竟令她感到一种奇异的可爱。因为在那段时间她连洋葱都吃不起。当她靠近他嘴边时，一种酸酸的，略带着不适的愉悦感支配了她。

每当她要去防空洞底下时，为了方便，她只在裙子底下穿一双长筒袜，外搭一条皮带，不穿内裤。这样，当衣服被扯开，扣子解开或捋到一边时，便没有东西会落到地上了。她的裙子总是会很快地被撩起，陌生的手伸进她两腿之间。每当这时，她总感到羞耻、恐惧、厌恶，却又有一点兴奋。这些感觉总在不断变化着，使她抬起的腿屈从于陌生人的身下，那种烧灼的欲望与死亡不断逼近的阴影一起被吞噬殆尽。

她紧紧咬住西装夹克、大衣或束腰外衣，不让自己发出一点呻吟。当一切结束，那个人离开之后，她便用一条洒了香水的手帕简单地清洁自己，同时思索着刚才的男人会是谁。不用想也知道，他一定是某个士兵。因为大部分的士兵都会趁休假到这里来发泄。但她无从知晓对方的容貌是英俊、平庸还是丑陋，或者他是不是一个在阳光下她根本不屑一顾的男人，又或者是一个可能会背叛她的那种英俊男子。当然在内心深处，她更希望他是后者。

所以，就这样，后来她和珍妮再也做不成朋友了。在发生过这样的事后，友谊怎么可能再继续呢？她们没法在苟延残喘之后面对彼此黑暗的秘密。可是，该死，她现在真的很想念她。珍妮现在成了体面人，她嫁给了警察，并且已经生下一个孩子。所以当她现在遇见蜜西时，她们两人都会像当天在酒吧时一样直接离开，或者躲进厕所。当然，这更好。

无论你用什么芬芳的材料加以掩饰，丑闻就是丑闻。

弗雷迪动了动。蜜西把烟掐灭，她站起来，感到有点疲惫。她打开一罐肉罐头，开始把肉切成一个个完美的厚方块。

弗雷迪在蒙胧中辨认出敲鸡蛋、开罐头以及倒酒的声音。他闭着眼仔细聆听着从厨房传来的响动。这种家庭与爱人般的温馨让他感到颇为舒适。

最终他还是睁开了眼。但他尽量小心翼翼地起身，不想惊扰到安静的蜜西。他看着她陷入沉思，饮酒，切猪肉罐头，又舀了一勺面包粉放入碗中。他看着她走到他的手提箱边，小心地取出几件衬衫、一条长裤、一个剃须刀和一块肥皂。他看着她打开一张白纸，在那上面有她手掌的轮廓。

时光似乎倒流到了许久之前那个3月的早晨。

“你在干吗？”他困倦地问道。

“我在找火柴。”蜜西回答。

“火柴在最下面。”

“真烦。”

“别着急。”

“火柴根本不在那底下。”

“应该在，你再仔细看看。”

于是蜜西在重新折起那张纸之前又蹲下来找了一遍。

“我一直想问你，那段时间你去哪儿了？”弗雷迪问。

“哪段时间？”

“就是你离开我的时候，”他冲着她的手点头，“我那时还是小孩子。”

“那时我也还是个孩子，”蜜西把纸折成正方形放回手提箱，“我去了一个陌生的地方。一个我再也不会回去的地方。”

“然后呢？”

“然后我就回来了。住在南边，在弗利特街的简报单位工作。那里离我现在住的地方不是很远，工作也不错。我在那儿认识了一个好朋友，她叫珍妮，然后她邀请我和她一起住到西边去。这就是我经历的所有事情，真的。那时候你已经走了。”

“火柴在最底下，蜜西。”

“噢，找到了。”她往更深处掏了掏，发现火柴藏在一个琥珀色的内衬里。同时她也发现了那封脏兮兮、折痕累累的，寄给道吉·阿诺德医生的信。

“康沃尔郡，特普罗，查普尔街，隐者坡。”她读出地址，脑海中想象着一个名叫“隐者坡”的地方，“听起来挺不错的，不过你拿着这个干什么？”

“我答应把它送到目的地。所以我才会在车站遇见你，我是去那儿买票的。”

“要送去康沃尔郡吗？”

“是的。”弗雷迪挪了挪枕头，调整了坐姿。

“这封信是谁写的？”

“这个男人的儿子。”

“他死了吗？”

“是的。”

“他是你朋友吗？”

“不，我们只是见过。”

“然后他就把这封信交给你了？”

“差不多吧。他快要死的时候我们在聊天，就是这样了。我想他可能知道自己要死了吧，然后他希望这封信能够到那个老人手里，所以他请我帮忙。”

“寄出去？”

“不，是亲自交给老人。”

“里面是什么？”

“我不知道。”

“你没有兴趣知道吗？”

“那是别人的隐私。”

“你应该快点送出去。”

“我知道，我明天就去。”

“很好。”

“或者后天去。星期一，我猜。我星期一去。”他把腿搭到床下，用手指理了理头发。

“这是什么？”

弗雷迪停了下来。

她拿起了一张画片，确切地说，是一张剪贴画。嘴唇、眼睛、鼻子、胡须和头发都是从不同杂志上剪下来的，这些贴在一起凑成了一个男人的脸。

“小心别弄坏它，蜜西。”

“这是谁？”

“其实这不是任何人。但对我而言意义重大。”

“他看起来有点像你。”

“你疯了吗？”

蜜西仔细地端详着照片：“实际上，它看上去更像牛仔电影里的悬赏通告。‘双手抱头放在背后，先生！’”

他在她的嘲笑声中配合地举起手，但心里感到一丝不舒服。“只是张愚蠢的相片而已，”他笑着说，“是很久之前一个小孩给我做的。它就像一个幸运符，到哪儿都陪伴着我。麻烦你把它放回去吧，蜜西。”

“我从不知道你这么迷信。”

“是的。”

“那个小孩是谁？”

“那不重要。他已经去世了。”

“对不起。”她把照片还到他手中。

他把照片折了起来，小心地放回到箱子中。当他回头时，她的嘴唇贴了上来。

“对不起，弗雷迪。”

正当他准备深深地吻下去时，她突然抽身离开，似乎忘却了那股冲动。

他们在烛光下用餐。房间被柔和闪烁的光线装扮成另一番景象，在这昏暗的环境中，他们的心境也被改变了。尽管只是坐在被烛影围绕的桌边，吃着罐头肉配面包、水煮土豆和罐头豌豆，并非真正的大餐。但是弗雷迪却感慨着：“多么丰盛的菜啊！”他把碗里的东西吃得精光，一粒豌豆都没有剩下。“我还能再吃一份。”他吻了吻她的手。她没有拒绝，因为这个姿势既孩子气又甜蜜。

弗雷迪收拾完桌子，开始在小小的水槽里洗碗。蜜西打开收音机，调低音量。“来跳支舞吧。”她说。

“我不太会跳舞。”他回答。

“那我们就慢慢地摇一摇，从这边晃到那边。这种步子每个人都会，你也可以的。”

她牵起他满是肥皂的手，泡沫沾到她的手腕上。他们开始摇晃了。从这边到那边。蜜西低哼着唱道：

三月的风，使我心舞动
电话响了，但谁来应答？
哦，该如何拥抱你的灵魂

这些愚蠢的小事情

让我想起你

“我从未忘记过你，弗雷迪。”

“我也是，蜜西。”

他们从屋子的一头跳到另一头，在彼此熟悉的气息与抚慰当中闭上了眼，静静地享受着这一刻。突然，一阵敲门声响起，他们都吓了一跳，僵在原地无法动弹。蜜西把食指放到弗雷迪的唇上。

“霍尔小姐，你又带人回来了吗？”

“没有啊，卡吉恩小姐。我一个人在家，想到了过去的时候就起来跳会儿舞，你知道的。”是的，卡吉恩小姐当然知道。因为她的回忆在某些夜晚也会翻涌得十分强烈，每逢那时，她就会喝酒——为什么喝酒？——只是让那些记忆能够安分点。

午夜前夕，传来一阵烟火爆裂声。砰然的巨响震醒了弗雷迪，令他的手肘重重地击在塑胶地板上。在暗自咒骂几句后，他的心却依然无法抑制地狂跳。在短短一瞬之内，他突然难以辨明身在何处——他似乎身处于任何一座城市任意楼层的随机房间。

他才刚睡了一小会儿，这时只能坐起来揉揉眼。烟花的响声仍在外面回荡。他伸手拿过一包烟，想在裤兜里拿出一个打火机，却只找到满满一大把硬币。于是他从床上起来，走向炉边，从窗台上拿起一包火柴，透过纱窗往外看，蓝色和绿色的火光正纷纷落在基督教教堂的塔尖上。

烟的味道不错。同时他注意到，自己的手又开始颤抖了。

他拿起一份报纸，扫了眼日期。今天是11月的第一天，距国殇纪念日[①]还有十天。这时，另一枚烟火猛冲向天空，又把他吓了一跳。

① 英国为纪念1918年11月11日签订的第一次世界大战停战协定而确立的纪念日。

“别害怕，小家伙。”他对那只鸟儿说道，“很快就会结束了。”说着，他拿过一条手巾盖住了笼子。

他站在床边注视着蜜西起伏的胸脯。她熟睡着，仰面躺在床上，双手枕在头下，发出柔软的呼吸声。他开始仔细端详她的脸庞：额上纵横交错着的皱纹宛若一条条小径，而他仿佛可以追溯着每一道皱纹，逆流而上，找出一切本该不同于现在的结局。他知道她也对此了然于心。

此刻她的潜意识正喧响着，通过她甩动头发的样子，以及她皱眉时悬在额前的手表现出来。她生来长着一张精通世事的面孔，就好像她早已知道生活中会发生的全部故事，因此绝少有惊喜。此时此刻，她依然美丽，也将永远美丽，纵然她的青春已逝。那些光彩熠熠的少年之梦已在这片熟悉的低沉天幕下被玷污。他不知道她是否真的了解自己故事的结尾：在那里，没有王子，只有一个受伤的士兵。他的胸口只有一个空洞，而不是一颗心。

“但只要你愿意，我会一直照顾你的。”士兵低声道。

蜜西翻过身来，伸了个懒腰：“怎么了，你还好吗？”

“没事，我只是睡不着。想出去一下。”他一边说一边系上裤子。

“你要去哪里？”她问。

“去外面逛逛，”他把香烟在烟灰缸里掐灭，“呼吸一下新鲜空气。外面有人在放烟花，可能是些小孩子吧。”

“我跟你一起去。”她说。

他蹲下来，借着取暖器的光找鞋子，这时，她的睡衣堆叠在他身旁的地板上。在她穿毛衣时激起的一阵静电火花中，他不小心看到了她赤裸着身体的样子。他不禁一直注视着她，直到她穿好那件他挂在床边的灰色毛衣和深蓝色的休闲裤。

蜜西咳嗽了一声，弗雷迪站起来，继续扣他的衬衣。

“别再盯着我看了。”她微笑着涂着口红，“你脸红了哦，弗雷迪·德雷克。别不承认，你就是。好了，现在我们可以走了。把剩下的酒一起带出来，小心点儿，别发出声音。”

她拿起外套和手电筒朝门口走去。弗雷迪拿起白兰地，跟着她一起走进黑暗中。他忽然感到身心俱疲。

蒙蒙细雨从11月的天空落下，他们坐在屋顶上，像两个孩子似的紧紧缩成一团，轮流喝着白兰地。通过酒瓶的传递，他似乎能将心中的话也一并传达给她，同时用自己的体温为她取暖。在熟悉的东方天幕下，竖着一连串不规则的屋顶与烟囱，不时打断那呼啸旋转的风。一枚烟火射入夜空然后炸开，落下白色的星星点点。

“所有人都他妈在睡觉！”这声孤零零的呼喊回荡在砖墙中。弗雷迪扣上外衣，想要遮掩住内心的激荡。蜜西靠在他身上。她闻起来很香。

“在打仗的时候我来过这儿。这件事我只告诉你一个人，弗雷迪。那时候这里真的很美。听起来是不是很疯狂？到处都是火，就像太阳从远处的码头升起，然后燃尽了一切。当风向合适时，你可以闻到糖燃烧的气味，有一次甚至是奶酪的味道。在我头顶，飞机会巧妙地闪开那些交错的灯光，还有不间断的枪响。我告诉你，弗雷迪，那景象简直是电影场景和圣诞节的大杂烩。有一次我和我朋友珍妮一起坐在这里，这简直像是在考验我们的信仰——这话是她说的，我们在垮塌的信仰上喝得烂醉如泥，完全没有理智可言，真的，但我们却活了下来，如此鲜血淋漓地活了下来。那让我觉得自己的运气还不错，就像我曾梦想成真的那些时刻一样。一切都再清楚不过，我被拯救了。我从未感受过那样的激动，尽管并没有什么切实的东西触动我，并没有……或许就像珍妮以前说的那样，我是只九条命的猫。”

“这里还有别的人活下来吗？”德雷克问道。

“我不知道，”蜜西说，“往好处想，可能有那么一对情侣逃走了。”她笑了起来，同时，他看着她，仿佛自己又变成了一个十二岁的孩子——困惑与渴望一起从他的下半身蔓延进他的心房。

“那天我在，你知道的，那天晚上。”蜜西柔声说道。

“哪天？你在说什么？”

“那天在巴黎咖啡馆，就是轰炸的那天晚上。”

“天啊，蜜西……”

“那天我在跳舞，离乐队远远地跳，这对我来说已经够奇怪的了。还有那天乐队正在演奏着‘哦，约翰尼！哦，约翰尼！你怎会知晓爱！哦，约翰尼！哦，约翰尼！天堂在上！’然后它就突然销声匿迹。一切都慢了下来，你知道我的意思吗？只剩下那些微笑的面孔，模模糊糊的动作与静止。再接下来是一道蓝色的闪光……这就是我所记得的全部。

“那是一种非常完美的蓝色。等到我在楼梯上醒来时，有一具尸体压在我身上，我看到乐谱像飘落的雪花一样纷飞，玻璃碎片像星星一样闪闪发亮。然后人们开始尖叫，到处都是残肢断臂。有个女人茫然地徘徊在原地，还在唱着‘哦，约翰尼！哦，约翰尼！’不过我只是头被撞了一下，所以我还得想办法帮帮别人。我的衣服破了，我就扯下布条做止血带，还用香槟帮人们消毒伤口。我常常在想那一刻那些人们会想些什么，他们躺在那里一边等死，一边还要听着香槟瓶塞弹出的声音。这简直不像是真实发生的事，不是吗？甚至在那时我都没有哭过，弗雷迪，至今也没有。连珍妮都觉得我是一头无情的老牛。但我认为一个人不应该总为别人而流泪，我的眼泪已经在战前流光了。炸弹震穿了我的耳膜，所以我有一点聋，就是这样。等我老了也不会觉得这是什么大事了，对吗？”

“到我这儿来。”弗雷迪张开双臂环住了她。

“不，我不需要这个，我很好。”她推开了他，“既然你已经回来了，你就必须得习惯。在这里几乎每个人都有一个类似的故事，刚才的只不过是我的一个故事而已。”

又一枚烟花尖叫着刺破寒冷的夜空。

“噢，看！希望这朵烟花是蓝色的。我还是比较喜欢蓝色！”

烟花炸开、燃烧。落下红与绿的星雨。

“要是蓝色的该多好。”

“也许下一个就是了。”他说。但是没有下一个了。人群散尽，伦敦的天空复归于寂静。

“起码我们都还活着，不是吗？”蜜西说道，“而且比起之前，我们现在都有点不同了，对吗？”

他很想告诉她，他现在也已经变得很不同。他希望她能接受这种变化，并且告诉他，他不是一个坏人，一切只是战争对人的摧残而已。但他什么都没说，只是点了一根烟递给她。她吸了一口，一滴泪水滴落在他的手背。

“别看我，”她说着背过身去，“请不要看着我。”

弗雷迪照做了，扭头看向烟囱和教堂的白色尖顶，还有那些屋顶。他的视线伸向拉着窗帘的卧室以及温暖室内的人们，还有远方的星星以及城市天际线处高低不同的罅隙。这就是他生活的地方，他甚至已不记得这里原本有什么，或是应该有什么。而他的生活也是这样，他心想。

他们在一种安静得怪异的气氛中回到了她的屋子。烟火爆裂的声音仿佛仍在他们耳畔。蜜西弯腰打开取暖炉，他们面对面坐在橙色的辉光中。突然袭来的暖意使他们冻僵的脸开始发红。他们都是如此孤独，起码他们的身体是。

弗雷迪把她带到床边，开始吻她。她俯身关掉了灯。这样她才有安全感。他在黑暗中褪去衣裤，而她开始小心翼翼地触碰他，就好像她什么也看不见似的。

周日的钟声打破了清晨的宁静，同时也将蜜西从睡梦中惊醒。身边那个男人的身躯压得太近，她感到呼吸浊重，有点头疼。她把他的双臂从腰上移开，然后搬开了他搭在她腿上的脚。

只不过是想在早晨醒来后舒舒服服地多躺一会儿，如今，这样的要求也变成奢望了吗？她抬头望着天花板角落里细小的蜘蛛网，轻轻叹了一口气。

她起身，蹑手蹑脚地走到洗手池边，打开水龙头，舀起一捧水洗脸。俯身时她照了照镜子，镜中的面孔看上去简直糟透了。清晨的光线可真是残忍。

她随手绾起头发，然后在额前系上一块丝巾。然后她拿起那包高卢烟，抽出一根塞进嘴里，划了两下才点着火柴——正如人们所说的，一下是悲伤，两下是愉悦。这下她感觉好多了，起码头痛有所缓解。

她拉开窗帘，眯着眼沐浴在明亮的晨光之中。接着，她往洗手台的水槽里注满水，举起腿，把脚架在窄窄的陶瓷边沿上，用肥皂和法兰绒毛巾清洁自己的双腿与私处，最后用便服把水擦干。

“早上好，亲爱的。”蜜西把盖在小家伙笼子上的手巾揭开，轻声地跟它打招呼。她又起一块过期的甜面包投进笼子，小家伙却只是傻傻地盯着蜜西。“你盯着我看干什么？”她问，“是我忘了什么东西吗？嗯？”

她摁灭烟头，把它丢进一堆其他的烟头里。然后，她向西边的天空望去。窗户玻璃上倒映着她的胴体。不过，此时她赤身裸体并非刻意之举。有个声音正在温柔地说着：“这就是我原本的样子，并没有遗漏任何东西。”

她低头看向楼下熙熙攘攘的人群。那里，人们正在挣扎着谋生，尽其所能让生活变得更好。这景象使她又陷入了习惯性的沉思：人究竟在渴求什么呢？两年前，战争的胜利并未让他们重新获得财富和家人。平民百姓依然贫穷，城市也依然在不停地衰落。

她打开窗，一阵寒冷的空气灌了进来。鸟笼摇晃了几下，她也打了个战。接着，她将整个身子挤出窗外，伸展开双臂，用力向外倾着，几个路过的年轻人看到她这副模样，指着她呼喊着，哈哈大笑。但她似乎什么都没听到，只感受到微风拂过发丝以及自己身上肥皂的清香。她闭上双眼，想象自己正离这一切越来越远。

最后她缩回室内，用手摩擦着四肢，直到血液重新流回青色的经脉，身体变得温暖起来。她把鸟笼放到外边打开。“走吧，小家伙。”她轻声唤道，“你自由了，飞吧，祝你永远幸福。”

但小家伙却十分迟疑而谨慎，不肯挪动一步。

“快走啊。”蜜西温柔地朝它的羽毛吹了口气，催促着它，“飞吧。”

就在她几乎快放弃的时候，一抹赤红的影子闪了出来。红雀的羽翼不断地拍动着，飞向那蔚蓝的、万里无云的天空。就这样，小家伙走了。她关上鸟笼的门，重新盖上布。

蜜西轻轻拉开被子，重新爬回温暖的床上。这时，她察觉到了弗雷迪的晨勃。于是，她朝外挪了挪身子。但弗雷迪也跟着她挪了挪。然后她感到有硬物抵住了她的大腿。她只好紧紧夹住双腿。弗雷迪轻声唤着她的名字，而她假装自己睡着了。

昨晚他们已经犯了一次错，她绝不会再犯第二次。但老实说，此情此景着实有点尴尬，她宁愿自己现在仍是一个人。弗雷迪发出一声低沉的呻吟，但她依然不为所动，只是直直凝视着面前的咖啡壶，她不敢相信自己居然没把它打开，或许她可以去煮咖啡。总之，她需要一点小小的借口从现在的情况逃开。在他想着做爱时，她只是满脑子盘算着这些。

最终，弗雷迪从床上坐起来开始抽烟。他看着蜜西梳理她的头发。她手指灵活，显然，她甚至都不需要看着镜子就能将发尾弯成一个卷儿。他虽手脚笨拙，但却很乐意帮她做这个，因为他想做一些别的男人不会为她做的事。他端起烟灰缸弹了弹烟灰。难以置信的是，下一秒她已穿戴整齐，就好像这个早晨她过得和没有他的时候一样。为此，他又感到一丝嫉妒。

深蓝长裤和费尔岛花纹上衣很合她的身，并且衬托出了她鲜红的嘴唇。这一身很家常，可能是她周日穿的吧，他心想。上帝啊，他有太多关于她的事物需要了解。

她看到镜中反射出他的目光，他正对着她微笑。她拍了他一下，也笑了起来。

可为什么她笑得如此含蓄？为什么他醒来的时候她不在身边？而他最想知道的是，昨晚自己表现得算不算好，你知道的，那方面算不算比其他男人好呢？

“你今天想做什么？”蜜西问。

“你想做什么我就想做什么。”他回答道。

蜜西沉吟了一会儿，思索着该如何作答，因为她此时最想做的事就是独处。她想去楼下卡吉恩小姐家洗个澡，然后躺回床上，安静地翻翻杂志。但她不知道该如何开口，所以她只好说：“我想我们可以出去散步。”

“你经常去散步吗？”

“我没什么固定的生活规律，弗雷迪。只是觉得现在出去散散步也挺不错。”

是他会错了意吗？毕竟他已经太久没和女人打交道了。“那我们可以就待在这儿。”他拍了拍床。

“不，”她干脆地拒绝，“我们出去散步吧。拜托，要不然我们会错过这美好的一天的。”她边说边往头上涂着发胶。

很显然，昨夜暧昧的气氛已如露水般蒸发在朝阳下。他有点尴尬地滑下床，闭嘴转身穿上内裤，然后准备整理一下床铺。但蜜西示意他不必了，说她想换一条床单。这时他明白过来——自己今晚不能再与她同床共枕了。

于是，他重新整理好行李箱。盖上盖子后，他看到她拿起空白兰地酒瓶，把它丢进垃圾桶。他注意到她摇了摇头，仿佛喝这种酒降低了她的生活质量。他粗暴恼怒地系上领带，穿上雨衣，拿起他的行李箱："我带这个一起下去，明天一早我就要去帕丁顿了。"但同时，他却仍然隐约期待着她会对他说："放下行李吧，弗雷迪。对不起，我也不知道自己刚刚怎么了，今晚你还是可以留在这儿。"但她什么都没有说，只是站在门口等着他，周身带着纯净芬芳的味道。

"我们还是别出去了。"他轻声嘟囔。可她只是吻了吻他的脸颊，把帽子戴到他头上。"走吧。"就像在催促一个不愿去上学的男孩。

他还想在路上多耗点时间，可她却径直穿过了俱乐部街喧闹的人群。街上有许多卖小鸟和其他动物的地方。在那些商店里，笼子一个挨一个地堆叠着，几乎遮蔽了窗户——红雀、金丝雀、鹦鹉、麻雀、小狗、小猫……各种各样的小生命摆在这里待价而沽。"看这个！"弗雷迪大声喊着，但蜜西却早已不在他旁边。他赶紧跟上前，想告诉蜜西他所看到的景象。

当人群逼近时，她感到一阵眩晕。于是她挽住了弗雷迪的胳膊，试图领着他离开人群，去找点干净的水喝，顺便喘口气。同时，她的脚后跟开始磨出水泡，直到水泡破裂，流出了血，她才稍稍松了口气。

在肖尔迪商业街，他们坐在六号巴士顶层。本以为这趟车会开往特拉法加广场，但女售票员却喊着："圣保罗！下一站是圣保罗大教堂！"

"下车吧！"蜜西说道。

他们双双跳下车，随后便置身于大教堂雷鸣般的钟声里。空气中烟尘弥漫，一丝凉意弥漫在城市边缘。行驶的汽车将一丝冷冷的阳光折射到弗雷迪眼前，他皱了皱眉。

“这边。”蜜西边说边朝一片盐碱地的方向走去。他们穿过马路，穿过爆炸后的废墟，朝着熟悉的码头和仓库走到了河边。他们沉默着，有点害羞。两个影子在他们身后拉出长长一片黑，而影子细长的尖端却极力向彼此靠拢着。

河边的老狗注视着他们迎面走来。此情此景下，弗雷迪的双眼泛起了泪光。他是多么渴望能回到过去，但那滚滚逝水却诉说着这一愿望的不可实现。这古老的泰晤士河一定了解许多人情世事，只是它什么都不肯说，独自翻腾着……

弗雷迪走下台阶，来到泥泞的前滩。这时他有点心神不宁。南边飘来的云朵开始遮蔽午后的太阳。蜜西提起衣边，小心地离开光滑的台阶，走向潮湿的河床。那双小巧的脚马上被淹没在泥泞中。钟声戛然而止。空气中荡漾开寂静的涟漪。只剩下远处火车驶过黑衣修士铁路桥时发出的零星隆隆声。

他们躲在仓库墙边凉爽的影子下。远远望去，河床边凸起的圆石就像一排腐烂的牙齿。临近处，一艘驳船陷在淤泥中。烟囱向天空喷出黑烟，一条铁链悬空晃荡着。弗雷迪放下行李箱，点燃了两根烟。

他自己先深吸一口，然后把另一根烟递给蜜西。她看也没看就接了过来。他问她有没有闻到河水的咸腥味，她说有，然后又说：“让我们闭上眼睛吧，想象自己正在海边。”

此时，太阳从云后钻了出来，阳光洒向他们的面孔。他们闭上双眼感受着这一切，就好像真的身在海边。

弗雷迪松了松领带，开口说道："你跟我走吧，蜜西。明天和我一起离开这里。"

"可我还有工作。"

"你哪有工作？"

蜜西没有回答。

弗雷迪大笑起来："你是说为那个老'毕加索'工作？这真是……"

"闭嘴吧，弗雷迪！"她离开墙根，走到河边。水光粼粼的河岸堆着一排垃圾与粪肥。微波轻柔地拍打着停在岸边的小船。有一艘小帆船停在不远处，正被河水的微澜轻轻推着。

"很多年前，"蜜西说，"奶奶给我讲过一个美人鱼的故事。她说她妈妈在这儿见过美人鱼——那个时候人们都这么说，也许那不是美人鱼，或者是假的，但谁知道呢？奶奶说是真的——"

"蜜西——"

"不，听我说，弗雷迪，我还没说完。"

"这世上没有美人鱼。"

"难道还要你告诉我这世界上也没有圣诞老人吗？"

"没错，圣诞老人也不存在。"弗雷迪说着，试图搂住她，但她躲开了。

"奶奶说在她妈妈小的时候，有一次和父亲一起来河边时见过她，那条美人鱼。那时这儿所有的驳船工人都知道她。她是个真正的美人儿，尽管住在这条乌七八糟的河里，但河水的异味丝毫没有影响她。她是凌驾于这些之上的，能够给予人们希望的存在。有时候，有人会下水去看看她，然后许个愿。因为人们常说，如果你看到了美人鱼，你的人生就会因此改变。很难相信，是吧？他们会把自己的一些东西丢到河里给美人鱼，不过通常没人丢钱，因为大家都很穷。但奶奶说那条美人鱼不太对劲儿，”蜜西用手指敲了敲太阳穴，“当然不是这里不对劲儿，她只是一直很忧伤，我奶奶的妈妈在她眼中看到了这种忧伤，然后她唱起了悲伤的歌。你知道她为什么那样忧伤吗？弗雷迪。”

弗雷迪把她拉过来，两人的手臂靠在了一起，可却分明能感受到她身体的抗拒。

“因为她已经见惯了人事变迁，”蜜西说，“她看得太多了，永远没法开心起来。这是我奶奶告诉我的答案。”

可他不在乎她奶奶到底说了什么，他只在乎他想说的话：“我们可以离开这里，去任何地方，任何你想去的地方。”他轻声道。

“你没听明白我在说什么。”

“你只是在说一个愚蠢的故事，蜜西。而我想告诉你的是关于我们俩前途的大事。”

“我的事也很重要。”

“你还不懂吗？”

“懂什么？”

“关于我们。我们是很合适的一对。你能感觉到的，我知道你能。”

“你真的不明白，对吗？”蜜西拿起一块石头，迎着潮水把它扔了过去，“我总在想她后来发生了什么，”她接着说她的故事，“可能她死了，血染红了这片河流。”

“也许她跟一个英俊的水手远走高飞了，或者是和一个像我一样的士兵？”

“没人能真正离开。”

“也许她可以。”

“我不是指这个。”

“让我带你走吧，”他吻上她的唇，“我爱你。”他说。

“不，我们不可以。”

“昨晚你不是这么说的。”

“昨晚已经过去了。”

“是我做得不够好？”

“成熟点吧，弗雷迪。”

“见鬼去吧。”他小声骂了出来，然后走回河岸，蹲在停泊的驳船旁，“我可以给你幸福。”

她不禁笑了，她已经听过太多遍这句话，它没有任何意义，不管是在过去还是现在。对她来说，它只是个陷阱，让她陷入过去之中——而他也是属于她过去的一部分。过去的每一件事物都是如此令她窒息。

她望向黑修士桥的另一端，想象着自己一口气沿着河堤跑到哈姆史密斯，想象着自己做着疯狂的事——比如沿泰晤士河跑到它的发源地科茨沃尔德。在那里，水源清澈而香甜，所有盐分都被蒸发了。开始吧，跑起来，她催促着自己，跑起来，不要回头。

“蜜西！”他冲她喊道，声音如同一根针，在一声巨响之后，戳破了她脑中刚浮起的那只想象的气球。

她转过身，用手挡住眼睛。

“今天本该是个好日子的。”他说。

“我们仍然可以努力把它变好啊。”她一边回答一边又转了回去。

“你想干什么？”

“我想玩个游戏。”

弗雷迪咧嘴笑了起来：“哪种游戏？”

“就像躲猫猫那种。”

“先亲我一口。”

她转过身来。

“亲我一下。”于是她吻了他一下，然后抓住他的胳膊让他背对布满苔藓的水库墙。“别回头。”她说。

“我该干吗？数数？”

“不，唱歌。”

“我不会唱歌。”他拿起一根护舷木。

“唱吧，就唱以前你常在姑妈家唱的那首圣诗也行。来吧，我知道你会唱的。”

“自参战后我就不唱歌了。”

“他们没告诉你战争已经结束了吗？来嘛，我喜欢你唱歌的样子，那能让我很开心。”她踩在鹅卵石上，弄出了挺大的响声。

“况且今天是礼拜天，”她接着说道，“唱圣诗再适合不过了。”

“天哪，蜜西。为什么我们不能正常点呢，就正常地过一天不行吗？”

“可我们本来就不正常，弗雷迪。唱吧！”她笑着，自己开始唱起了圣诗，“愿主宽恕我们的愚蠢行事……”

他听到她的脚步声：“你要去哪儿？”

“我没走，还在这儿，唱吧，可别回头，弗雷迪。”

弗雷迪支支吾吾地答应了，开始唱起来：“将我们纳入正途，焕然纯净新生……”

“不要停！”

“怀着最崇高的敬仰，我称颂……”

“这让我想起从前了，弗雷迪。让我想起第一次见你的时候。那时你总对我那么好。而且你让其他人也变得和你一样，他们以前对我并不好，可你改变了他们。”

“你到底在干什么？”他大喊起来。

“这是惊喜，你继续唱吧。”

他抬手用衣袖擦去额前闪闪发光的汗水，开始感到有几分眩晕不适。他发现自己的手又开始颤抖了。同时，他恨透了这首圣诗，但他愿为她做任何事。

“继续唱！”她大声喊道。

于是弗雷迪继续唱：“纾解我们灵魂的躁郁……”

唱着唱着，弗雷迪突然感到那些火车呼啸而过的声音，河流冲刷河岸的声音，以及鹅卵石上的脚步声都消失了，周遭逐渐陷入了令人费解的寂静中。

“你之静美悠长……”

不，这压迫耳膜的力量并非来自于无声，而是另一样东西，让他内脏都扭曲搅拌到一起了。那是什么？嗯？是什么？他感到心脏重重一沉。“天哪，不要！”他踉跄地转过身。意识到那不是寂静，而是消失。

“噢，见鬼！蜜西，不要！”

当他赶到河边时，蜜西的头已经沉落水中。一切都消失了，结束了，寂静也终结了，喧嚣声又回来了——只剩下他独自在空无一人的河边大声尖叫。

一只红雀唱着歌，自由地飞过他们头顶的天空。

突如其来的呼吸困难使美妙女士从梦中惊醒。一阵风吹过，风铃叮当作响。她试图摸索火柴点燃一支蜡烛，却一不小心滑下了床。她望向窗外，日落云涌，残阳为暮色沉沉的天空抹上最后一丝亮光。

她穿上那件油布雨衣走到大篷车外，一股浓郁的青草味混杂着河谷对岸储藏饲料的腐烂气息扑面而来。她听到木头撞击的声音，转眼一看，船屋的门正在风中晃动，从河岸边还可以看到她那条小船正在河水的泡沫中上下浮沉。仿佛有什么正悄然开始。一只乌鸦在河对岸啼叫着。又仿佛有什么正悄然终结。

“的确，是有东西保佑了我。”

“你想说是神吗？”

“上帝？天啊，不对，德雷克，那是‘爱’啊。你可别混淆了这两者。”

“所以，爱才是我们唯一的信仰，这样说对吗？”

德雷克睁开眼，听着耳边纷乱的鸟鸣声，难以辨清眼前的是黄昏还是黎明。他的脸贴着地上的落叶，感受着阵阵潮意以及爬虫的蠕动，同时还能闻到一阵阵若有似无的粪便恶臭。他的身体动弹不得，只能在原地微弱地呼吸。不知为何，泪水无意识地滑落。也许是因为意识到自己还活着。

或许是哪里的骨头断了，他的双臂和双腿都毫无力气。喉咙微痛，屁股下面有股湿热。但他并不为此感到羞愧。温度正在下降，而当寒冷到达极致时，他反而很快便会感到暖意。然后，便是一切终结之时。那时他将和地上的腐植一同销蚀。又或许，他残存的遗体上能长出一棵树来——柳树，或某些好的东西。风吹动树枝时，声音会如同阵阵涛声，而他亦将随着波涛上下翻飞。

他正静静进入生命终结的环节。在那里，没有海星，没有谣言，没有鸟鸣声，也没有脚步声，痛苦使他视而不见、听而不闻。但此时，美妙女士却透过光秃秃的树枝发现了他，听见他正与死神悄声低语。她连忙将他抱起，摇撼着他的身躯，给他做人工呼吸。接着，她用尽全力把他拖到一片避风的老灌木丛边。

她用仅剩的气力坐在大篷车门口，心中纳罕着那个躺在外面的破碎的人儿从何而来。她扣紧油布雨衣，压低帽檐，喝下一杯杜松子酒稍事休息。然后点起一盏防风灯。篷车顿时就被光明填满了。

暮色渐沉，所以现在应该是黄昏了。德雷克听到猫头鹰残酷无情地嚎叫着。他也想大声喊叫出来，但那引起了他又一次的咳嗽，他只好用手捂住喉咙。

起初，他看到一阵光芒。有什么东西正持着灯笼朝他走来。它的眼睛像猫头鹰般炯炯有神，身披金黄的羽毛。接着，他看到一只猫头鹰戴着顶帽子。他以为自己笑了出来，但那带来的感觉却是渐近的死亡。

“你好，猫头鹰女士。”他虚弱地说。

那年迈的女人放下手中的灯，扶起了他。

“我一直在等你，”她悄声说道，“等了很久，很久。”

“对不起，猫头鹰女士。”

“猫头鹰女士”提灯上前，递上一根拐杖支撑起他的身体，带他穿过树林，直到走到河岸边。浅滩中水波粼粼，如群星闪烁，在光芒的压迫下，他不得不捂住自己的眼睛。

她把灯放在系泊石上。“站好，”她说着，开始解他的衬衫。“胳膊伸出来。”她低声轻语，衬衣落在地上。她又解开了他的皮带，拉开拉链帮他脱去裤子和内裤。这时，一股排泄物的恶臭涌上来，但她却毫不在乎。

他低着头，不让她发现自己正在流着泪。恐惧让他的阴茎像只小小的蠕虫似的贴在他大腿根，他用手掩住它，不想被她看见。

这时，“猫头鹰女士”脱下了她的黄色雨衣，此外她还有一双长长的雨靴，几乎长到她的胸口。“真是只聪明的猫头鹰。”他心想。

“来吧。”她拉着他的手，带他走到沙滩。他颤抖起来，河水没过了他的脚踝：“不要再往前了。”

“再走一点。”她说。但他着实不想再继续，因为水已经没过他的膝盖了。他在原地站着，惊恐地颤抖着，一只手夹在腋下，另一只手捂着皱缩的阴囊。

恐惧激起了他的胆液，在一阵喉咙的烧灼感之后，他把能吐的都吐进了河里，弄得下巴和胸口都沾满了秽物。美妙女士递给他一块肥皂。他头也不回地接过来。然后在水里蹲下身，双手用力搓揉着肥皂，很快泡沫便充盈起来，并且散发出一股他熟悉但却想不起来的味道——紫罗兰？不，紫罗兰对他而言太过美好了。他把自己全身都清洗了一遍、两遍……他用泡沫搓洗着头发，还漱了漱口，然后才将肥皂还给了她。

他蜷缩在水中，看着肥皂泡漂向下游。“猫头鹰女士”招呼他：“到这里来。”于是他紧紧抓住河岸的青草，小心翼翼地涉水而行。“向前靠一点。”他照着她说的话做。随即，她将一捧河水倒在他头上，开始清洗他的头发。他抽回双手，捂住了眼睛。

最后，一块粗糙而温暖的毛毯裹住了他。“猫头鹰女士”高举着灯笼在前面带路。他能听到她的喘息声。真是只老猫头鹰，他又想。

循着一股焚烧木头的烟味，他们跌跌撞撞地走下河岸，直到船屋挡住了他们的去路。他们继续爬上斜坡，直到油灯照亮的大门出现在他们面前。

“进去吧。”她说。

壁炉正安静地燃烧着，上面还放着一口锅，正在煮着什么东西。火光映在他的皮肤上。屋子里有一张铺好的床，床上放着一套衣服：一件厚厚的羊毛裤、水手式样的裤子、袜子、亚麻衬衫、闻起来有盐味儿的套头衫，还有一双擦得锃亮的新皮鞋，以及睡衣和内裤。

“这是我朋友的衣服，他的尺码和你差不多大。”“猫头鹰女士”一边说一边解开帽子上破破烂烂的系带。她把帽子放在椅子上面。他注意到帽子的边角上露出里面裹着的报纸，其中有一些文字印在了她的额头上，像是“战争、垃圾、和平、健康”之类的字眼。接着，他躺上了床，昏睡过去。

后来，做饭的声音唤醒了他。他注视着那锅在炉火中热着的汤。与此同时，她盛了一碗汤拿到床边。

“吃吧，”她说，“这是熏肉汤。”

她扶他坐起来，帮他在背后垫了个枕头：“好了，这下好多了。”她坐在床边，一勺一勺地把汤喂给他。他吃得很快，最后自己举起碗，把底下的黄油和胡椒渣都一饮而尽。他放下碗时残汤从下巴一直流到了脖子。她便拿起一块布仔细帮他擦拭瘀青周围的脏污。但他依然没有直视她。

她拿着碗，又回到炉火边，递给他一个陶土杯子。“是温啤酒。”

她注意到他的手一直在不停地抖动。她也为自己倒了一杯，二人沉默地喝着。他尝到啤酒的底部有一股朗姆酒的味道。

他的胃安稳下来，肌肤上起了一层密密的汗珠。这让老妇人知道他又开始感到害怕了。

于是她告诉他："照顾你是我此时的责任，但你以后不要再这样做了。"

"什么？"德雷克问。

这位"猫头鹰女士"盯了他一眼。他看不清她的瞳仁，因为她的双眸反射着燃烧的火光。她停下来仔细思索着，小心甄选着她所要吐露的词汇。那费了一会儿时间，毕竟她的思绪不甚缜密。

"生命可贵，"她说道，"而且生命是你所拥有的全部。"

他依然不敢直视她。因为此刻他感到羞愧万分。他躺回原来的位置，炉火依旧熊熊地燃烧着，老妇人慈祥地望着他。她始终没有移开目光，也无法移开她的目光。就这样，她守护着他，就像守护着一颗珍贵的蛋。

德雷克昏睡了好多天。其间他偶尔醒来，通过光线含混的变化判断时间的流逝。有时候他感到老妇人的手正试图抚平他紧皱的眉头，有时又感到有勺子在他唇边。他把自己想象成一只巨大的嘴巴，无法说话，只是被一直喂养着。

有时他会在半梦半醒间听见彻夜的喃喃低语声。那不是鸟儿拍打翅膀的声音，也不是昆虫的鸣叫，而是一种文字，类似于祷告文，如汹涌的浪潮弥漫在此地。老妇人说，这是从大地尽头走来的圣徒们无休无止的谈话。

“他们一般会说什么？”他问。

“什么都说，”她回答道，“大部分时候是谈论天气。”

老妇人偶尔不在家时，德雷克感到很孤独。在那些时候，痉挛攫住了他的双腿，与当初蜜西的头颅沉入水中时那股令他五内郁结的冰冷寒意如出一辙。他想要救她，看在上帝的分儿上，他那样努力地尝试。他甚至快要抓到她了，水没过了他的腰，他多么希望她能再次浮上水面，就像在表演节目的海豚一样，跳起来嘲笑他，大喊一声：“骗你的！没想到我真会这样做，是吧？”而他也尖叫着扑过去，骂她是个坏东西，甚至可能会开玩笑地打一下她的头……本来事情就应该这样发展，最起码她也会活着。但是，她永远没有从水里浮起来。从她头顶扩散开的丝丝涟漪就像她最后的意识，越来越弱，越来越弱……直到一切都消失，仅剩下岸边她摆得整整齐齐的鞋子。

噢，蜜西，你为什么要离开我。

没有任何回应，他又昏睡了过去。

宁静的黄昏降临了。他从蒙眬中醒来，试图拼凑起从伦敦到船屋之间这段七零八落的时光。记忆太过模糊，他只依稀记得自己如何穿过宽阔的河口，列车如何颠簸着驶出普利茅斯，以及另一片土地上大片的绿。

只有上帝知道他们怎么会让他上的火车。不过，那时候他是个没什么人敢找麻烦的醉鬼，因此至少他还有一点特权。

他躲在盥洗室里喝酒，直喝到眼前蜜西的幻影消失为止。然后他就站在过道抽烟，消除鼻中那股难以抹去的臭味。他还想起了战时那场连自己也怀疑是否曾参加过的纸牌游戏——自从污秽弄脏了他手上的牌，他就再没有过那样的好手气了。

他下早了好多站，同时还丢了他的帽子。那顶漂亮的法国产帽子曾让他显得那么英俊，上面还有一个他自己弄破的小口子。但当火车离开的时候，它却在一个充满人群嘲笑声的窗口飘远了。

然后，他独自行走着。无论他走向哪一条路，眼前广阔的天地都只让他感到无尽虚空。

他希望前面能有一个指示牌告诉他何去何从，然而前方的标志上却写着——行止。所以，他应该在这里停下。

随之而来的是终极的寂静。一种被水淹没时的寂静穿过他的耳朵，直灌进他的肺里，只剩下心跳的声音，遥远而微弱。直到眼前的一切都变成了黑暗后，他忽然又在树林中醒来。得到了一个老妇人的照顾。而刚开始，他甚至以为她是一只猫头鹰。

趁屋里的年轻人还在熟睡，美妙女士在他床边留下一杯苦药酒和一张便条，然后偷偷溜到了屋外难得晴朗干燥的夜空下。她在系泊石边脱下衣服，游到河中小岛上，爬上泥泞的河岸，倚在一块墓碑上休息片刻。随着大西洋上带着咸味的海风，云向东流动，在微弱的星光下，她的身体隐隐发出红光，恍若一个最后一次窥看着人间事的幽灵。随后，她起身拂掉身下沾着的树叶，轻盈地走进教堂。一盒火柴在祭坛上静静地等待着她。一阵风从碎裂的窗户里涌进来。她小心地护住火苗，把玻璃罩上的蜡烛放低，直到灯火最终被点燃。

她透过窗户向船屋回望，看到他的影子被闪烁的橙色灯火投映在墙壁上面。此刻她感到一丝焦虑。于是便再次走进浓重的夜色，纵身潜入河中，忘却了自己姓甚名谁。

寒冷的天气使德雷克从梦中醒来。他坐起来，拉过一件毛衣盖在身上。炉膛里燃着微弱的橙红色余烬。他慢慢地把一条腿从床上放下来，疼痛不再那么尖锐，但仍然存在。桌上有一杯老妇人给他留的药酒，他一饮而尽，被苦得皱起了眉头。

他紧紧扶住墙，支撑着身体站起来。但他却立刻感到头晕目眩，只能抠着墙上的灰泥，留下一个个虚弱的手印，标志着他正一路走向阳台的门外。他想打开百叶窗，窗子的关节处都被塞了纸条，以防发出噪声。他把那些纸条扯掉，向着密布星星的夜空敞开大门。一只猫头鹰在门外鸣叫着。

水面高涨，盐味强烈，水波用力地击打着塔门底部。他注意到教堂对面有烛光闪烁，似乎还看到了一个影子从窗口一闪而过。他很快在心里纠正自己，那只是风吹动了树影，因为现在没有人可以游到那个位置去。

在他头顶某处传来了知更鸟的歌声。不过他并不知道那是知更鸟在叫，于他而言，鸟儿的叫声听起来都一样。正如他初识那位老妇人的时候，并不知她会像水生生物般自如地在溪中穿梭。当月光照到她银白的头发时，他才意识到那个影子是她。

他蹲下来，把脸贴在阳台的扶手上。他看着她从岛前游过，在水中变成一个苍白的浅影，仿佛变成了一头海豹——在她沉入水中前，身边刚好溅起一个浪花，就像是海豹拍打水面的尾巴似的。这时，他开始惶恐起来，站起身以便更清楚地看到她。他在心中计算着她沉入水中的时间，同时又想起了蜜西。不，她还在那儿，并且已浮出了水面，靠在停泊于沙洲的破船的船舷上。

她游回来了。而他看到她赤身裸体地进入浅滩，上岸来到系泊石旁的灯光下。他没有避开视线，而是仔细地打量着她，因为他从来没见过如此苍老的躯壳——经年的皱纹，毕生的伤口，年迈带来的赘肉。他觉得有点尴尬，也有点犹豫，但他无法移开自己的视线。他看着她举起胳膊，擦拭着她的乳房，她的双腿之间。然后她停了下来，安静地伫立在夜晚的空气中，仿佛是嗅到了他的凝视一般。

他不知有多少回忆被安置在这具肉体之中，不知她曾爱过谁，而谁又爱过她，也不知她为何不像他一样想到放弃——为什么他要如此轻而易举地放弃人生？真是该死，想到这里，他的羞愧感在心口燃烧。

雨日夜不停地下着，潮湿的船屋散发出一股带着咸味的臭气。德雷克觉得浑身冰冷。他总是不断地被各种声音吵醒：噼啪的燃烧声，缠绕在平底锅上铁链的碰撞声，老妇人晚间趿着鞋走动的声音。当她做饭的时候，他仍旧没法站起来帮忙，而那口锅看起来很重。有一次，他看到她差点失手把它砸在熨衣板上，但他却束手无策。

他看着她舀出一碗汤——见鬼，又是咸肉汤——然后端着那碗热气腾腾的汤朝他走来。

“来，”她坐到他床边的凳子上，从外套口袋里拿出一个汤匙给他，“你看起来好多了。”

他点点头继续喝汤，在咽下一口汤后，他问道：“那你呢？”

“我？”

“是啊。”

“我很好。”

“所以我现在在哪里？”

“在船屋。”

“什么‘船屋’？”

“我的船屋。”

“你又是谁？”

“我谁也不是。”她安静地回答，声音轻得不能再轻。

“你叫什么？”他问，然后她告诉了他自己的名字。

“那你姓什么？”

“微斯。”

德雷克舀了一大勺汤到嘴里：“你的名字很特别。”

“没错。”

“我以前还认识一个叫‘班卓琴’的人。”

“那他会弹班卓琴吗？”

“不太会。”

“那他的名字真的太别致了。”

“我也这么想。”

德雷克继续喝着汤，他们陷入了片刻的沉默。

“我叫弗朗西斯·德雷克。大家都叫我德雷克。”

“挺好的。”

“告诉你一个老笑话。”

“什么？”

“我没法远行，而且我怕水。”[1]

“我不认为这很有趣。老实说，还有点可怜。”美妙女士回答道，“你知道吗？命名是一种行将消逝的艺术。我的名字是父亲取的。他曾经去过很遥远的地方。在那里，名字仍是一件很重要的事。随着我呱呱坠地，他从大洋彼岸带回这个名字，放在这个贝雕盒里。”

她从胸口掏出贝雕盒坠子。“你看，”她说道，“这是我母亲的遗物，她是一条美人鱼。”

德雷克停下了进食的动作，噢上帝，又是它，美人鱼。他的耳朵好像突然焕发新生，连外面狂风暴雨打在栏杆上的声音都变得如此清晰。他把空碗放在大腿上。故意做出一些小动作，好让自己避免直视这老妇人的面孔。他拿起自己的香烟和打火机，朝天花板喷了一口烟，然后才意识到老妇人正紧紧地盯着他。“一条美人鱼，是吗？”他终于说出了口。

“是的，”美妙女士答道，“她非常美，甚至美得连浪涛都忍不住对她回眸。”她站起身，把他的碗拿回炉边。

“我不觉得我见过真正的美人鱼。”德雷克回答。

“你怎么知道呢？她们出没时可从不会广而告之。”

“她们还能做什么？”

“谁？”

“美人鱼们。”

“你希望她们能做什么呢？她们在水里游。”

---

① 德雷克（Drake）有“公鸭”之意。

“她们不是一天到晚唱歌或者梳头发吗？”

“我想，她们比你想象中更加开化和完美。”

“可书上都是那么写的，不是吗？”

“那都是谣言。”

“她们会诱惑水手们然后害死他们吗？”

“也是谣言。”美妙斩钉截铁地回答。她转身倒了满满两杯酒，一杯朗姆，一杯麦芽酒，然后再走回床边。

“拿着吧。”

德雷克拿起一杯，感激地喝了一口。

“你住在哪儿？”德雷克问。

“我住在那边的大篷车里。”

德雷克伸直脖子朝窗外张望。什么都没有，只有一片漆黑。

“你现在看不到那里。”美妙说，“夜晚对你的眼睛来说光线不足，毕竟是城里人的眼睛嘛。”

德雷克向后缩了缩，倚靠在枕头上。他夹着烟，往老妇人为他准备的扇贝壳里弹了弹烟灰。“所以，你的母亲也来自这附近吗？”

“不，不是。她住在加利福尼亚南部女士岛的海岸，她来自美国。”她特意强调了“美国”，“有一天晚上，我父亲去参加舞会，她就站在附近的街上，身旁簇拥着一群男士。他说那一瞬间，简直就像在他的皮肤上开了一道口子，然后她钻进了他的血管，直直流向他的心脏。我想，他的形容并不夸张。”

说完，美妙女士举起酒杯，水汽缓缓上升，氤氲了她的眼镜。

“然后他们就在那里定居了吗？”德雷克问。

“没有。我父亲把她带回了伦敦，因为他认为伦敦总能包罗万象。他们在河滨安家，此后以水陆两栖的方式生活着。然而，随着日子一天天过去，我母亲却陷入了忧郁。因为泰晤士河被污染了，人们都认为她也污浊不堪。她感到寂寞又悲痛，只在午夜时分出没，在拖船间游来游去。最后连她的眼睛也被感染了。我想，也有可能是因为她实在哭得太多。”

美妙喝完了她的麦芽酒：“你还好吧？”

德雷克点点头，吸完最后一口烟，把烟头捻灭了。

“你的脸色看上去很不好，”美妙说，“像是一下子垮了。”

“可能我有点累了。”说着，德雷克躺下了。美妙靠过来，帮他调整好枕头的位置，把毯子拉到他的脖子上，掖了掖被角以确保他的双脚也已被舒服地裹好。因为她依稀记得，自己小时候也有人这样照顾过自己。然后，她开始穿自己的外套。

“你要去哪儿？”他问。

“回我的大篷车。”

“别走，留下来吧。”

“这句话总是很动听。”美妙坐下来，“但我留下来做什么？”一瞬间，只有沉默对她做出回应。

德雷克抚了下额头：“只是继续说说话，可以吗？”

“说什么？”

“什么都行。”

“那该说什么？”

“就继续说说你的父母吧。”

“关于他们的什么呢？”

“后来他们一直定居在伦敦吗？”

“噢，没有。我父亲给我母亲画了一幅康沃尔半岛的地图，约好和她在那里相见。不过我母亲比他先到那儿，这也不奇怪，毕竟她是半人半鱼。她穿过绿树成荫的小溪，看到满地的熊葱和盛开的蓝铃花，此时此刻她就知道这儿就是她的家。然后，日子一天天过去，我父亲终于也来了。在河流的交汇处，母亲跃出水面，双手环抱着隆起的腹部兴奋地对他说：‘我们的女儿马上就要降生了！’她指的就是我。她早已从我在她肚子里蠕动的方式判断出我是个女孩。因为男孩通常是在原地打圈的。”

德雷克懒洋洋地点着头。

“我父亲用积蓄买下了目之所及处的一切东西：土地、潮溪，甚至连教堂都买了，他还造了这个船屋。此后，他们从河岸采集食物。在溪水涨至顶点归于平静的白天或夜晚，他们都会去游泳，毕竟那就是人鱼的天性。有一次，在18——”美妙女士努力回想了一下，“应该是……在1858年，我出生了。在灯光照耀下的波纹中，我像一条鳗鱼般从水中滑出来，我呼吸到的第一口空气中充满了野金银花的甜香。我有一双人腿而不是鱼鳍，我有着我父亲的眉毛，母亲的眼睛。更重要的，我有着我母亲的心——尽管我从未见过她，因为我刚出生时她就被子弹射中了。我想，可能有猎人把她错当成了海豹。”

“上帝啊。”德雷克惊呼道。

美妙耸耸肩：“好了，你该睡了。”

“不，再等一会儿。”他说，“告诉我，你母亲死时你父亲在做什么？”

“他吗？他的心跳停了。”

“他死了吗？”

“没有，他只是停止了心跳。”

“他死了？”

“你是故意在钻牛角尖吗？”

“什么？”

“我是说，他停止了心跳。你知道，这和死亡的区别非常大。那种感觉就像心脏被刀片割破，牡蛎体内悉心呵护的珍珠被夺走。他说，从那以后他的心再也不会跳动了，它只是作为器官运作着。我一直不懂其中的区别，直到我长到现在这个年纪，我才懂得经历过死亡与真正回到生活中并不完全相同。你能明白我的意思吗？”

她终止了思想无穷无尽的流动，开始编织发辫。然后又在灯碗上划着了一根火柴。她不再多发一言，只是静静地等待着黑夜把他带入梦乡。很快，他便睡熟了，头向后歪着，发出轻柔的鼾声。她双手轻拂过他的眉头，低声道了一句晚安。但她并没有马上离开，而是在原地静静地注视着他睡眠中随呼吸起伏的胸膛。

接下来的一整天里，德雷克都深陷在甜美的梦乡中。白昼与夜晚交接时，老妇人蹒跚地走进门，把贻贝和鸟蛤放进锅里煮着。此时，那股非比寻常的食物香气唤醒了他的辘辘饥肠。他觉得自己正恢复得日益强健，可那老妇人却显得更孱弱了。

他们一起喝着河水炖的汤，已不新鲜的面包搭配着咸肉汤，口感倒还算差强人意。他们吃净了贝壳里的肉，把碗也舔得发亮。这时，美妙女士拿出了一小瓶杜松子酒。在喝下满满的一杯后，她的双颊开始发光。然后她摘下眼镜，揉揉眼，干涩的眼球随之发出吱嘎声。

“你还好吗？”德雷克问道。

美妙女士点点头，重新戴上了眼镜。

“今晚我感觉到自己变老了。虽然在我一生当中，大部分时间都像春天一样让我感到充满活力。但现在，寒冬似乎要来临了。”

“我想喝一点你的……”德雷克说着伸手拿起她的杯子闻了闻，

“杜松子酒？”

“你自便吧，”她把眼镜举到唇边，“酒总能帮上一点忙。”

“帮我们重返青春？”

她笑了，对德雷克说道：“不对，是帮我们回忆。”

德雷克喝了一口他自己的麦芽酒：“我想……你母亲，她是被葬在那里了吗？”他指向那个墓碑丛立的教堂。

“噢，当然没有。”美妙女士回答道，“人们是不会埋葬美人鱼的。她们最终都会回到大海里。我父亲带她去了一个水流湍急的河湾转弯处。他说，那时汹涌的金色波浪朝他涌来，包围着他们，水流从我父亲手中卷走了她，把她送还到族人们身旁——她出生的地方，那片温暖的海域。”

“那你怎么办？”

“我？”

“对啊。”

“噢，后来我被送去了伦敦，由我父亲的姐姐和她丈夫抚养。因为，显然，那个时候我父亲都没法照顾自己了，更别说一个婴儿。”

“再后来你去了哪里？”

“我记不清了。我们住在一间很大的屋子里，那儿的灯光总是很昏暗，而且摆放着许多神龛，还有很多其他东西。他们给了我一个孩子所需要的一切，包括一个我并不想要的新名字——艾瑟尔。”

“艾瑟尔这名字不适合你。”

“是啊，我也觉得不适合，对吧？不管怎样，十岁之前我再也没见过我父亲。直到那一天我见到他，就像偶遇一个陌生人一样，一个和我有着同样微笑的陌生人。”

“在那十年间他在干吗？”

“我想，这我只能基于猜想去推测。”

“你不必全都说的。”

“好的。”老妇人流露出感谢之意，“根据我所知道的，再加上我的一些推测，我父亲在我母亲去世后性情大变。在之前，你绝不会认为他是个粗鲁的人。但一夜之间，他便充满了仇恨，他变得极度仇恨上帝。我想，他其实也是在恨他自己的父亲，那个严苛的，忠实信仰上帝的人，后来却当起了医生。他前脚紧跟玄学，后脚紧跟医学，或许最后总有一边能获得救赎。”

说到这儿，美妙女士抿了一口杜松子酒，吸了口烟：“我刚刚讲到哪儿了？”

“你说到了上帝、医学，还有你父亲的……”

“噢，是的。两条路我的父亲都曾经想走过。”

“那他最后选了哪条路？”

“两条都没有。他从没有做过真正的选择。一方面，他畏惧上帝；另一方面，他又害怕鲜血。所以最后他带着继承的遗产逃到了海上，在茫茫大海上寻到了财富。

“所以，你能想象到，假若有天早晨醒来，他第一眼看到的东西是教堂，那会让他惊惧不已。因为上帝的仁慈反而使他愤怒。但如果他第一眼看到的是蓝铃花，那他便会很振奋。当白天快结束时，世界宛若静止。每当此时，生命无穷无尽的空虚感便又会让他感到恐惧。因此，他日夜等待着我母亲给他一个结束生命的讯号。”

“那讯号出现了吗？”

“没有。出现的信息反而是鼓励他继续活下去的。有天早上，他被海滨一阵可怕的巨响吵醒。他走向岸边，本以为是一艘大轮船搁浅了。但当他抵达时，他却看到一只卡在两块岩石之间的逆戟鲸。为了重返自由，那庞然大物以求生的本能奋力地撕扯着自己的皮肉。而那正是我父亲等待的讯号。于是，第二天早上，他锁上了船屋和他空空如也的心，上路了。

“在走了三个小时以后，一场滂沱大雨降临。一里外的海面上出现了双重彩虹。在那一刻，他发现自己心中的怨恨和苦涩消失了，留下的只有对大自然的敬畏。最终，他的痛苦变成了自由。

“那段充满尘埃、杂草、沼泽与风沙的路途成了他刻骨铭心的回忆。化石与祷文互相交叠，承载着半岛过去的历史。他打算从外围绕过迈克尔山脉，却被潮水的侵蚀不动声色地逼退了。他爬过参差陡峭的悬崖，抵达了天涯海角[①]。他经常露宿在城墙的旁边，只能站着睡觉，双腿抖动着，还在做着行走的梦。天蒙蒙亮时他便起身，从不停下来和无关的人闲谈，最多扬一下帽子快速地打声招呼，甚至就算在这片刻，他的脚步也从未停止。

“他花了九年时间，走了五百英里，两次走到整个县的外围。在这

① 天涯海角：位于康沃尔半岛西南部，同时也是英国的最西南角。

段旅程中，他见到过日食和领航鲸；目击过船只失事，海涛汹涌地吞噬了所有人。他从以贩卖古老秘方为生的老妪那里学到了许多东西，譬如品尝草药。从此他知道了什么草药有治愈功效，什么会让人生病。他还学会了在荒漠里寻找新鲜的水源，学会了怎样超度濒死的人……直到多年以后，历经千辛万苦的他终于停下了步伐。在大地的尽头，他坐在一块古老的石头上稍事休息，看着落日低垂，他心中预感到，有些事情即将结束——我想，他指的是悲伤。

“当天空被染成金黄色时，一阵自豪的满足感涌上他的心头。他心想，在神或医学之间，有着独属于我的一席之地。于是，他将这个念头放进他脖子上挂着的小贝雕盒里——你看，就是这个，”美妙女士拿起了颈间挂着的贝雕盒，“在他沉睡之时，在他停下自己步伐的时候。你看，他才听见了自己内心深处的呼唤。他放弃了他的目标，那同时也意味着，他终于能返回到生活本身中来。

“就是在那之后，他把我从伦敦接了回来。他早就买了一辆吉卜赛大篷车和一辆老马车，我们一起游历了整个康沃尔半岛。在那些小村镇当中，日夜都有人请他去为濒死之人超度。我也会跟去学习。

“通常他会念念有词，不过只是说些当即想出来的话。如果那家人有要求的话，有时他也会念《圣经》。我看着他拿草药帮垂死的人止痛。人们几乎无条件地感谢他。在那个年代，大家手里都没什么钱，于是食物或酒便被作为报酬。当没有此类工作时，我们就享用大自然的丰沛馈赠。还有，所有爱说闲话的人都十分尊敬他。”

“那是些什么人？”

“主要是村子里的女人们。那些女人经常参与接生或为死者哀悼，反正这些场合总有她们参与。她们也让他帮忙接生，我也会跟去学习。”

“你也接生？”

“不，不，一开始我还不会，很多年后我才亲自动手。那时候我只是帮忙烧开水，准备干净床单，偶尔弄绳子。但我边看边听边学。我所学到的东西就是：死亡随时都有可能会发生。你知道的，德雷克，因为卫生问题。他们的袖口很脏，但没人卷起袖子。鼻子也不干净，而且在冬季总会挂着鼻涕。他们根本不明白保持卫生的重要性。

“有时候，垂死的可怜人会祈求自己能多活几天，那是最难办的事。每逢这时，我父亲就会派我晚上出门，去放生他们罐子里装的龙虾，释放待宰的羊羔、猪和兔子。他说这是以命换命，是和死神讨价还价。这事做起来还有点田园牧歌式的诗情画意，然而同时也充满了恐怖的威胁。”

“为什么这样？”

“因为那病人迟早会被死亡的疼痛吞噬，只是时间长短问题。他会躺在温暖的床上直到腐烂、发酵。到那时候，对我而言，他除了一双肿胀的腿就什么也不是了，而当我们离开时，他心中亦只剩下恐惧。

“‘我们得回家去了，亲爱的。’那天，在知道我们的冒险要结束了的时候，父亲这样对我说。于是，十四岁的我驾着马车，回到了父亲的故居。

“回到行止村时，尽管已是白天，父亲却还在熟睡。我锁住马车，让马儿自己去林间漫步。在那之前我从未进过船屋，门闩很容易就能撬开。在受了十年的潮湿后，木头早已腐烂，屋子的铰链生锈，门框也肿胀变形。于是，我只能使用暴力，撞进我父母曾经的私密空间。

“船屋里的东西极少，所以看上去十分整洁。床铺整整齐齐的，仿佛从没人在上面睡过。床和壁炉旁摆着几个烛台。羊毛地毯发霉了，于是大红色的图案上面凭空多了一点绿。但让我印象最深的一点是，那是一个成双成对的世界：两只椅子，两只杯子，两只碗。我简直像是一个侵入者，而不是他们爱的结晶。”

德雷克指着壁炉上留下的一块煤灰的痕迹：“那里之前放着什么？”

“我不知道。可能是我父亲的某件必需品吧。”

“一幅画？”

“是，我猜是。我从没问过他这些，他也从没主动说起过。然后，一切结束得太快了。”

这个老妇人拿起酒杯：“三天，就是那么快，德雷克。在回家后第三天，那个最后的夜晚，我看到父亲身上发出亮光。他的脸色庄重而又平静，我看到母亲在等着他。

“我从没见过母亲，我一直期望着能有哪天看看她长什么模样。其实，我至今仍在期盼，这是一种年龄无法削弱的渴望。那天晚上，她把脸藏在了漆黑的头发后面。但我知道那是她，因为她总是提起‘我的女儿’，而且她身上有种大海的气息。

“我父亲对她说：‘我的爱人，你终于回到我身边了。’

“母亲说：‘我从未离开。’

“那短短几个字如一生般漫长。

“他问她：‘我们什么时候走？’

“然后他们一齐转向我：‘我们可以一起离开了吗？’

“可霎时间，我失去了语言，只是举起手，像微弱的海浪般挥了一挥，仍旧无法说出一个字来。那年我只有十四岁，而其实我最想说的是：‘请不要离开我。’”

在接下来的一个夜晚，德雷克在家中等待着美妙女士归来。可是，直到群鸟缄声，河流空寂，长夜逝去，她也没有回来。

整整一大堆的木块都被他填进了炉膛，而这似乎耗尽了屋内所有的氧气。他感到窒息，甚至闷得吃不下昨晚剩下的那点咸肉汤。他拿起水壶，往洗脸池倒满了水，舀起水扑了几下脖子和脸，可神志依然没能恢复清醒。

他走到阳台上，对面的教堂闪烁着点点烛光，或许他该出去找找她的——万一出什么事了呢？这样想着，他就走过去打开了大门。门外寒冷的空气如捕捉猎物一般扑向他。树枝晃动着，云朵被风吹向北方。外面没有一丝光线，事实上，那里除了寂静外什么都没有。于是他迅速关上了门——什么都没有，只有蜜西悲伤的幻影在外徘徊。

在她自戕的惨剧发生后，他甚至没有等警察过来就逃离了那个地方。因为他无法面对他们会提的那些问题以及他们的蔑视：为什么你说自己没能够到她？你努力试着去救她了吗，嗯？到底有多努力？

他甚至没回过当时他所住的房间。乘着内疚与恐惧的翅膀，他沿堤路一路狂奔到威斯敏斯特，自己骗自己还在寻找她。他在河岸的卵石和迎面而来的潮水中假装搜寻着她的尸体。但是，他只是想尽可能远离那个地方，尽可能地远离恐惧而已。

夜幕降临了，他漫无目的地穿行在黑暗中，身边唯一的财产就是那只可怜的手提箱。同时，他在脑海中细细检索着他们在一起时那一天的每一个细节——试图找到一扇通往生还而非坟墓的门。

他在一个点燃的火盆边停下脚步，旁边围着一群穷苦的流浪者，而他现在也是其中一员了。他在火焰旁给自己找了个位置。但当掏出第六根香烟时，他发现自己除寒冷外已经失去了其他知觉，所以他只好继续活动起来，不停前行。

穿过湖滨一条安静的街时，一个念头从一扇扇暗娼的门后悄然浮出，从小巷里搭载着烟味和成熟的香水味浮现到他面前。它带着慵懒的微笑，深深诱惑到了他，因为他此刻实在太过于孤独。但他还是毫不回头地疾步离开了这里。

他继续向东走，很快，在被轰炸过的遗迹处，出现了童年时居住过的房屋黑魆魆的影子，脚步声空旷地回荡在他们曾经踏过的石路上，他走完一圈后又回到了圣保罗，回到了那条该死的河边。在一片黑暗中，河水涨起来了。远近停泊着零零落落的几艘船只，起重机静静地停着，水利站则正在工作。万家灯火的景象看上去很美，但是真该死，它们不应该这么美的。

他靠在堤边的墙上，喝了一瓶金酒。一朵烟花孤零零地在他头顶盛开，余烬安静地散落在伦敦的天空中。

德雷克在闪烁的炉火中吞咽着食物。他凝视火焰，仿佛在寻找真相，但他早已知道那真相到底是什么。

它从寂静中潜入，此刻就在船屋兀自翻腾作响。事情的真相就是他从来没有真正理解过蜜西，他只是一直在跟着自己的感觉走，甚至无暇顾及她的感受。

他的视线一次又一次地萦绕在壁炉上方——那个黑色的印记，没跟老妇人一起生活过。他起身打开手提箱，从里面取出那张曾经从门缝里塞给他的、折叠着的纸，小心翼翼地展开。他把手放在蜜西手掌的轮廓里。“永远别要太多，弗雷迪。永远不要忘了我。”她那龙飞凤舞的字迹这样写道。然后，他轻轻地把那张纸放在火上，它马上蜷缩起来，像在跳舞，又像一个小小的祈祷灯般上升。那些童年时爱的低语如同彗尾一般，与它一起慢慢地消失在了天幕当中。

躺在床上，伴随着海浪的轻拍声，他辗转难眠。终于，清晨在急切的等待中降临了。他轻轻地穿过冰冷而凹凸的地面，看着空荡荡的炉膛里的灰堆。在那里，一小块烧焦的纸独自躺在石板上，上面的文字依然历历可见：

忘了我。

他的胸膛不禁急剧地上下起伏。摇摇晃晃地回到床上后，他屏住呼吸，潜入到如无底洞般深邃的睡眠中去。

次日晚上，老妇人回来了。德雷克对她的归来并不意外。他看着她从门口搬进几个看上去很重的罐子，他径直走过去，从她手中接过了它们放到牢固的铁架台上。他铺好桌子，在上面依次摆上勺子、小刀、杯子和麦芽酒。然后，他往火堆里添了些木柴。火势变旺了，锅中煮的东西开始沸腾起来。船屋如他所期待般充满了温暖的生机。他甚至询问她今天是否精心打理了头发。她诧异地看着他，嘴里嘟囔着说他在胡说八道。

她盛起两碗蔬菜汤，放到桌上，“汤啊！”他叹道，“真是我的最爱！”当美妙女士准备就餐时，他又贴心地为她抽出椅子。“谢谢你，”他对她说，“谢谢。”

浓稠的蔬菜汤颇为美味，可老妇人一直盯着自己的勺子，而德雷克一直盯着老妇人，餐桌上一片沉默。终于，德雷克擦了擦嘴，轻声问道：“那么，你的故事似乎还没讲完呢。”

美妙女士抬起头：“什么故事？”

“之前给我讲的故事啊，我昨晚一直在等你，但你没有来。”

“我没有来吗？”

“是啊。”

“那你吃饭了吗？”

“我吃了。但你真的没有来。”

美妙女士掰下一小块面包放进汤里。

“你之前给我讲了一个故事，但还没讲完，你可不能半途而废啊。”

“你怎么知道那是故事的一半？”

“因为那既不是开头也不是结尾。”

“你怎么知道那不是结尾？”

“因为故事里的你才十四岁，而现在，你说自己已经八十九岁了，这期间肯定发生过更多故事。”

“我八十九岁？你确定吗？”

“应该是吧。”

美妙女士摇摇头，继续用餐。

“您必须把故事说完啊。”

“谁说的？”

“我说的，每个人都是这么说的。”德雷克推开空碗，点燃一根烟，直勾勾地盯着她。老妇人喝完碗里的最后一口汤，擦了擦嘴。紧接着，她从口袋里掏出一小瓶杜松子酒，倒满面前的杯子并一饮而尽。

“故事，就像大自然一样，总是不灭的。”美妙女士说。

德雷克往碗里弹了弹烟灰：“你刚讲到令尊去世的那个部分。你驾车带他回船屋，那是你第一次踏入那里，同时看到了他们从前的生活。当他死时，你又看到了自己的母亲，而她说自己从未离开。然后他们问你——”

“你觉得我们可以一起离开了吗？”

“对，就是那儿。”

“然后我一句话都说不出来。”

“是的。”

老妇人调整了一下眼镜，擦了擦额头。然后，她的手指有节奏地在桌子上轻轻地敲打着，等待着往昔的回忆涌上心头。“我一句话都说不出来。”她重复了一遍。

她想起了那个不得不在一夜之间长大成人的自己。那晚，一轮新月挂在空中，向地面倾洒着柔和的光辉。她戴着帽子，在前面的土地上插着一根已经所剩无几的蜡烛，烛火在河床边散发出微光，这微光也已经足够了。她把父亲从床上拖起来。他的灵魂已经离开，因此所剩的躯壳几乎轻若无物。她一直把他拉到河边，然后她站上小船，温柔地把他放到船上。

她选择了一个潮水较为平缓的时刻，并尽可能地与海潮涌动的速度保持同步。桅杆的灯上下起落着，在黑暗中犹如一颗坠星，十分美丽。她绕着港湾，直到找到一片远离灯塔光柱的私密深水处才放下船帆，让船只自由地在水上漂流。

她轻念着父亲以前教她的那些话，直到一朵闪着磷光的云迅速围住了小船。她知道，时候到了。于是她小心地把父亲抬到水面，和缓的水流将他卷入深处，又迅即变为她母亲光明的怀抱。

她双手抓住船边，把头埋入水中，目送着他们。但她太年轻了，那并不是属于她的世界，只有耄耋老人和死者才有权利看清那个世界，而十四岁的她并非这两者中的一员。

海天一线，两者互相支配，互相侵蚀。突然间，她被内心黑暗的缺口吞没了，恐惧顿时成了主宰她生活的核心。

她把桨扔到水里，躺在木凳上号啕大哭。她知道或许很快无情的西风会如撕扯一块朽木般把这艘小船撕裂，而她祈祷着这一刻快点到来，祈祷着死亡能把她带走，快让她和亲人们团聚。

但她没有死。在鹅卵石剐擦着船体，船锚插进沉寂大地的声音中，她醒了过来。狂风并没有如期而至，船筋疲力尽地漂到了一个背风的岸边。很快，熟悉的晨光洒落下来。她还活着。世界仿佛静止了，海面就像一个水库般平静。两只船桨叠成十字形，散落在船边。

她解开了帆脚索上的绳子，把小船推到浅滩，让它重新漂入江河的怀抱。她驶过灯塔，驶过堡垒，穿过大群船队，穿过一片船上水手们不知葬身何地的腐朽沉舟。最后，她抵达了河流汇合处与浅滩相连的沙堤。

她在古老的溪流中拖着小船，一路惊扰着沿途的虾蟹。水流的阻力使小船像是一头反抗的待宰小猪，令她费了很大力气。她弯着腰，白色的船屋和发着光的教堂出现在了眼前。她将船系好，坐在那块同样古老的系泊石上。面对着这条曾属于她的溪流，此刻她却毫无感觉。她刚刚经历了人生中最漫长的旅程，但却无人在终点处守候。

那整个冬天她几乎都在睡觉，甚至睡过了圣诞节。等她醒来后，已是新的一年了。她感到十分迷惘。直到春天终于降临，初绽的蓝铃花与熊葱为她的世界铺上了一块绿棕相间的地毯。

当她在水中为今年的第一顿盛宴寻觅食材之时，空中飘来了吟唱圣诗的声音。人们在教堂中排列整齐，而她则在井里打了满满一桶水 在外面生好一堆火。锅里的水沸腾了，锅中贝壳们纷纷张开。没有人注意到她的存在。

她收集柳枝，编织成捕蟹篓，把一部分卖掉，剩下的放进河湾诱捕螃蟹。在她饱食一顿后，把剩下的螃蟹也卖出去。但是仍旧没人注意到她的存在。

再后来，她留起了长发，开始像她母亲一样游泳。直到那时人们的视线中才有了一个她。河流是有记忆的，当她搅动水波时，便从中知晓了一切。她的出现使人们感到恐惧，就如她的母亲也曾使他们感到恐惧，更因为她们拥有如出一辙的胴体。她正处于花季，身边自然充满了群蜂的嗡鸣——男人们努力用鼻孔嗅着她在空气中残留的气息，然后克服自己的羞涩，绽开一个笑容。

“苹果总不会落得离苹果树太远。”哈德太太说。

“是的，”美妙回答，“而且掉下的苹果离树越近就越甜。”

但她从没有让任何人靠近过。从没有让任何人能够得到她。

三个夏天悄然而逝后，美妙的生活突然有了改变。一天早上，她被一阵敲门的巨响吵醒了。

“贝琪的孩子要生了！”一个村里女人焦急地说着。

"告诉凯夏了吗？"美妙连忙问。

"凯夏正在超度死者，她说你可以帮忙接生。她说，你可以的。"

"给我五分钟。"美妙关上门，给自己打气，"凯夏说我可以的！"她心想。但是，她的胃部开始抽搐，一股湿冷的恐惧感爬上了她的脊背。她从没见过比老凯夏更有智慧的女人。"她已经对我倾囊相授了，"美妙继续安慰自己，"她说我可以。我已经准备好了，我已经准备好了。"当她开始为自己接生的第一个宝宝做准备工作时，脑海中依然一遍又一遍地重复着这句话。

当她快步穿过灌木丛时，太阳已高悬在天空中。她在草地的边缘处赶上了那个村里的女人，她们在沉默中穿过矢车菊、万寿菊和罂粟花的花丛，一直走到没有花丛的大路边缘。这时，她们看到贝琪正靠在小屋的黑墙上。她面色潮红，美妙注意到她正做着节奏平稳的深呼吸。贝琪看了她们一眼，说道："我的羊水破了！孩子马上就快出来了。"

美妙低头查看妇人的两腿之间，嗅了嗅流淌下来的透明液体，然后她抬头微笑："过来吧。"她环抱住贝琪，引着她从路边走进了屋子。与此同时，哈德太太手足无措地在一旁看着。

楼下，水煮开了，空气变得湿热，酵母刺鼻的味道从面包房悄悄飘了进来。楼上卧室中充满了窃窃私语声。接生的床单也已经准备好了，贝琪躺下来，嘴里不停地抱怨着。

美妙把她准备好的一包东西放在窗边的凳子上。她往窗外看了一眼，那是一片天空，一首奇妙的狂想曲。她脱下衬衣，从包里拿出一身干净的罩衫、一块方形手帕和一条围巾。她穿上罩衫，把袖子高高卷起，将一块石碳酸皂放入水盆。水把她烫得通红，但她依然仔细擦洗了她的手和指甲，然后用尼龙手帕揩干。她用围巾遮住鼻子和嘴，走到了产妇的床边。

她轻轻抚摩她隆起的腹部。婴儿的头在底下，子宫正缓慢却明显地蠕动着——母亲的身体拥有生产的本能。美妙努力抓住每一个新变化，她把耳朵贴到贝琪腹部，想感受着婴儿的运动，但那儿什么都没有。她不由得口干舌燥、头昏眼花起来。她挪了挪耳朵的位置，但仍未能听到婴儿微弱的心跳，瞬间她感到全屋人的目光都聚集在她身上，尤其是产妇的目光，给她带来了巨大的压力。她继续抚摩贝琪的肚子，咳嗽了一声，清空自己凌乱的思绪。然后她再一次弯腰聆听。

有了！在这儿！婴儿怦怦嗒嗒的心跳声！她开心地笑了出来，屋里的女人们也感到了这份喜悦，但都努力忍住了。

“只有一个吗？”这个母亲问道。

“只有一个。”美妙回答。

“谢天谢地。”母亲松了一口气，其他女人都笑了。

她从凯夏那里学到，要观察产妇的表情，因为表情不会撒谎。而这次，这张面孔也确实没有撒谎。两小时后，婴儿降生了。在过渡阶段，母亲的子宫强烈地收缩变化着，子宫颈大大张开，她发出震耳欲聋的尖叫和咒骂声，终于，一个健康的女婴探出了头。

美妙用黑色丝线绑住脐带，然后剪断了它，把婴儿抱到她母亲面前。孩子的母亲询问美妙是否愿意为孩子取名，美妙说，她很乐意。屋里的女人们便笑道：“不错，‘乐意’就是个好名字。”

几个小时过去了，日渐西沉，拉长了人们的影子。美妙仍没有离开卧室。直到胎盘成功脱落，宝宝顺利学会吮吸奶水，母亲的两腿之间不再有鲜血流出，人们才终于想起她该走了。他们对她说："做得很好，一切平安。现在你也该回去休息了。"

于是，美妙离开了。农舍中充满了欢笑声，宝宝轻柔地打着鼾，孩子的父亲激动地走了进来。那天，她收到了很多感谢——仿佛她重获新生，进入了一个前所未知，并拥有无限可能的新世界。

她走进盛夏温暖的黑夜里，只有面包房的顶层还亮着一盏灯，美妙从窗外看到哈德太太模糊的身影。她朝她挥挥手。今日不宜动气，她要友善一点。

她在储水塔下用手接了一点水喝，然后又洒了一点到脸和双眼上。她缓缓穿过草地，走进藏着秘密的树林，一身疲惫地回到家中。她坐到系泊石上，在月光下憩息，不过她没有熟睡。云雀在苍穹甜蜜的吟唱惊醒了她，事实上，她不知道，扰醒她的是灵魂的声音。

船屋外微风轻拂，悬在细线上的贝壳、金属和骨制小玩意儿互相碰撞，翩翩起舞，构成了一首夜的乐章。美妙女士摘下眼镜放到煤油灯旁，摸了一下鼻子上意外划伤的痕迹。然后，她又仰头喝下一杯杜松子酒。喝完擦了擦嘴唇。

"那么，现在我算是给你一个结局了吗？"

德雷克捻灭了烟头："我不知道。我感觉这依然只是个开始。"

她笑了："很好，你开始明白一些道理了，德雷克。"说完，她戴上眼镜，朝门口走去。夜晚的空气涌入房间，她停下脚步，“听，你能听到他们的声音吗？”

“谁的声音？”

“那些圣徒。今晚他们来恶作剧了。”

“为什么？”

“因为自从你来到这儿以后，他们就觉得自己的位置被取代了。而他们必须留下来，确保我头脑清醒。”

一只猫头鹰咕咕地叫着。

“子夜十二点了。”美妙女士调了调黄金怀表，上紧了它的发条。

德雷克看了看自己的手表。指针刚好从十二点整走过。

“谢谢你，美妙。”他说。

她停下脚步，回过头来。这是他第一次这么叫她。她扬了扬手，消失在夜色中。

风开始变大，德雷克朝屋外看去，树木都在摇摆着。他能听见老妇人自言自语的声音。或许，在无人处，她正与她身边的圣徒们悄声诉说着故事吧。

12月的第一天，德雷克终于踏出了船屋。成熟饱满的浆果红中透亮，冬天已经来临了。

美妙女士早早叫醒了他，递上一个污水桶和一桶肥料灰，指了指那条穿过树林、通向屋外肥料坑的窄路。

他眯着眼，适应着屋外明亮的晨光。杓鹬和蛎鹬的鸣叫声回荡在溪边，空气中有种丰饶的气息。溪水亦不像他夜间想象的那般可怖，而是充满了宁静古老的凄哀之美。

他看到了树林中轻柔升起的烟雾，然后初次见到了那辆吉卜赛大篷车。它周身缠绕着战时那种伪装网，假叶子极不自然地竖立在周围光秃秃的枝干上。他又靠近了一点，发现篷车的帆布早已褪色，打着补丁，一侧还被写上了一些字，只是现在已经看不清了。边上的柱子旁有一个上锁的菜橱。车后，一小块开垦过的土地上种着些蔬菜。树间悬着晾衣绳，还有一个用旧水果箱上拆下来的木片搭成的小棚子，棚上的门已经掉了，里面摆满了陶土酒壶——有些塞着塞子，有些敞开着——还有钓鱼竿和煮蟹锅、各种工具、锡铁澡盆和汽油罐。棚边还固定着一个大大的金属边框的帆布风筝，布面上带着一股强烈的海腥气。

他把水桶放在一个破损的灯旁，走上了大篷车的台阶。门外的木框上，几根潮湿的海藻紧紧编织在一起，系挂着一个望远镜。打开门，他进入了一个迄今为止所见到过的最为奇异的地方。房间里仍残留着暖意，火炉中有低沉的噼啪作响声，间或还会传来陷在累积了几十年的腐殖质中的木轮的吱吱声。

空气中有一种松树的清新气味，还有一种他无法用语言描述的感觉：有点女性特质的气息，也有点醉人的芬芳。他走到床边，坐了下来。对面墙壁上贴满了贝壳：以海螺和帽贝为主，数以百计的贝壳被精心镶嵌成旋涡和波浪的图案。在另一面，在窗台下的壁架上聚集的灰尘和黑暗中，摆着一个小小的书架，架子上只陈列着一本带着锁的小巧的笔记本，书脊上字迹潦草地写着：美妙真理之书。德雷克将书拿到手中把玩，手指轻抚着那句话，但他找不到可以打开它的钥匙。于是他尝试性地掰了掰锁，但锁纹丝不动。他只好把它放回尘埃里，心想着等下次再想办法。

他蹲下身，在床边的地板上找到了一个音量旋钮早已磨损的马可尼无线电。在一边的墙壁上，有一袋干树叶和香草，还有一把秤和几个一便士大小的黄铜秤砣。一个架子的高处放着杵臼。还有几个莫干几香烟和好彩烟的纸壳——这些烟在战时可都是一般等价物。

他躺在床上，瞥见了几张钉在裂缝斑驳的天花板上的手写便条，有的旧，有的新，但似乎都是她用来提醒自己的文字：

周五买鸡蛋；

在外面发现的男人叫德雷克；

德雷克=不开心；照顾他；

生于1858；

钱在碗柜里；

吹灭蜡烛。

他相当了解这个，当他还是个小男孩的时候，就见过这种便条。曾有一个老男人常常定期光顾酒吧，在冬天，他总带着几张妻子塞在他华达呢大衣里的小纸条。远远一看，德雷克还以为那些纸是雪片。纸上写的是那个男人的名字和住址，他喜欢喝什么酒，以及他用来付账的钱都放在哪个位置。那些纸片是为了预防他某天运气不好，醉倒在某处。但从没人抢劫过这个叫斯坦利·莫里斯的老男人，反而总是有人哼着歌送他回家。总而言之，这个世界是美好的，德雷克认为。起码在过去，世界还是很美好的。

他摘下那张便条，上面写着：德雷克=不开心。他凝视了它一会儿，然后放进了裤兜。他重新抚平床单，然后离开了大篷车，一切都像他进门时一样完好如初。

他拿起水桶，走到结着一层薄冰的粪坑边上。寒冷凝固住了臭味，使它看起来只是一堆废弃的污物。甚至一只受惊的老鼠跑过也没能打扰到他此刻的平静。他解开裤子像公牛一般如厕，不能说已然重获新生，但至少他已变得更加友善。

在二战初期，美妙曾有一次远行至大港口。

坐在长椅上喂鸽子时，她无意中听到另一位女士正谈起她昨天看的电影。她说那是一部彩色电影。年轻的美妙很认真地听着，这种她见所未见的彩色电影勾起了她的好奇心，更何况她都已经不记得最后一次看电影是在什么时候了。听电影名字似乎是关于航海的，她心想，真巧，这正是她感兴趣的东西。

于是，那天她没有直接回家，而是去电影院排队买票。然而，开场后，很快她就发现自己坐在一排排热恋中的情侣之间。当灯光逐渐变暗后，她发现情侣们都在低头拥吻，于是她只好环顾着四周。

在看这场电影之前，她从未见过如此纷繁多姿的色彩。她生活中的庸常风景从未有过如此精彩的视觉爆炸，即使在睡梦中也未曾出现过。红与橙的烈焰在屏幕上燃烧，军队前行的黑色剪影徐徐而过。她心想，也许那就是英国的军队。而当费雯丽穿着那身将窗帘缝缝补补拼凑而成的衣裳出现时，她觉得她看起来简直像是个绿林好汉。

从那之后，荧屏上那些或橘色或赤红的嘴唇一直留在了美妙的脑海中，她常常会想一想，若自己也把嘴唇涂成那样，不知看起来会是什么样子。那天她最后一个从电影院出来。工作人员进来催了她好几次，她仍然坐在那儿盯着一片空白的大屏幕。直到防空警报的尖叫响起，她看到女引座员年轻的脸上闪过的惊恐时，才无可奈何地离开。

当她踏出影院，外面的世界看起来简直就是黑白的了。警报大作，人们朝着防空掩体抱头鼠窜，但美妙没有，她从容地走回海港，去坐那班回家的船，并不理会协管员的喊声以及头顶轰炸机的轰鸣。当她乘船离开时，炸弹落在黑暗幽寂的河中，她不禁又想起荧幕上那些橘色或赤红的嘴唇，或许，有了那样的嘴唇，她就可以得到更多的吻。

此刻，她站在船屋门口，陈旧的电影海报迎风招展着。

“《乱世佳人》？”德雷克看到海报，从待洗的碗碟中抬起头问道。

“这是一个美国人送给我的。你可以把它贴在桌子边的墙上。”

“谢谢。”德雷克擦干手从美妙女士手中接过海报。

“这是件好东西，希望它贴在这儿能让你也开心点儿，”美妙女士说道，“而且我认为，这是部拍给年轻人看的电影。”

“我想你说得没错。”德雷克拿起洗好的碗，把盆里的残水洒在外面的野玫瑰上。

“我一直想知道，要是我也抹上那种口红，看起来会是怎样的。”

“哪种？”

“就像她一样。”她指了指海报。

“费雯丽？”德雷克说。

“这个女演员是叫费雯丽吧，没错，就像她那样。”

“你想涂哪种颜色？”

“红色，或者橘红也可以。”

“我觉得你更适合红色。”

“没错，我也觉得。”

“你涂上一定会很美。”他走到壁炉前，晾上一双刚洗的袜子，却因此错过了她绽开的微笑。

“对了，这儿有一封你的信。”美妙女士在他身后说。

德雷克从壁炉台上拿起信递还给她。“这不是我的信，美妙女士。看见了吗？我只是来送信的，”他说，“地址上说这个人住在这里。”

“为什么要你来送信？”

“因为我对某个人有过承诺。”他边说边放着他的袜子。

她把那个信封凑到眼前，细细端详着，大声地念出那个名字：阿诺德先生。突然，她感到记忆钩沉，一个鲜明而锋利的回忆片段如同凌空一鞭，令她不得不扶住桌子来保持平衡。但这电光石火的一瞬又很快消失了，就像几张被撕掉的书页，唯有残存的锯齿状边缘暗示着有什么曾存在过。

“你还好吧？”德雷克关切地问。

“是的，”她轻轻回答，“是的，我很好。”

“过来，”德雷克把她领到床边，“你看上去有点累了。”

“因为我等得实在太久了。”

“一定是那样。”

“你准备什么时候出发？”

“什么？”

“去送信，”她指了指信封，“你准备什么时候去？”

“噢，反正不是今天，”他说，“今天我哪儿也不打算去。所以，或许明天，或许以后吧，我也不确定。”

她点点头道：“好吧。”接着，又像回声般轻轻自答了一句“好吧”，脸颊上泛起一抹淡淡的胭脂红，使面孔又有了血色。她不想让他去任何地方，因为她已经习惯了有他在身边。

一整个下午在德雷克的茫然中倏忽而过。那天，美妙女士驾着她的捕蟹小船前往那个她称为“圣人村”的地方，向那些仍不愿去看医生的人们售卖越冬药草和玫瑰果糖浆去了。

云朵已飘远，取而代之的是一片蔚蓝天空。空旷的溪间回荡着海鸥和鹅群的叫声。潮水已退去，露出一片湿沙，踩上去出奇地坚硬。在黑暗柔软的狸藻间，沙蚕和被丢弃的贝壳排列在河床上，蚶、蚌、田螺的残壳是他们昨晚丰盛晚餐的遗留物。一群乌鸦落在教堂旁，小口啄食着搁浅在一丛羊角豆中的面条鱼。

独处令德雷克的思绪飘回了来这儿之前的那个夜晚。他记忆模糊，并且未来也将依旧如此。他唯一记得的就是那个灌木篱墙上的奇怪记号，上面写着“行止”，意味着让他停在这儿。也是在那晚，那个美妙女士陪伴他的夜晚，她告诉他，她一直在等他。但她怎么知道他要来呢？这件事连他自己都无法预料。

当他穿过草地时，西沉的落日也跟着他移动，他没时间走到马路的尽头去了。这条路曾被誉为“高速公路”，但那已几乎像上帝创世纪那般遥远。他想细细观察周遭的景物，但沿着空旷的马路走了一个小时，除了一个被遗弃的面包房外，他什么都没发现。没有指示牌，什么也没有。同时他还注意到，在这一小时当中，没有一辆汽车、手推车或是货车经过这些用木板封住的农舍。没有任何交通工具途经，这个村庄就这么诡异地被抛弃了。四周静到他能听到凝固的空气液化成水又滴落的声音。

他坐到一个里程碑上，点了根烟。他玩弄着打火机，又低头看了看他的手，确信自己手抖的毛病已有所缓解。他看着冲向天空的椋鸟，那是黄昏接近的征兆。它们扭动着，蹿进那永恒的蓝天当中，在那短暂的瞬间，他完全沉浸在它们的喜悦当中，在那个瞬间，他忘却了寻找标志的事，也忘却了美妙女士到底是否预知了他的到来。他单纯地为这一刻所惊艳。此时，太阳已落到最西边，金色的光芒扫过他的脸颊，刺得他睁不开眼，以至于不小心弄掉了手中把玩的打火机。他弯下腰，伸手去捡打火机，就在那一刻，他发现了它。尽管他是弯下腰透过两腿间倒着看，但他仍然看见了。他开始大笑起来，然后穿过田野回到溪边，留下身后的花岗岩里程碑在夕阳下闪闪发光。

里程碑上简单地刻着几个字：

行止村

那天晚上，一轮圆月被乌云遮挡着，粉色与淡紫的阴云犹如巨大的画笔浸染着深蓝的天幕。河水高涨，光亮的水面洒满了阴影，与起伏的潮水携手而舞。喇叭里熟悉的播送声萦绕在树间，低声播送着路易斯·阿姆斯特朗的名字。

德雷克已经很久很久没有听音乐了，他几乎忘记了音乐是如何激动人心，如何激起他的心曲。几个月以来，他一直在试着记住那个巴黎爵士俱乐部的名字，那是在他参战期间新涌现的。他也试着去回忆那天他乘渡轮回英格兰时，在栏杆边呕吐时听到过的那些爵士乐曲。

他记得那时候跟一群美国士兵——都是些黑人——厮混在一起，他们沿着昏暗的阶梯，走进一个地下潮湿的洞穴中，那里到处都是些流汗、抽烟、喝酒和跳舞一类的事儿。耳边是靡靡之音，男女混杂，都无拘无束地舞动着，虽衣冠整齐，却充满了欲望的气息。有一个女人走过来坐在他身边，她是法国人，靠近他身体低声用法语对他说谢谢。然后又轻语道："为了自由。"他想他记得这一幕的唯一原因就是因为这句话。然后她起身，向他敬了个礼后离开了。看来就算便装打扮，混杂平民中间，他也依然像是一个士兵。

德雷克看到了自己在玻璃上的倒影。士兵的面目已被别的形象取代了。也许是渔夫吧?

他走到阳台上，看到美妙女士正在检查一小时前他点燃的火坑。德雷克呼唤她的名字，她抬起头来，招了招手。

"洞穴"。是那个俱乐部的名字，是有关洞穴的什么东西。

他们在一条依然沾染着秋光的小溪边垂钓，沉默地看着缤纷的水流由粉红和金色变为夜晚肃穆的颜色。这时美妙女士面对着深黑色的溪流，开始收线，她喃喃低语道："鱼就快咬钩了。"

"你怎么知道?"

"嘘!"

"该死。"德雷克嘟囔着。

"钓到了?"

那"突突突"的感觉像是他的肌肉过了一阵电，心跳得很快，在他看到水面下银色的鱼儿猛冲而出时，心跳愈发加快。他之前从没有钓过鱼，这让他感觉自己还是个小男孩，想到自己几乎快像一个女孩一样尖叫起来，他不禁笑了起来。这时美妙说："小心，我们抓住它。"他便小心翼翼地照做。他再次举起渔竿，不停地收线，颤颤巍巍地举竿，直到一尾鱼拍打着鳍破水而出，在可耻的泥地上最后一次挥鳍，同时凝视着这个抓捕它的狂徒——那个尖叫着的傻瓜从没钓起过鱼。上帝啊，这死法太蠢了。鱼一定这样想着。

“是条鲻鱼，”美妙女士说，“个头也挺大。”她用一根粗树枝重重抽了一下鱼头。她站到德雷克身前，教他怎样剖鱼。“把刀从鳃下切入，去掉鱼头，”她说，“然后一路切到底，再刮掉内脏。很简单，拿着吧，这是你的鱼，弗朗西斯·德雷克。”德雷克双手接过，感到很是自豪。他想把那鱼像战利品一样高高举起，并想亲手把它处理好。因此，美妙女士也就没有提起那双在光秃秃的树枝后饥渴而专注地盯着他的眼睛。

他们喝着温暖中带着苦味的麦芽酒。平底锅架在火堆上，锅里煎着鱼，黄油和食盐使鱼皮变成脆香诱人的金棕色。

德雷克问：“沙滩上那艘破旧的船是你的吗？”

“不是，”美妙女士回答，“‘拯救号’是老坎迪的，他是个打鱼的小伙子，我的老朋友。在敦刻尔克大撤退之后的几个月，他和他的船一起失踪了。要知道那个时候可一点儿都不适合出航。”

美妙女士把锅从火堆移到草地上，吱吱的声音让人口水直流。“盘子。”她对德雷克说道。他递过盘子，美妙盛起鱼，但却发现盘里没地方放煮好的胡萝卜了。

“记住这个味道，”美妙女士说，“这是鲜鱼、战利品混杂的味道，它是能让你再也不用挨饿的智慧。这是我眼中最美味的搭配。”

德雷克品尝完第一口，他永远记住了这种味道。

“你知道吗？”美妙舔了舔指尖的鱼油和黄油，继续说道，“当政府征求渔船支援法国的时候，‘拯救号’的引擎自动发动了起来。”

“真的吗？”德雷克笑着惊叹道。

“我知道这很难以置信，但的确是真的。老坎迪没法决定所有事。但他起码可以决定这艘船是否能跟他一起出发。”

“真是艘勇敢的船。”

“它曾经的确如此，德雷克，而且不仅如此。你想来点胡萝卜吗？”

“谢谢。”一大勺涂满黄油的胡萝卜盛进了他的盘子。

“除此之外它还有什么故事？”他一边问一边从嘴里剔出一根鱼骨。

“老坎迪的外孙就是在那艘船上出生的。所以那艘船十分喜爱那个小男孩，你至今都能从船舵上感受到那双小手。一个船舵永远不会忘记摸过它的手，要记住这点，德雷克。”

“好的，我记住了。”

“我朝‘拯救号’挥着手，那是个非常动人的场景。想象一下吧，德雷克！直穿过波涛，德国人的炮弹不停地落在船头和船尾的水中，但它仍向前挺进，直到法国的海岸映入眼帘。那是怎样一幅景象啊！——海岸上人山人海，吉普车和油桶都燃起了熊熊大火，成排士兵涉水而来，拥到防波堤前，渴望着踏上归途。

“‘拯救号’艰难前行着。因为它的船体很浅，低飞的飞机把炮弹投到船上，周围着火的船开始下沉，渔民们溺死在离家千里之外的水域。士兵们终于得以爬上那艘船，有些人仅差一步之遥，却不慎跌入水中。每一个年轻的生命逝去，那船身都会禁不住抖动。但它没法回头，没法开回去，直到船上只剩下十个士兵，它的第一个任务才算完成。

“然后，突然之间，那个男人从岸边冲了过来，他潜入水中，敲打着‘拯救号’。‘来吧！快上来！’他们在枪林弹雨中呼喊着，船上的士兵们都靠到一边，导致整个船体严重倾斜了。他们朝那顽强的士兵伸出双手，‘快上来！’他们尖叫着，然后够到了彼此的双手。他们把他拉了上来，但他面朝下靠着甲板，没法动弹。他就那么待了好几分钟，或许更久。直到他们抵达军事直升机护航的安全水域，那个老伙计才离开船舵。他跪在一个年轻的男人身旁，把手放到那个熟悉的肩膀上。那个年轻的男人颤抖了一下，然后缓缓地抬起了头。”

“那就是他，对吗？他的孙子？”德雷克急切地问道。

美妙放下盘子，端起麦芽酒送到嘴边。“不，不是他。”她回答。

“见鬼。”

“你总是说脏话。”

“对不起。”

“但那应该是他，不是吗？的确应该是他才对。”

“所以他平安回来了吗？”德雷克问。

“没有。老坎迪在那不久后就死了。或许是因为战争，又或许只是因为心脏病。他们试图卖掉这艘船，但它就像一只极度悲伤的小狗一样，不愿意离去。你看，它是通人性的。一夜之间，它就突然四分五裂了。我看着它在这片泥地上渐渐死去。世事无常，人生难料，德雷克，这就是我从中学到的东西，任何东西都有逝去的一天。”

火焰越燃越小，气温开始降低。美妙女士早已离去。德雷克独坐着，喝光了最后一滴麦芽酒。他看着教堂，心想也许上帝也曾是战争中的伤者。烧焦的鱼骨和鱼皮引来一些昆虫，它们围绕火堆慢慢飞着。德雷克往火上浇了一壶水，随着嗞嗞声，被浇灭的火堆冒出一团热气，熏得他双颊发热。无线电里传来一阵竖笛和萨克斯的乐声，拨动了他的心弦：

一支沾着唇印的烟
一张飞往浪漫国度的机票
还有我心的翅膀
这些愚蠢的小事情
都让我想起你。

他拿起煤油灯，步履蹒跚地朝着河边走去，直到与船体另一端的腐朽位于同一水平面。在灯光下，就像比利·哈乐黛唱着这首《愚蠢的小事情》一样，德雷克站着为"拯救号"歌颂，赞美这艘伟大的船。他不觉得自己很蠢，因为他已经有点醉了。

如果你曾经过那个清朗的夜，你会看到一个年轻男人，对着在沙滩上的破船唱着颂歌。而那首老歌，自由地徜徉在海岸上，飘到山谷，回荡在溪间，最后落入即将入睡的人们的耳畔，让他们回想起人间的爱，想起这世间唯一流传的东西。当这一曲作罢，美妙女士关掉了大篷车里的无线电广播。她躺在一片寂静中，感到有几分眩晕。就在她准备吹熄蜡烛时，她注意到天花板上多了一张纸条，上面用陌生的字迹写着：

德雷克=开心多了

她吹灭了蜡烛，眼前是一片盲人般的漆黑。

一周以后，美妙女士注意到，溪边的鸟儿们开始变得有些烦躁，甚至连它们的歌声都变得急促起来；一条比目鱼在清晨退潮时搁浅在河岸边，在朝阳升起前，它就已经放弃了挣扎，死在了东方天幕泛起的鱼肚白之下；而螃蟹们则纷纷从淤泥里爬了出来，惊恐地环视着陌生的四周。

这几天以来，她感到某种灾难即将降临，但她什么也没说。只是通过自己背上的伤、大自然愈演愈烈的奇怪表现和陌生的气味来感知这一切。她把它们叫作“黑暗灵魂的气息”。

她站在系泊石边，仔细研究着缓缓迫近的黑暗。气压计上的读数下降了，可天空中却未布满云层。这压力来自于隐隐的期待，发生在泪水降临的前夜。她在寂静中屏息聆听着，耳边传来潮溪涨水时角鲨的叫声。那是破碎的梦想挣开泥土的埋葬，像残骸般浮于水面时的声音。

有一回，哈德太太的婴儿车落进了水里，被鳗草缠住了。那辆婴儿车从没有载过孩子，只是被用来运面包。哈德太太一直准备着把这辆小车给孩子乘坐，但她的孩子是否降生过，这点人们就不得而知了。但美妙女士知道，没有，哈德太太从没有过孩子，而婴儿车就代表着她未竟却无法放手的梦想。也是从那以后，她的心变得越来越坚硬，美妙知道，心灵变得坚硬是一件非常糟糕的事。哈德太太很久以前曾告诉她，女人流眼泪会和每月排卵期一样自然而然来临。而当你不再有月事，你也就不会再轻易流泪了。

德雷克被一个响雷惊醒，他感到身边的空气中充满了沉甸甸的水分。于是，他睁开眼坐了起来，发现船屋正随着水流，在波光粼粼的黑色水面上滑行着。一道月光蜿蜒地打在地板上，就像灯塔发出的光芒一样亮。德雷克把折叠床推回去，脚趾立刻便被寒冷的海水浸没了，恐慌攫住了他。他卷起裤腿涉水来到阳台上往外看。外面不再是河畔景象，系泊石也不见了，他漂泊在茫茫的水面上，这是潮水所主宰的世界。

寒冷的空气使他不禁颤抖。他抓起门边的油布雨衣，开始笨拙地朝外走。船屋左面是湍急的水流，右边则是一片森林。他将船屋向左驶着，然后看到了一丝光亮。起初那只是细雨蒙蒙中的闪烁，但它逐渐向他靠近，变成了一只巨大的萤火虫，很快，它又变成了一支蜡烛——插在一盏肮脏的矿工灯里的蜡烛，被一个老妇人放置在独木舟上，此刻，她正缓慢而庄严地驶向他。

“上来！”当美妙女士抓住他的脚，大声喊道，“快上来划桨！”他紧张地照做。

他划着船从岸边离开，绕着岛屿上教堂黑暗的轮廓滑行。当他回头看那白色的船屋时，水位已经涨到了阳台边缘。一切都给他一种奇异的迷失感，树干从对岸伸过来，树枝像手指般从水底向上生长着，所有东西都仿佛忽然间直指向他，而第一波潮水使他忍不住呕吐起来。

一只猫头鹰叫着，云散开了，忽然间，月光透了出来，饱满、澄黄而又低垂地直射在没有屋顶的教堂上方。光柱从破碎的窗户中如同明亮的触角般伸出，照亮了被淹没的墓碑上的铭文：神圣……在美丽的回忆里……和平……完美无瑕的和平……

德雷克停了下来，紧紧地拉住身边棕榈树的尖叶。

“你还好吗？”

“还行，”他用袖子擦了擦嘴，颤抖着说，“很快就会过去的。”

“那么，朝那儿去吧。”美妙女士指了指前方的路。

路很窄，德雷克用双手探了探通往教堂门的路，宽度刚好足够他们通过。

他已经好多年没进过教堂了。这段时间久到那彩绘玻璃上凝视着他的眼睛都湿润了。他的心情颇为沉重，低头走到一个门框下，进入一个没有时间流逝的寂静世界当中。

在几乎被淹没的祭坛板上还有一根点燃的蜡烛，它向摇摇欲坠的四壁投射下明亮的光线。这些墙壁上挂着螃蟹似的各种形状的模型船，令他不由屏息注视——船载小艇，还有刀具、鱼叉、小帆船——用剥了皮的软木和火柴棍制成，每一只的细节都是如此完美。

“这些都是谁做的？”德雷克问道。

“我做的。”美妙女士回答。

“什么时候？”

"我也不清楚，我已经活了太久了。"

他将小船靠近墙壁，念出小船们的名字："乐意、道格拉斯、奥黛丽、西蒙、和平。"

"和平。"一个回声传来。

"那是我亲手接生的孩子们的名字。"老妇人说道，"这些都是灵魂之舟。"

独木舟向着烛光驶去。

"他们说，耶稣曾以一个小男孩的形象降临到这片土地上，德雷克。"老妇人的声音在这教堂的废墟中回荡着，"他和亚利马太的约瑟[①]一同降临，正去往格拉斯顿伯里[②]。想象一下吧，德雷克！耶稣来过这儿。这就是他们称这里为被祝福的土地的原因，这里被神圣的足迹祝福着。多年来，许多人都一直在寻找着确切的足迹，人们都匆匆忙忙地低着头寻找，但他们都忘了抬头看清这里的全貌。

美妙女士拿出烟斗，打开祭坛蜡烛的玻璃罩引火点烟。她继续说："你现在所在的位置，是在公元6世纪时建立这个村子的布列塔尼圣徒斋戒、祈祷的地方。他用牙咬着一根粗绳子，沉默着一路从盘威斯拖来了一块花岗岩石料。他把石头放在此地，石头上升起了一座教堂，升起了万千的信仰。"

德雷克抬头望向残破的屋顶，头顶的天空星光灿烂，月光洒在他的

---

① 亚利马太的约瑟：耶稣的门徒，是在耶稣复活前最后服侍已死的耶稣的人。

② 位于英国英格兰萨默塞特郡的一个古老小镇，亚利马太的约瑟，圣杯和亚瑟王的传说都发生在此。

脸上。

“从前，被神选中的人身上都会降下圣谕。也许你也是被选中的那一个呢？你的故事是什么，弗朗西斯·德雷克？你的身后又拖着怎样的一块石头呢？”

“我没有石头，也没有故事。”他回答道。

“每个人都有自己的故事。”

“除了我。”

“嗯，好吧。”她不信任地看了他一眼，此时，蒙蒙细雨变大了一点，月光也被遮住了。

她说：“那年轻的布列塔尼圣徒名叫克里斯托弗——或克利斯朵夫，我想，第二种是法国人的叫法。诚然，他并不是个真正的圣徒，只是个野心很大的隐士。事实上，他最终也无法成为圣克里斯托弗，因为天主教中已经有那个人了，他的名字已经被玷污。有一天，他用基督的王冠换了一捧约旦河水——那是非常神圣的遗物，就如同现在人们收集的烟卡一样——他斋戒祈祷，人们恳求他把约旦河水倒进了我们的河流中，于是，它便也拥有了治愈的效果。他在林间哭泣，泪水落下的地方生长出了玫瑰——就在我的大篷车前面——世间最纯净、最新鲜的溪水。我这辈子喝的都是那里的水，德雷克，所以我从没有长过蛀牙。”

德雷克掏出一支烟放在唇间。美妙女士低下头，让他靠近蜡烛点火。短暂的温暖感觉使他平静了一些。

“你知道，”她说，“即使是在屋顶早就毁了，雨下成这样的时候，他们仍然会在这里举行礼拜仪式。他们叫它特殊仪式。”

“这屋顶怎么了？”德雷克问，“是被狂风吹走的吗？”

“是的。实际上，上世纪末它就已经被风暴摧毁了。那场人们称为‘大暴雪’的灾难，给半岛带来了风雪交加的死亡。我曾目睹雪中的水手们坚持在河湾扬帆航行。他们是如此疯狂：向天空张开双臂，不断祷告的嘴唇早已冻僵。海面上永远不会有无神论者，德雷克，特别是在巨浪滔天之时。”

“那人们应该怎么做？下跪吗？”德雷克问道。

“不。只有在相信自己会被上帝听到的时候，你才有必要下跪。但我想，你大概从未信仰过上帝。”

一圈烟雾从她的烟管中盘旋上升，与月光融为一体。雨停了，美妙把手放入水中，看着一群梭幼鱼缓缓游过。

“我刚说到哪儿了？”她问。

“雨中的仪式。”他回答。

“噢，是的。雨中的仪式。是的，他们喜欢雨水，他们认为这是上帝布施慈爱的标志，也是他们没有重新修建屋顶的原因。那时候上帝十分重要，人们认为他能庇佑康沃尔郡的三位一体——铜、锡和那些神圣的鱼——永远繁荣，生生不息。”

“那么，杰克又是谁？”

“什么杰克？”

“有天晚上我听到你在跟杰克说话，他是你的爱人吗？”

老妇人吸了一口烟：“是的，他是我的爱人。我最爱的人。”

“他是你的初恋吗？”

“不是，他是我爱上的第三个人，也是最后一个。我的初恋是一个守灯塔的人，有点出人意料。然后是吉米，那倒是我意料之中的。”

“为什么你能料到这个？”

“我看到了他的到来。”

“在梦里吗？”

“不，从我的玻璃杯里。”

“玻璃杯里？”

“你一定要故意重复我的话吗？我会生气的。”

“对不起，我不是故意的。”

“然后杰克来了。”

“那他是你的意料之中，还是意料之外？”

“问得很好，但都不是。他是属于我的永恒。我有过三段爱情，德雷克。有段时间，我觉得那已经足够了，但现在回想起来我希望可以拥有更多。我发现生活具有弹性，爱情是无法将它填满的。”

“爱情。”回声清晰地重复着这个词。

“第一段是我爱情的启蒙，第二段是过渡，最后一段成了我的终结和归宿。”

德雷克盯着寂静的水面。

“那么这一切始于那个看守灯塔的人吗？”

“是，我想是的。”老妇人回答，“所有的爱情都源于爱火迸发的那一瞬。”

“那一天，我坐在福伊一个邻水的酒吧里。尽管双眼注视着书页，但双耳却被别人吸引过去了——我听到一个渔夫在谈论着他曾经跟过的老船长，虽然那个男人现在正守着漩岩灯塔，但他仍然深深敬爱着他。渔夫说，这个守灯塔的老人已步入生命的最后时刻，他需要一点帮助——尽管我年纪尚轻，离死亡还很遥远，可那幅景象却清晰而深刻地浮现在我面前。

“我尾随着那个渔夫出了酒吧，一直走到码头，追上去向他介绍了自己。渔夫向我解释说，他在找人一起去见证那位灯塔守护者生命的终结。他说，老船长希望自己能在塔中平静离去，然后葬入大海，所以，他们没有找医生来。然而，同他一起守灯塔的一双儿女却不敢将遗体抛入水中，担心日后会被指控谋杀。于是，我对渔夫说，我可以帮忙，和他一起去做个见证。之后的几天，我每天都到他的船上来等待天气好转，等待出航。

“第一天早上，我们驶入了强大的东南风影响区，狂风大作，把我们吓得提心吊胆，只能转头回来继续等。接着，4月来了。4月的第一个早晨吹起了和缓的西北风，这一风向最有利于船只着陆。于是，充满希望的风帆高高扬起，我们终于得以出发，去寻访那海中著名的灯塔。

“我坐在船头，专注地用我的望远镜凝望着地平线。那道灯塔射出的光线强烈地吸引着我，就仿佛地球吸引着月球。那一年我十七岁，望见我的初恋站在那漩岩灯塔上，手里拿着渔竿，帽子拉得低低的。在对方的视线当中，我们只是一个小点。

“一小时后，海面变得平滑如镜。在剩下的路途中，男人们划着船。海豹在我们身边游动，海鸥在我们头顶滑行。在地平线小小的缝隙上，很快显出了灯塔的全貌。我全程一直拿着望远镜，盯着那个在岩石上钓鱼的年轻人。他近了，更近了，直到镜头里出现了一张面孔，直到我能看清他脸上的表情，直到最终，那个‘男人’变成了一个女孩的模样。

“‘你好啊！’她朝这边大喊道。

“‘你的鱼咬钩了。’我说。

“‘我已经钓到三条啦！’

“我们在船只前后降下锚，我从船上跳下来，她接住了我。

“那个守灯塔的老人已时日无多。当时，他正处在生与死两个世界之间。大多数时间他都在睡觉，偶然地，他会突然醒来，凝视前方，像是从一个非常遥远的海岸回顾自己的一生。他儿子从来没有说过一句话。他像忠实的家犬般守护在父亲身边，连睡觉的时候也是一样。

“在那个简单的圆形房间里有三个铺位：小的、中的和大的。而我选择和鼠群一起睡在楼下厨房的地板上。

“当夜幕降临时，天气急剧变化着，风起云涌。在第一个浪潮从东南方打过来之前，我们刚刚闩好门。灯塔就像风中的一棵树，剧烈地摇晃着，一堵水墙重重地砸向门窗，抹杀了此处仅存的所有光亮。

“那老人的女儿牵起我的手，带着我从楼梯走到储灯室。那是个小小的房间，窗户上装着铁栅栏。我们擦干净窗户，点燃了油灯。海浪猛烈地敲击着灯塔。我们高高在上，夜空在我头顶不远处寂寞地绵延着。浪涛吞噬着灯塔，狂风愉快地尖叫着，在我的恐惧中，每一分钟都仿佛一小时一样的漫长。

“那天晚上，我寸步不移地紧贴在灯光中，而她也寸步不离地跟着我。天气酷热，同时夹杂着油腻的臭味。于是，我们解开了自己被锯末和灰尘沾染的衣衫。在油灯燃烧、波涛怒打和狂风尖叫的声音之中，她用亲吻平复了我恐慌的喘息，而我也并没有抗拒。这是我的初吻，它是那么绵长，一直长到黎明重新降临人世。

“老人的儿子在房间不断地来回踱步。灯塔守护人的生命继续一点一滴流逝。我用水沾湿他的嘴唇，把手掌覆上他的胸膛，感受着生命最后的节奏。它在我掌心击打着，仿佛是一曲终结，后半段传来孤独的半拍鼓点。

“然后，守灯塔的人吐露了他的遗言：他是这世界的光明，谁若跟从他，便永远不会独行于黑暗，沐浴在生命的光辉中。

“如他所愿，我们把他葬在了海里。似乎是作为回报，大海馈以两周平静的时光。风和缓了，海面下降，鸟儿忙着在头顶叽叽喳喳，一会儿又俯冲进丰饶的海水中。阳光在海浪的顶端闪烁着，就像年轻的爱的承诺一般明亮。

“那藏污纳垢的储灯室成了我们的温床。当风嚎叫时，我也跟着尖叫。深夜里，我顶着头发上的锯末站在外面的阳台上，紧紧地抓住栏杆，凝视着灯塔，灯光扫过无边无际的黑暗海面，射向地平线的边缘，寻找着巨型航船的行踪。有时候，迁徙的候鸟会因为凝视了这强烈的光束而迷眩，它们迷失了方向，撞碎玻璃，坠落在阳台的地板上。我爱的女孩便会把这些鸟儿的尸体送给她哥哥。

“我们便是这液态宇宙的中心，因为我们是茫茫黑暗中的太阳，提醒着过往船只，‘不要靠得太近，此处有礁石。’海浪翻腾着白色的水花，让我既害怕又兴奋，最后甚至有点爱上了这种感觉。我抓紧栏杆在阳台上一点一点缓缓地移动着，想在背风处找到一片宁静的栖身之地。而她朝着另一个方向走过来，最后，我们绕了一圈，又在背面相遇了。那里没有足够的空间容纳两个人并排站立，因此我们只好面对面站着，然后又变成了脸贴脸。一切都消失了，只剩下来自她口中的带着中国茶叶清甜的温暖气息。

“她教会了我闻空气的味道。在高空中，空气纯净而和缓，但每当一阵强烈的西南风凶猛吹来，我还是会感到毛骨悚然。因为其中夹杂着来自美国的声音和气味，来自另一个时空，来自我母亲生活的年代。而当河流和田野响起歌声时，微风中会暗含着一声哀叹。

“在我离开的两天前，蓝天如同我曾见过的那般没有一丝云彩。阳光如此温暖，我伸出双臂，裤腿里灌满了风。新鲜的气流卷起浪花拍打在岩石上，退潮的海水积着泡沫。从我所在的高度看，泡沫如同陨落的云朵。

“那个男孩一直没有离开过他的床。他悲伤地沉睡着，周遭围绕着死去鸟儿的尸体。她把食物和水放在他床边，然后牵起我的手，带我离开了那个屋子。

“我看她轻嗅着空气，像一名退休的渔夫一样巡视着大海，寻找着鱼群，同时感受着潮起潮落的节奏。大海才是她的情人，而不是我，她绝不会离开她的情人。那也是我从不曾要求她离开那里的原因。任何事物都有尽头，而我们之间的故事就在那十四天的夜晚和潮汐之间。

“她拿出一只大风筝。风筝上有一个铁支架，上面铺着厚重的白色帆布。风筝的尾部是一根五十或六十英寸长的粗绳子。绳子上有一打左右准备作为诱饵的钩子。她把处理好的绳索绑到阳台的栏杆上，一遇到合适的风向，她便从阳台放出风筝。她像操纵船只般控制着风筝绕过暗礁，使风筝尾部的钩子浸到水中。它猛然升起，又猛然下落，让诱饵落入鱼儿嘴中。

“没过多久，她叫我帮她一起拉回风筝。七条上钩的鱼从空中飞向我们。噢，那可真够重的，德雷克！但我们终于还是把风筝拉了回来。然后，我们解下钩子上的鱼，一个小时后，厨房里便充满了烹调食物的味道。老人的儿子从床上起来，闻到火炉上新鲜黑鲈的香味，这才暂时走出了悲伤。

“当那天清晨，接我回去的船过来时，她给了我一枚硬币。直到现在，我都一直随身携带着它。

“我这儿有个东西，在我钱包的某个角落。等等，在这儿。”说完，她把硬币递给了德雷克。

“很古老的硬币。”他说。

“是的。”

“可为什么她要给你一枚硬币呢？”

但她没有直接回答他。她说：“当我坐上那条船的时候，德雷克，我就再也不能回头了。我才十七岁，而且我爱她。她给了我美妙的初夜。即使现在想起来我还不由得颤抖。她是如此美好……你干吗从我旁边挪开？”

“我没有啊。”

“你明明有。噢，我懂了，是我的话让你难堪了？”

“不是。”

“哪怕是些老女人谈性说爱的话？”

“我当然没有难堪。”他撒谎了。

“我曾经也年轻过。对你而言很难想象吧？而且，在我生命的大部分时候，我都觉得自己很年轻，但当然，事实上我的青春早已消逝了。如今，我假装人老心不老——当然，连这也是一个老人才有权利说的话。我知道，也许现在看不出来，但这具年迈的身躯曾经也拥有过爱的激情。它做过的事情，放到现在仍能让你面红耳赤。”

“面红耳赤……”四周的回声如着重强调般重复着这个词。德雷克的脸真的红了起来，他忍不住咒骂了一句。

过了一会儿，他问道：“那枚硬币呢？为什么她要给你一枚硬币？”

“让我再想想吧，”美妙女士回答，“别催我，尤其是在这种时候。”

她开始继续诉说：

“浪涛打在船尾，我们涨起帆，迎着巨浪，朝福伊全速前进。但我心如刀割，无法忍受。我继续凝视着漩岩灯塔，直到它消失在地平线。而正在这时，灯塔上发出了一道炫目的光芒，就像是镜子折射出的阳光一样。我意识到这是她为我打出的光，同时我也知道，她会一直给我光明，引导着我回家。

“然后，我觉得有点冷，然而那枚硬币却在我的口袋里灼烧般热起来。我把它拿出来暖手，同时端详着硬币上不列颠尼亚[①]称霸海洋的画面。我想，这就是她，真的，是属于她的小小一部分。然后我注意到，在不列颠尼亚的肩膀后有一个灯塔，那显然就是斯密顿灯塔。我们所拥有的全部回忆都在那座灯塔里。而这枚硬币就是通往那段光阴的钥匙。

“现在，我已经忘记了她的名字，忘记了她的样貌。我的思绪已凌乱。我常常徘徊在生命的入口处等待，而那些我命中的亡魂却已被引向了出口处。很多时候，我没有机会说再见，但是，就如我父亲所说的：时不我待，C’est la vie。[②]不过，我依旧记得看见她时的感觉，这种感觉非常好，我也知道那是一张姣好的脸庞……总而言之，我们此生再也没有见过对方。”

“一次也没有？”德雷克问。

“是的，再也没有了。我也不知道后来她经历了怎样的人生，自

---

① 对英国的拟人化称呼，以头戴钢盔、手持盾牌及三叉戟的女子为象征。

② 法语，意为“这就是生活”。

然，每逢我看到远处灯塔的闪光之时，我便会开始思索。直到很多年后，一场至今人们依然会谈起的特大风暴降临以后，新的道格拉斯灯塔竖立在礁石上，取代了原来的灯塔，到那时我才真正了解到了一切。”

“你了解到了什么？”德雷克问。

“她还活着。”美妙扬起脸，回答道。

“你是怎么知道的？”

“那是一个非常难以置信的故事，真的。”

“说吧。”

美妙女士重新点起她的烟枪：“是这样的，那天晚上，我刚经过那里时，天气骤变。我头顶的天空变成了黑色，从四面八方打向船侧的海浪一波比一波高。起初我以为只是飘来了一朵乌云，德雷克，那看起来像是乌云——直到这波浪直直地冲我压下来，小船被那由泡沫构成的铁壁铜墙吸了上去。船被越推越高，直到那巨浪落下，它在下坠前的黑暗中悬停了一瞬，然后如一片坚硬的湿沙那般拍在了海面上。

“我晕乎乎地醒过来，透过舱门看到了洒满星光的天空。美丽的银河在无限的寂静中延伸着。小船在一片如黑胶唱片般的海面中央浮动。风暴已后退，它仍包围着我们，却暂时不会吞噬我们。这时，我看到在三十码外的海面上，海浪拍击着，如同一堵无形的墙。我这才意识到，自己落在了遭遇不测的海员们的坟墓中，这儿没有墓碑，但却被祈愿划出了一道圈子——祈求着大海能够宁静下来。

“海浪只有十码远了，它疯狂地聚积着能量。可我的小船既没有桅杆也没有船舵，只是在生与死之间模糊的边界上茫然漂流。在那时，我始终没有把目光从天空中移开，我始终凝视着那狭窄舱门上的天幕，没有一丝一毫的闪念。

“然而就是从我凝望的地方，它来了，德雷克，是那只风筝，它像一颗流星般从黑暗中冲向我。它长长的尾巴掠过巨浪滔天的海面。我连忙站起来。当风筝的尾巴落在船上时，我纵身一跃抓住了它。就在我双脚悬空，起飞前的一瞬间，我将绳子紧紧缠在手上。风筝吃重，猛地向下坠了一下，而此时此刻，在我的下方，那艘小船被海浪卷挟、吞噬了。

“我随着风筝飞上天空，同时胃部感到一阵不适。有时风筝会颠簸，我的脚便陷进了浪尖的泡沫里；有时我看到其他船只的灯光高高低低、时隐时现；有时鸟儿飞到我的身旁，大多数是海鸥和鸬鹚，此外还有一小群红尾鸲，似乎非洲烈日的光芒依然残留在它们的羽翼上；有时半轮月亮从云后浮出，而我的心中且喜且惧。

“黄昏降临，风力减弱，带来巨澜的乌云消散了，取而代之的是一片没有一颗星星的暗色天空。那只被风雨摧残的风筝静静飘入了海岸边的阴影下，于是，我终于降落了。

“再次感觉到脚下坚硬的大地，我倾听着巨浪另一侧的沉寂。一排月亮水母被冲到了湿木板上，它们收缩着发出亮光，如同一排舞台边缘的地灯。

“这份寂静使我放松下来。我从沙滩步履蹒跚地走到悬崖边，走到生长着茂密干草的沙地上。我双臂耗尽了气力，但我还是想方设法抱来了一大捆木头。我还收集了一些浮木，在昏暗的光线中，看起来像是一些残肢断臂。我用一块石英与刀子相击取火，引燃了干草。生完火后，我走到海岸沿线的岩石旁边，撬了些帽贝作为食物。

“我解开了风筝上的导引绳，远远地，它像一条鳗鱼般消失在黑暗的水中，于是，我把它拖回岸边。接着，我开始等待救援。海鸥在身边飞舞，火堆在背后燃烧，而我静静地等待着。

“直到太阳升高，海面上出现了船只，注意到此处螺旋上升的烟，他们发现了我。渔夫抛给我一根绳子，很快我便登上了甲板。船的风帆鼓起，在海面上缓缓地滑行着。我坐在那里，一言不发，只是紧紧地抱着我的风筝。

“‘昨晚死了十八个船员，’渔民说，‘你是怎么漂到这里的？看来只有上帝知道。一定是他在保佑你。’”

“你知道吗？”在故事的结尾处，美妙女士说道，“的确，是有东西保佑了我。”

“你想说是神吗？”德雷克说。

“上帝？天啊，不对，德雷克，那是‘爱’啊。你可别混淆了这两者。”

“所以，爱才是我们唯一的信仰，这样说对吗？”

“太对了，”她说，“或者说，月亮也行。”她又补充了一句。

“月亮？”

“是的，有些事物每天都会变一个样子，可你不能。太阳也好，月亮也罢，你总得有一份信仰。”

“为什么？”

“因为，这样你才能更好地吸引女人。”

德雷克笑了。

“女人喜欢眼睛背后的东西。”美妙女士补充道。

“那种东西我已经有很多了。”

“好吧，可你依然没有‘光明’，而信仰总能指引我们走向光明。杰克已经抓住了这种光明。”

“所以，杰克的信仰是什么呢？”

“当然是我。”美妙女士说。

他们顺着潮水从教堂漂了出来。德雷克划船逆水而行，最后停在美妙女士那辆大篷车下的河岸边。当美妙从薄薄的小舟翻上岸时，他紧紧攀着岸边露出的一大片又厚又硬的树根。他让她不用等自己，可以先走。于是，她黄色的背影通过台阶慢慢上升，消失在温暖干燥的车里。

德雷克哼哼着爬上岸，精疲力竭地拖着身后的独木舟。他趴在地上，直到呕出最后一堆秽物。

他的目光穿过面前的小木屋，投向那辆篷车，那只故事里的风筝正绑在车边。他不禁摇了摇头。在车里，煤油灯亮了，他听到了金酒“啪”的一声打开的声音。

他摇摇晃晃地站起来，双脚在裤腿上蹭了蹭，然后走上了篷车前的台阶。

在刚才宽广夜幕的对照之下，此刻，大篷车里的空间显得很小。他们默默地坐在一起，围灯饮酒，倾听着彼此的呼吸以及火炉里温馨的噼啪声，汽化的海水蒸发、上升，缓缓回归海洋；他们倾听着猫头鹰迷惘的咕咕声，水田鼠在沿岸的沟槽戏水玩耍；他们倾听着大篷车疲惫老化的关节处传来轻轻的吱吱声。

德雷克指着书架上《美妙真理之书》，问及这本书的内容。“如书名所说的，”美妙女士说道，“讲的是真理。”

“我能看一下吗？”他问。

“不，”她断然拒绝，“你还没有准备好接受真理。”说罢她转过身去，闭上了眼。

德雷克站起来，脱掉油布雨衣。架子上的空瓶子反射着灯光，引起了他的注意。玻璃瓶折射着灯光，发出奇妙而诱人的光辉。他凑过去，拿起一个瓶子对着光看了看——里面是一卷纸。

“这些又是什么东西？”

美妙女士睁开眼，皱起了眉头：“是我从岸边捡回来的信，总是有很多漂流瓶流过来。”

“那你留着它们干吗？”

“我会看，然后尽可能地写回信。”

“所以，你因此救起过很多流落孤岛的人吗？”

“别说傻话了。”

“对不起。”他说道。

美妙女士拿起一个金酒的瓶子，标签上的日期已很老旧。“事实上，这个是你的，”她说，“上面写着，1947年11月2日，于泰晤士河。”

“我可从来没给你写过东西。”德雷克说。

“你的纸条上没有留言。”

他拿起瓶子，纸上的日期所引起的回忆汹涌而至，一阵悲伤从内脏涌到喉咙。美妙轻轻拍着他的背。伴随着滚落的泪滴，他讲述着他与蜜西的故事。她点起烟，倒满酒杯，静静地听着他的故事。“我爱她。”最后他说道。

“我明白。”她说。

他还想说说战争，但朝阳早已升起。他并不想在阳光下诉说自己关于法国的惨痛回忆。他点燃了最后一根烟，站起身。他走到门口却又停了下来。他想要问美妙一个问题，可令人惊讶的是，她却已经把答案说出了口：“你啊，”她认真地说道，“我对你很有信心。”

他穿过树林，走向船屋。清晨静谧的空气中散发着一股盐与泥土的味道，杓鹬悲伤的鸣叫声回荡着。

灿烂的阳光掠过树梢，驱走了掩盖着它们的阴影。沙地上凹凸不平的小水坑闪闪发亮，旁边蹲着一群燕鸥。

他第一次有这种漂泊不定，却又重获新生的感受。当太阳的轨迹移动时，溪水变成了一条流动的银带，看起来漂亮极了。这是在几周中唯一一次，他觉得自己会好起来。而且他也知道，是时候该准备离开了。

他回望河岸，她也在看着他，仿佛她能读懂他的念头似的。他举起手，她也举起了手。然后他转过身去，不让她看到自己的眼睛。今夜将会是一个漫长的夜晚。

离开的日期尚未决定，怀着对离别之日的担忧，他在冬季的阳光中晏晏而起。他看了看那封寄给阿诺德先生的信，知道今天就是该给他送信的日子了。

他换上自己的便服，这身“领袖牌”衣物摸上去有些僵硬、陌生。他往下一看，卷边整洁地穿过那双擦得锃亮的拷花皮鞋——那代表着他曾经抛弃的生活，他不确定自己是否想要再回到那儿去。显然，他已经习惯了现在这种有趣的生活方式。他不禁想象，当信送到后，他又会选择怎样一条新的道路呢?

他把刚来那晚老妇人为他准备的衣服整齐叠放好。回头望去，火光熄灭，床铺上没有一丝褶皱，就仿佛他从不曾在此居住，而壁炉前的墙上也不会留下他生活过的痕迹。

在此之前，他从未向任何人道别，他总是错过了道别的机会，母亲如是，蜜西亦然，他在乎的东西一样也没有留下。这也许就是他再次徘徊的原因。他习惯了那老妇人的陪伴，以及与她一起的生活。而且，他也很在乎她。趁着这股情绪尚存，德雷克迅速穿上雨衣，拿起行李走了出去。

他在河床上找到了她，她正站在及踝的泥浆里。在她卷起裤脚下的膝盖上也沾满了厚厚的泥巴。他看着她，有一瞬间却又看不清她。他仿佛望见了她曾经的生活轨迹，那漫长一生中的故事和那些不可侵犯的圣徒围绕着她的孤独运转着。他希望她还能如曾经所经历的那样，一切安好。同时，他也必须这样说服自己，否则他没法放心离开。就在这时候，她抬头看见了他。于是，她做了一个把手交叉放胸前的动作。

他沿下游走着，久久地挥舞着手中的行李，使她知道自己要离开了——不过，她自然知道这一点。

她没有向他挥手，只是停下手中的动作走向河堤。

他朝着她跪了下来："我要走了。"

她点点头，提起水桶给他看："海蚕。"不过他不确定这是不是在暗讽他。

"你还回来吗？"她问。

"我想不会了。"

老妇人点点头。

"谢谢你为我所做的一切，美妙。"德雷克接着说，"真的，所有的一切。"

她点点头然后说："祝你好运，弗朗西斯·德雷克。好好地活着，重新去爱吧。"

她伸出手，他以双手回握。她的手很小，很冰凉。

“不要回头看，不要回头看。”他对自己说，但他还是忍不住回头了。她仍凝视着他。他眼含热泪。看着无数次离别在她脸上留下的痕迹，都是时间刻下的线条。当他走远，天空中飘来了云朵，落下了细雨。“就像她的慈悲落在我身上。”他心想。

他坐在屠夫杜瓦的车上，行往特鲁罗郊区的一个农场。杜瓦说，三小时后他还会回来一趟，如果一会儿还需要搭车，可以在这里等他。德雷克谢绝了他的好意，然后与他挥手告别了。

他兴高采烈地走进城。雨停了，空气中充满了泥土和灌木丛的气息，以及青草的甜腥。清新的气味舒缓了他的焦虑，同时，此处的静谧亦使他心中愉悦。

战争结束后发生了太多太多的事，而这封信是属于混沌过去的残留物。德雷克希望他能烧掉它，忘记它，可这两种做法显然都不明智。他甚至根本不认识道吉·阿诺德医生这个人。只是信件被一个垂死之人强塞入他手里，德雷克无法一走了之，只好对他说：我保证帮你。因此，他一定会完成这个任务。毕竟那场战争已经玷污了他的良心，他总得做点什么来恢复自己内心的清白。

如果那个人问起他的儿子呢？那就说谎吧，做一个说着善意谎言的好兵吧。“他是个好伙伴，忠诚，奋勇牺牲”——谎言。“他永远活在我们心中……”以及这之类的废话——谎言。

德雷克确认了一下，信还在口袋里。他的手触碰到了它滚烫的温度。

几星期过去了，他还一直待在这个城市里。这里有人群、汽车和大货车；有兀自向前奔涌的生活；有踩着高跟鞋、花枝招展的女人们；还有各种噪声！大教堂的尖顶映入眼帘，上面湿漉漉的雨水在阳光下闪闪发光。他靠在花岗石墙上，极目远望，听着耳边小提琴奏出欢愉的曲调。一辆奥斯丁8号车停在面前，他在宽阔的侧窗看到了自己扭曲的影子。

理发师把热毛巾敷在他的脸和脖子上，德雷克顿时感到毛孔舒张，放松下来。他立马觉得自己比前几个月清洁了许多。他望着镜中的自己：胡子已被刮得干干净净，头发也被修剪齐整，脖子上还搽上了古老的香料。改造完成了，他仿佛又回到了那个哀恸的下午，但他心底知道，自己已经感觉好多了。

“请问礼拜堂街怎么走？”“右边第二个拐角左拐。”“谢谢。”

现在时间有点儿赶了，但他还是停在大街上，点上一根烟，想让神经放松片刻。在隐者坡的大门前，他抽完最后一口烟，用脚踩灭了烟头。

那是一幢独栋小屋，前后都带着花园。在白色大门前铺着一条整洁的小路，夹道生长着玫瑰。毫无疑问，这就是医生的家了。德雷克按响了门铃，等待了一会儿，但没人来应门。在第二次按门铃前，他绕到前面，朝着窗户窥看。最后，在他几乎要把这封信直接塞进信箱的时候，门开了。一位看上去很和蔼的绅士跟他打了个招呼。

“真是抱歉，”那男人擦了擦双手，“我刚才在后面的花园里，焚烧一些枯叶。”

果然，他身上有股篝火的味道。

“您是阿诺德先生吗？”德雷克问道。

“是的，我是。”

“我叫弗朗西斯·德雷克。我这里有一封给你的信。”

德雷克透过双扇玻璃门看着那个男人：一位父亲坐在板凳上读着儿子的信，整个过程中他一动不动，唯一变化的是，阳光透过树叶，洒下斑驳变幻的阴影。这景象宁静无比，平和无比。德雷克揣摩着，不知道那位士兵给自己的父亲写了些什么。而这位父亲又给他写过什么。钟敲两点了，但他并不急着离开。

他站起来，看了看周围。这是个整洁的房间，桌子和柜子上摆满了照片，很显然，这里住着一家人。德雷克走到壁炉边，拿起儿子的相片，他身穿一件白色板球衫，看上去才只有十五岁，最多十六岁，身边还有一条拉布拉多犬，似乎正有光明的未来等着他似的。

“谢谢你，”医生走进了房间，“谢谢你把这个带来给我。”他把信放在壁炉上儿子的相片后面。

时钟嘀嗒作响，医生把一托盘茶和饼干放在德雷克面前的桌子上。“可以抽烟吗？”德雷克问。

“可以，当然可以。茶里要加牛奶吗？”

“请加一点吧。”德雷克点燃了一支烟。

“糖呢？”

“不用了，谢谢。”

“我也不加糖，自从战时实行食物配给制后，我都丧失味觉了。”说着，他把茶递给了德雷克。

“内人不在家，但她一定非常遗憾没能见到你。她常去我们女儿那边，所以，我也习惯了独自招待别人。现在，连饼干和茶放在哪儿我都一清二楚。”

然后，他们静静坐着，抽烟，喝茶。时钟嘀嗒的声音听起来格外响亮。

“那个时钟并不是在计时。自从两三年前得知我儿子的死讯后，它的声音便成了一种哀思的寄托。人们常说‘钟’就是‘终’，不是吗？反之，我这钟声却意味着一种新的开始。我说不出它确切的含义，但它抚慰了我的心，在一些难以言喻的瞬间。就像你带这封信不期而至，也可说是一个难以言喻的瞬间。”

医生喝了口茶。

“你有家人吗，德雷克？”

“没有。”

“一个都没有？”

“是的。”

“也没有关心你的人吗？”

德雷克在椅子上挪了挪：“我不是很清楚算不算有。”

时钟嘀嗒响着。

“抱歉，似乎我问得太直接了？”

“没有。不是的。没……我曾经也被人关心过，阿诺德先生，所以——”

“所以，你已经回答我的问题了。好的，很好。”阿诺德先生抿了一口茶，“你与我儿子相识很长一段时间了吗？”

“是的，很长时间了。”

“可他从未提及你。”

“没有吗？”德雷克端起茶杯。“手不要发抖。”他对自己说。

“他是个很好的士兵，”他补充道，“你应该为他感到骄傲。”

“我知道，我为他骄傲。但我认为他不是一个好士兵。他对在战场上度过的每一分钟都极其厌恶。我们对战争持有不同见解，也是因为这个分歧，埋下了我们彼此疏远的种子——因此，你看，要么你是个可恶的骗子，要么你根本不认识他。”

德雷克的心怦怦直跳。时钟嘀嗒地响着。他感到嘴唇发干。

“我不认识他。”最终，他说了出来，“对不起，我只是不想给你带来更多伤痛。”

“不，你当然没有。”医生连忙回道，“请坐下吧。不过，你是怎么拿到这封信的呢？”

“我在战地医院偶遇了一个躺在担架上的伤兵，他让我为他传送这封信。”

“可你此前并不认识他？”

“不认识。”

“但你承诺会送出这封信。”

“是的。”

“就为了一个垂死男人的遗言？”

“是的，我想是。”

“那么，谢谢你。”医生喝完他最后一口茶。

“我们一起喝了白兰地，”德雷克说，“那天一点都不像在战争时期，那是一个夏天，阳光像过去一样洒满了大地，花儿在外边盛开着。在那短暂的瞬间，我们就像平常人一样。你儿子说他想去游泳。”

医生笑了：“他是个游泳好手。”

“他想要我告诉你，他一切都好。”

医生咳了两声，清了清喉咙：“所以呢？你自己现在打算怎么办，德雷克？”

“我也不知道，真的。”

“你会回伦敦去吗？”

“不。我不回伦敦。我可能会去法国。往南边去。”

“去追求灵魂的自由？”

“差不多吧。但我已经在这里住了六周了。”

“康沃尔郡？”

“是的。我住在河边一个船屋里——对一个讨厌水的人来说，真算是个奇怪的住处。”

“噢，但在很多方面，那对讨厌水的人来说也是一个理想之地。”

“是的，也许吧。我想那位老妇人也曾这么说过。”

“什么老妇人？”阿诺德先生问。

“美妙女士，她在那里住了很多年了。”

钟摆大声地敲打起来。

“她还活着？”

“你认识她？”

“我当然认识她。那是很久之前的事情了。”阿诺德先生起身走向酒橱。“天哪，”他不禁感叹，“你觉得她怎么样？”

德雷克思索了一会儿：“非同凡响，真的。”

“她还在游泳吗？”

德雷克笑了：“是的，而且是在涨潮的水中。”

“她有没有告诉你，她母亲是一条美人鱼？”

“她说了。”

医生拿起一瓶威士忌：“你要和我一起喝吗？”

“麻烦了。”

“我猜里面没有掺水。”

“没有吧。”德雷克笑了。

医生向德雷克举起酒杯。

“祝你好运，德雷克先生。”

“也祝你好运，先生。”

玻璃杯发出清脆的碰击声，钟声嘀嗒，医生重重地坐回扶手椅，宛如一声来自过去的叹息擦过他的耳畔。

“你相信命运吗，德雷克先生？”

“我不知道。我还没想过。不，即使到了你的年龄也不会去想……”

“这问题对你而言相当不公平。但现在我可以坦率地说，我确实相信命运。

“我见过你口中的那位老妇人——美妙·微斯小姐，在二十五年之前！那一天我真是幸运。多年来，这里一直流传着关于她的谣言。我的长辈们曾警告过我，小心那个住在树林里的女人。据说人们不喜欢她，甚至有点畏惧她。但对大多数医生来说，这种偏见尚未如此严重。有的孩子甚至都是由她接生的。旧时的日子总是很奇异的，德雷克。

“当我受邀拜访她时，她已在林中定居几周了。无论天气如何，她都赤身裸体。我想，那是在第一次世界大战后不久——也许是1922年吧？人们都说，她在亲手埋葬自己所爱的人之后发了疯。总之，就是那个故事把我带到了她家门口，在二十五年前，一个秋日的午后。

“我记得在和她一起前往那辆吉卜赛大篷车的路上，她一直在念叨着一些难以置信的事，比如说‘生活还在继续’之类的陈词滥调。但我现在只能说，当时自己太年轻。

“感谢上帝，她很清楚自己的情况。她还以为我们相见后会有一些思想上的碰撞：两位医生之间的那种——作为科学的代表——我，以及与她所代表的传统医学——她就是这么认为的。她手上有伤口，嘴唇周围起了溃疡，咳嗽声很刺耳。我还记得当时我提出要听听她的胸音，她却告诉我那是悲伤所致。我告诉她这有可能是肺炎。我说：‘张开你的嘴。’她却说：‘打开你的心。’”

医生大笑起来：“‘打开你的心’！我告诉她，如果不换个气候干燥的地方住，不戒掉天天游泳的习惯的话，她可能会面临死亡的危险。

‘我游泳是因为我必须游。’她却那样说，‘那才能让我保持健康。’我说：‘你不能在早上游吗？’她却说自己必须在潮水最高的时刻游。‘这是我天性使然，因为我是美人鱼的女儿。要怪就怪月亮去吧。’我从没遇到过任何人像她这般说话，像她这般处事。要不是我是个专业的医生，我简直就要被惊呆了。

“在接下来的两周中，我每天都会去看她。而她每天都会告诉我有关她的生活与那条溪流的一切。她带我进船屋，给我讲她父母的爱情故事。而在最后一天，我拿出听诊器为她听诊：没有肺炎，没有歇斯底里症，只有深沉的悲伤。那是我第一次做出这样的诊断。

“忧郁症，这本是一个来自维多利亚时代的词汇。悲伤、抑郁、无可挽回的损失，随你怎么说都好。但同时我也明白，明白那种当你所爱的人死后，随之而来的疯狂绝望。可即便如此，我也不会选择赤身裸体。为了体面，我会一直把自己的内心隐藏，那才不至于让人感到畏惧。但它就在那里，藏在我的工作后面，藏在我的眼睛后面。因为我是体面的人，别人才会给我们家送来食物，或者蛋糕，或者几句动听的话。而事实上我也有忧郁——仅仅是因为这种体面的伪装，我才未被人所误解。我其实也已经疯得很了，德雷克，但我仍然要每天擦亮自己的鞋子。”

“你看这个，”他拿起一个和壁炉旁边黄铜夹钳竖立在一起的Y形的树枝，“那晚，她送我离开的时候，把这个占卜棒夹在我的胳膊下。她承诺这能帮我找到我的爱情。”

德雷克微笑道：“那有效吗？”

“哦，是的，它起效了。接下来的一个周末，我参加同事的婚礼，在那里我被美丽的贝琳达·福克斯迷住了，以至于三天后，我拿着那根占卜棒，像槲寄生树枝一样举到她头顶上，然后吻了她。不久后我们订婚，然后结婚。一切都和我们预期中的一模一样。我努力工作，有了孩子，搬去了伦敦，又回到了康沃尔。我几乎忘记了美妙女士。”

医生把手悬在那根粗糙的淡褐色树枝上，仿佛看到它又变回一只年轻男子的手，上面带着一条从未被探索过的生命线。他又回想起了那个在大篷车里的夜晚。他记得落日渐渐低垂，绚烂的光芒透过叶冠上方的裂隙，从天空流泻在他眼前，那纯金的光线，以及淡蓝和浓郁的深蓝，仿佛主宰夜晚一般威严。那是他生命中第一次被如此彻底的和平寂静所统治。

在上帝与医学之间有一个独属于我的位置——他从不曾忘记她说过这样一句话。他可以再次品尝香醇的金酒，敞开心扉，打开话匣，那辆车中散发着芬芳的温暖气息给予他勇气，说出自己心中的隐忧。一想到这个，他不由得双目刺痛，红了眼眶。直到现在他还记得她是怎样握着他的手仔细端详，她的手指抚过他手上的疤痕，“是被手术刀割伤的。”他解释道。当她的目光搜索着他的手掌，他并没有试图把手拿开。他还记得自己满心焦虑地问她：“你都看到了些什么？”因为那时在她的眼里明明有一片阴霾。几年后，他明白了，那代表着他儿子的厄运——他突然从悬崖坠落下来。

“你都看到了些什么？”他又问了一遍。于是，她回答道：“幸福。我看到了长久的幸福。”毕竟，她知道这是所有人都爱听的话。接着，她送他走入外面的黑暗里，空气很潮湿，微风中传来浓浓的土腥气和盐味。她领着他穿过路边一丛潮湿的蕨类植物，走到了他停车的地方。在这时，美妙望向繁星点点的夜幕，指着一颗明亮的白星对他说："那是你的守护星。"

"阿诺德医生，"她说道，"请跟随着那颗星走，它会带你回家，并且，永远如此。"

说到这里，阿诺德医生抖开一条干净的白手帕："真抱歉，怕是这一整天都在跟你谈些陈年旧事的幽魂——或许应该说是回忆？我想，人们喜爱回忆甚于幽魂吧。"

时钟又敲响了。

"还有，是她为道格拉斯接生的。"

"什么？"德雷克很惊讶，"这怎么可——"

"道格拉斯是我的继子，我娶了他的母亲，而他父亲在一战中阵亡了。事情就这么简单，德雷克先生。"

"我还有更多回忆可谈，"阿诺德说，"可是，时间不等人。显然，你今天已经与我分享了许多时光，为此我真的非常感激。但是，的确，还有一些事我十分想要与你分享，一些有趣的事物——起码我认为是自己年轻的时候想要看的东西。或许现在也会对你有帮助，尽管我也不能确定。"

德雷克说，这对他而言简直像是一次性拥有了所有的时光。

他们在沉默中抵达博物馆。德雷克让医生先进去，自己站在门外的落日余晖中。他需要一点时间来思考这位道吉·阿诺德先生与自己之间奇怪的巧合联系，以及医生对他所说的一切。他点了一根烟，注视着滨河路上的人来人往，如此繁芜的生命，全部都背负着未知的命运。德雷克回头望了望博物馆。他胸口沉重，把烟头扔进水沟，木然地爬上了台阶。

他之前从未参观过博物馆。这个建筑物中的封闭感与寂静令他惊喜，同时也构成了一种奇怪的安慰。空气清凉，气氛异常肃穆，简直像一个教堂。他回想起那晚对美妙女士整夜的含泪诉说。“我对你有信心。”她最后是这么说的。

他的脚步声回荡在华丽的石料地板上，那种伦敦式步调，在走上拱形房间的楼梯时听上去很笨拙。

阿诺德医生正在等他。他把他带进了右面一个小画廊里，带他去看远处墙上的一幅画。光线曲折地打在他的肩上，照亮了他的面孔。

“就是她了。”他听到阿诺德医生说道，“这就是威廉·微斯爱上的那个女子，我想，她便是我们的那位人鱼小姐。”

德雷克忽然间清晰地听见了自己的每一次呼吸，感受到跳动在他的脖子上、手腕上、心房和下身的每一次脉搏。他看着面前的画框，那张倾国倾城的脸庞正凝视着他，并完全将他吸引住了。那双眼睛，深邃、漆黑，却又带着忧伤。迟暮的阳光打在她的右颊，使她的肌肤带着点儿深蜜色与棕色的调子。

德雷克转向阿诺德医生，他还没来得及开口说话，医生便说道：“她和你想象中的不一样吧？试想一下，假如她就在这里，德雷克。试想一下人们的恐惧、不理解以及那种怀疑。

“在19世纪50年代的美国南方，有一批和她一样无拘无束的男女人鱼，德雷克，我做过这方面的研究。这不常见，但也不算罕见。可能她本来就是自由的，也可能威廉花钱为她买来了自由，这点现在我们只能推测。她渴望游泳——渴望洁净——关于她的这一点不难理解吧。我们可以说，这是洗礼仪式的一部分。从浸泡中达到净化。”

德雷克转回到那幅画前。她的额头上挂着钻石一般的小水滴，掩盖着那上面的一道疤痕。她的头发乌黑亮丽，上面滴着水，落到她的脊背上。她脖子上挂着金项链，坠着一个小小的贝雕盒——里面有她女儿的名字。她的乳房浑圆丰满，也许她那时已经怀孕了。在那丰满的红唇间，没有微笑也没有歌，这只是一段纯粹的历史——远渡重洋偷渡而来，辗转出售给出价最高的商人。

那双嘴唇曾促使成千上万的士兵开足马力，如同船头的发动机一般。

他答应给她自由，她则回报以一生。船屋被画在背景当中，还有涨潮时的河流，波浪晃动在她的下半身，窃窃私语地笑着她的过去：“把它清洗干净吧。”他应该清除它们的，但周围的目光不会容许他这样做。

在落款处，她被称为：海上淑女，1856；艺术家：杰姆斯·科诺克；匿名捐赠。

在此之前，它还是一块轮廓模糊的失踪碎片，带着船屋炉前墙壁上被烟雾与光阴所侵蚀的痕迹。同时，它也是一个虚假的窗口——仿佛可以从中窥见昨日。

轿车在草地的最高点停下时，夜幕已经降临。德雷克走到车外，挥手向医生告别。他疲惫地坐倒在里程碑上，望着那根占卜棒。它承载着他今日的所见所闻，因此掂起来比初见时更重了。他本不想带走它，但却拗不过医生坚持。他说："在人生中你从来无法真正拥有某样东西，至多只能算是借来使用。"

"加油，"他对自己说，"今晚不会再有什么事了。"然后他卷起裤脚穿过湿草地。此时他已经想好明早见到美妙女士时该对她说什么了。因为今天谎言被戳穿的经历使他身心俱疲，他没法在同一天编造出另一个故事了。

穿过树林的时候，他看到一盏灯挂在船屋左侧门口。她怎么知道他今天回来？顿时，他的每一步都变得沉重不已，只想径直走入房间，大口吸烟喝酒。可他听到她正呼唤着自己的名字，而他无法抗拒那种呼唤，只得把行李箱留在了门外的台阶上，转身去找她。

当他走进温暖的大篷车时，几乎没看到她——正裹在毯子里，只露出一双充满渴望的大眼睛。

“嘿。”德雷克顺手把眼镜从她头上摘下来。

“我一定是睡着了。”她说。

“我想是的。”

“我在等你回来。”

“我知道。”

沉默。

“你去理发了。”

“对。”

“很好看，显得你很精神。”

然后她指着他手中的东西问道：“你从那儿带回来了什么？”

他把占卜棒放到灯光下。老妇人用手抚摩着它的纹理。

“这是我的吗？”她问。

“是的。你很久之前把它给了某个人。”

“是我给别人的？”

“没错，在一战后四年左右，有个医生来拜访你。你还记得吗？”

“噢，是了。一位姓阿诺德的医生吗？我还跟他通过信，”老妇人的双眼布满阴云，“但我想我现在记不清了，德雷克。”

“不要紧。”

“其实我也不需要记得，对吗？”

“是的，你不需要，真的不需要。”他帮她把毛毯向上拉了拉。

“我希望你能留下来——”

“能留多久我就留多久，如果可以的话。”

老妇人点了点头然后笑了。她拿出手拍了拍他的手：“还有十天就到圣诞节了，”她说，“你想过要什么礼物吗？”

“我还没想过。”

“我想你需要一个捕蟹笼。”

“是吗？”

“是的，因为商铺里的食物总是供应不足。”

“那倒是。”

“有了捕蟹笼你就不会挨饿了。”

“那我希望得到一个捕蟹笼。”德雷克说，“晚安吧，美妙。”然后他起身准备离开。

“你打算送我什么？”

“我还不知道，”他笑了，“你想要什么？”

“一个惊喜。”

“好的。”

“最好是个花了点心思的好东西。”

“会的，我向你保证它会让你永生难忘。”

“保证，保证。”美妙重复着。

“晚安，美妙。”

当德雷克走出门的时候，美妙女士又说道：“那个占卜棒，它没法带你找到‘水源’，你知道的，就是你唯一的爱。”

德雷克停下脚步，走回到床边俯下身子，第一次亲吻了美妙。

“这又是什么意思？”

但他什么都没说。对于那天所发生的一切，他全然无话可说。

而她只是握住他的手，轻声安慰道：“没关系。”在他们之间这已足够。

那是一段已被遗忘的时光：钥匙在锁眼里哗啦啦地响着，一位新婚不久的年轻医生出现在这个暗沉沉的房间里。一个女人坐在床上，百无聊赖地把玩着脖子上挂着的贝雕盒。她年纪并不大，但看上去却颇为沧桑。空气如同静止般，几只模型船被漫不经心地散落在棕色的地板上，有些已经完成，还有许多仍是碎片。它们经由爱与灵巧的心拼装而成，同时也是无尽光阴中秘密的组成部分之一。

刺骨的12月夜晚的空气低语着划过她的肌肤，她打起了寒战，但仍耐心地坐着。在黄色的外衣下，她赤裸着身体。

时间静静流逝，某处的潮水涨起。月光穿过栅栏，夜晚悄悄溜了进来，她心头的恐慌也悄然而逝。

她缓缓地走下床。年轻的医生试图向她靠近，却又退缩了起来。女人朝墙爬过去，在黑暗中摸索着墙脚的凹凸不平处。她的指尖伸向砖缝。“在这儿。”她轻轻拉扯出一卷破烂的纸片，直到砖缝被掏空。她躺在地板上，面孔紧贴那道缝隙，微风抚过她的双颊与额头。她凑近，嗅着空气中的气味，直到找到了家乡的气息。

潮溪水位很高，空气中弥漫着一股浓烈的海水味。她艰难地咽下口水，眼皮沉重地压下来，与此同时，她跌进了林边的平静水流中。涟漪歌唱着，从时间深处涌上水面。它正在召唤她，而她倾听着那首回归之歌。

年轻的医生跪倒在她身边，低声念着她的名字。

她转向他，但眼中却已看不到任何人。

自从德雷克准许自己重新回忆儿时在酒吧度过的圣诞节之后，时间已过去许多年了。

那时，他常会帮着装饰酒吧里的圣诞树。他给树缠上彩带，直到自己累得口干舌燥。深夜，酒吧锁门以后他才走下楼，若是他母亲和贝茨先生不在，那里的人就会给他喝一小口酒、抽一点点烟。

他回想起另一个在一派温暖舒适中啜饮波尔图葡萄酒和黑啤酒的老妇人——他一直觉得贝茨夫人穿着黑色连衣裙、戴白蕾丝花边小帽的样子就像一瓶黑啤酒，但他没把这话告诉过任何人。

更何况，那些都是美好的回忆。

在那时候，街上也有娼妇。她们厌倦了贫穷，厌倦了食物的匮乏，厌倦了男人，但她们的心地却异常善良。他最喜欢的是艾瑞丝和莉莉，因为她们生得漂亮，而且还总是对他关怀备至，还会用她们的手揽着他，使他周身带上她们身上那种奇异的爱的香味。而一到那些花儿变成果子的夜晚，她们便改叫自己“水蜜桃”和“小樱桃”。

陶格斯先生弹钢琴时，德雷克偶尔会坐在他旁边按几下琴键。但多数时候，他会坐在他身旁唱歌。每当这时，所有人都会冲他欢呼，这让他双颊通红——不过也可能是啜饮啤酒和威士忌的缘故。无论如何，看着那一张张笑脸，听着那一阵阵歌声，然后望向窗外被新雪覆盖的肮脏街道……那真是一种很棒的感觉。那时德雷克认为生命美妙极了，自己的生活也棒极了。因为当那天的圣诞布丁端上来时，他在里面吃到了三枚硬币。那一刻，甚至连他没有父亲这点也变得无伤大雅了。他甚至不再如往常一般希望自己也有父亲。他只是祈求这一天能够持续，直到永远，只有他和他妈妈，只要永远过着这一天。

这就是他的美好回忆。

他注视着钱包里的照片。母亲也是他的美好回忆。他把那根占卜棒挂在门上，配上一条缀着浆果的长长的冬青枝条。他把照片藏在后面。

“圣诞快乐，妈妈。”

德雷克给低低燃烧的炉火加了一块木柴。他起身看着炉膛上方那块画框留下的印痕，眼前再次浮现出了美人鱼的面孔，仿佛她正温柔地注视着威廉、船屋以及他们的生活。他走到行李箱旁，从中拿出那张画片——拼接而成的男人的面孔。纸张已经被揉软了，因此轻易便被他展开。他把它压到墙上，对准那个轮廓，大小完美吻合。于是他滴了几滴熔化的烛蜡，按在照片的四角，把它端端正正地贴在墙壁的痕迹上。他远走几步，细细端详，它看起来很好，哪怕是在一个素昧平生的人的船屋里，一条被遗忘的小溪边。

“那是谁？”美妙女士问他。

德雷克吓了一跳，转过头去：“天哪，美妙，你吓到我了！”

“那是谁？”她又问了一遍。

他再次回头看了一眼那张图片，这是他人生中第一次把这件事说出口。

“那是我的父亲，”他说道，“是我想象中他的样子。很蠢吧？这是我九岁那年拼的，一边还得问我母亲：‘妈，爸爸的眼睛是什么颜色的？’‘爸爸的头发是什么颜色的？’‘他的嘴长什么样子，妈？’‘还有他的鼻子呢？’我不停地问，不停地问，直到她肯回答我为止，而我根本不知道，对她而言回想起这些或许早就想要忘掉的事有多艰难。当她去酒吧工作的时候，我就剪开那些她拿回来的旧杂志，开始根据她的回答拼凑这张脸，直到我做出这张画片。至于他的样貌如何——我只是想要和别人一样拥有某件东西而已，我想要一张熟睡时可以在梦中见到的面孔，就像我母亲那样。我知道，她只有在睡着的时候才会发自内心地高兴。”

船屋发出一声轻响。

“但我有一双和他一样的手，”德雷克低头看着自己的手指，“你知道我是怎么知道的吗？”

“告诉我吧。”

“因为那和我妈妈的手不一样。”德雷克转向她，微笑起来。

“你的眼睛也和他一模一样。”美妙女士微笑着看着他。

他看向那幅画。

“你说得对，我的眼睛和他一模一样。”

茶室里很温暖，坐满了一对对正在闲谈的情侣。茶匙碰撞瓷器的声音、闲谈声以及若隐若现的交响乐声竞相涌入她的耳膜，美妙感到充满活力。她沉默着，面带微笑地注视着每一个人，把摘下的帽子和报纸堆在一起放在旁边的椅子上。窗外映着特鲁洛大教堂。女服务员把账单放在桌上，示意美妙结账。茶室里的每个人都注视着她。美妙拿出一张崭新的一镑纸钞搁到糖罐旁。“一张一镑的纸钞！”有人小声议论道。然后她说：“亲爱的，谢谢你。蛋糕很美味。替我跟你们的厨师道一声谢吧。”

厕所里响着水声，德雷克感到一股热水流淌到指尖。水龙头流出来的居然是热水！德雷克闭上眼，享受着这一刻的奢侈感。然后他擦干了手，对着沾染了些许污渍的镜子捋了下胡子。他打开门时突然停下了脚步，第一眼便看到了其他人眼中所看到的景象：一个矮小的老妇人，戴着一副镜框破烂了的眼镜，穿着邋遢的黄色油布雨衣，头上是一顶足足大了她两号的男式软毡帽。当他注意到人们怪异的眼神，以及他们龇牙咧嘴地看着美妙收拾帽子里衬着的报纸的样子时，他有一股挥拳揍他们的冲动。于是他径直走进茶室，替她抽出椅子，把胳膊递给她。她十分骄傲地挽住他，并对他说："谢谢你，我的好男孩。"她把找的零钱放回口袋，然后向周围的每一个人告别。然而，没有人回应她。但她丝毫不在意那些望着她离去的目光，虽然，他很在意。

他愤怒地盯着那些议论纷纷的人。她就像英国的天气一样，在哪里都会被人们议论，成为一种猜测与抱怨的谈资。她离开后，人们发现了她座位下留下了一小堆泥土。

"现在我们要去哪儿？"走出门后，她问道。但德雷克感到心中的怒气太盛，以至于无法回答她。

于是，老妇人和年轻人就这么游荡在滨河路上。她不时被鹅卵石绊到，因为此处往来的生命使她目不暇接，无法顾及脚下。走着走着，德雷克放慢了步伐，说道："我们到了。""我们到河边了？"美妙女士问。他说："这里已经不是河边了。""那是什么？""你会知道的。"他搀扶着她走过圆柱，通过一扇巨大的木门进入一个荡着回音的华丽大厅中。里面没有一个人，安静无比。只有老妇人惊叹的心跳声轻轻地响着。

德雷克带领她来到楼上的小画廊。他对她说，她想在这儿待多久就可以待多久，他在楼下等她。然而，在他退出门口时几乎不敢回头看，他害怕自己会心碎。

事实确实如此，在生命的九十年中，美妙·微斯第一次见到了母亲的面孔。

起初的几分钟她一言不发。但不久后，德雷克便听到一声沉重的叹息响彻走廊和展示厅。在柔和的灯光下，老妇人尽可能地靠近那幅画，她开始介绍自己，并很快变得滔滔不绝。伴随着这些秘密的吐露，外面响起了圣诞颂歌声，从拱形窗前飘进的新雪细碎地落在她的头上，又如同泪水般从她的脸颊滑落，滴在画廊的地板上。当工作人员进来通知闭馆的时候，她没有做出任何抗议，只是轻声说了句："再见，我马上会再来看你的。"然后，她从那扇沉重的大门离开，再度走进了寒冷的现实中。

出门后，大雪在外面沉沉落着，完美的结晶体飘落下来。有个合唱队正在唱着《萧瑟隆冬》，美妙往他们的罐子里投了一些钱，也跟着大声唱着："雪花飘啊飘。"

这将成为她奇妙而珍贵的记忆。尽管对其他人而言，这只是一个下起鹅毛大雪、过早到来的冬天。她将记得铜管乐队伴着圣诞颂歌而奏，尽管对其他人来说，这灰蒙蒙的街上只是回荡着圣诞节前大采购的疯狂节奏罢了。

她会记得那晚，她和德雷克一路走回家，她不会记得他们上上下下的那些大篷货车、渡轮和推车。因为在她的记忆中，他们是沿着熟悉的路线一步步走回家的。她的眼睛十分明亮，能在黑夜中看到她想看到的一切。因此，她觉得那晚甚至没有月光（尽管是有的）。她会记得她步伐轻快，因为她是如此地兴高采烈。虽然事实上，她早已厌倦了这种描述，但在那时，她的快乐却是心安理得的。

路边的积雪已很深，矮树丛都被大雪覆盖了。不久后，他们便走在了一片白茫茫的风景里，看起来像是两个逃学的少年。四周一片寂静，他们能清晰地听到在雪地上踩出的每一步吱呀声。而老妇人嘴角的笑意一直不曾消散。

几小时之后，他们来到草地旁的公路。德雷克说："在这儿停一下吧。"他不能错过现在这个时机。

他们停了下来。口中冒着一团团厚重的白气。他用力地在积雪的路面踩了几下，并用手敲打着两边的口袋。

"在这儿呢。"说着，他从口袋拿出了一个包装简陋的礼物。

"是我亲手包的。"他说。

"还没到圣诞节呢。"

"猜猜是什么。"

她脱掉连指手套，解开了缠在上面的丝带。她打开包装纸，里面是一支小小的黑管口红。她把它举到面前，缓缓地拧着，一截完美的红浮现在大雪纷飞的天幕前。

雪花不断地飘落，不断地飘落……这景象美极了。

1月到来了，并且像一头倔强的骡子般埋头苦进着。美妙女士从大篷车向外张望，夜晚如此凛冽。最初她还以为有某个圣徒在外面游逛，但当她拿起望远镜，才发现原来是德雷克在河边一边走一边望着教堂。他的精神似乎又变得不安起来，同时她还注意到，那种他试图隐藏的颤抖症状重新出现，伴随着食欲不振，寡言少语。曾经萌生的好好生活的意愿也被一种更加迫不得已的求生欲取代了，并且除此之外别无他物。他转过身，向大篷车看去。那一刻，她仿佛看到一个很棘手的梦魇正在他头顶嗡嗡作响，就像一只喋喋不休的蜻蜓。

她迅速关上了窗户。也许是展开行动，也许仅仅是噪声，那只梦想的蜻蜓向右一转，像打出的发令枪般直奔向她锁上的玻璃窗，那声响将她击倒在床，满怀着震惊。她知道，这只是时间问题罢了。自从那晚她在树丛里找到他，把他救下起，他灵魂的重量便在她双臂上留下了不可磨灭的印痕。而她一直都知道，总有一天她也会承载起他的梦魇，这只是时间问题罢了。

两周前，在一个已经逝去的午夜，一阵令人窒息的疲倦与浓稠的夜色一起洒落在林间。周围没有一丝声音。大自然投降了，甚至连星星也暗淡下来。天空中悬着一个微茫的月牙儿，让人几乎注意不到它。美妙女士难以入眠，又或者说，其实是她不想入睡。游魂在她世界的边缘处觅食，于是她也坐起来喝了一点酒。当她躺回去时，整个人都被床垫吞噬了；而当她坐到椅子上，熄灭灯光时，它又仿佛大声笑了起来。黑暗带来了恐惧，一种男性的恐惧，那不是她的。

在两天后的一个夜晚，她尖叫着醒来。然后她走到外面，一切如常。只有德雷克迷迷糊糊地从船屋跑过来。

“我听到一阵尖叫，你还好吗？”

她皱起了眉头，这回，她也不太确定。

“也许只是做了个噩梦吧，”她说，“回去吧，一切都好，起码在这里我们很安全。”

他转身准备离开了：“不过，是什么把你吵醒了？”

“和往常一样，”她回答，“起夜。”

而在前一晚的梦中她在打牌。她不是任何一名玩家，而是一张卡片。空气中充满了欢声笑语，他在，德雷克也在。当她醒来时，发现自己在地板上，难受极了。但她知道自己没得病。

现在，夜晚又来了。美妙女士从椅子上站起来，走进冰冷的空气中。恐惧使她愈发寒冷。她把所有的衣服都穿在了身上，勒紧裤带，抵御着外界的寒风。直到她走到水边，她才意识到这有多奇怪——明明只有她的脸接触到寒冷的空气。

一切都如此陌生，潮溪看起来不再那么温和；一大丛日本蓼悬在水面上，形成了一片黑色的阴影。“就在这里。”她心想着，朝着夜空挥砍手中的棍子。“那个梦魇在这里。”她突然感到一股力量把她拉到了地上，空气被逼进她的肺里。哦，上帝啊，那重量！

次日清晨的时候，德雷克发现了她：蜷缩成一小团，被泥土和霜覆盖着。直到他走近时才发现那是她。她的衣服撕裂了，散落在周围。他把她抱起来，带回大篷车，放到床上。在那一刻之前，他从未如此在意过一个人。他把几块热石板放在她身边和背上，点燃了炉火，同时悉心看护，不让火焰变弱一丝一毫。锅中煮着培根蔬菜汤，静待着她醒来。他握着她的手，对她耳语着自己还是个孩子时说过的那些话。

两天后，美妙女士才醒过来。她看起来很虚弱，而且更加衰老了。连续好几天，她不发一言，甚至也没出去游泳，只是把自己封闭起来，与那个使她迷惘的世界隔绝开来。德雷克在大篷车前的台阶上为她留下食物。因为她不出门，每晚他都替她去教堂点蜡烛。涨潮时，他坐在屋外的寒风中等待着，一直等到一周以后，它到来了。

那是一个黄昏前夕，她看到他正在下游捡拾木柴。她递给他一张扑克牌。他翻转牌面，那是一张方块九。他抬起头，手又禁不住颤抖起来。泪水顺着他的脸颊不自觉地滑落。

那天晚上，他靠在系泊石上，和她一起坐着。他感到无法面对她，也无法面对自己。海鸥朝下游的流水猛冲过来，穿过水面叼起一条鱼。鹬鸟的叫声催促着他，马上就要涨潮了。他不知道从何说起，于是，他只是随便选了个地方讲了起来。

他还记得，那是一个完美的夏日，那天的美妙滋味是那么无与伦比，同时，回首望去，又是那么地残酷无情。

那是在二战最后一年的一天。对这帮一起出生入死的朋友来说，那天是他们友谊的终结之日，但却并不是他们在一起的最后一天——这是两件截然不同的事。但是，那的确是他们正眼看对方的最后一日。

他们中的四个人一直在打扑克。德雷克还记得，那天他赢了很多钱，玩得很开心。这挺少见的，因为他从不认为自己是个好运的人。这时候，树林里传来了渐近的笑声。在夏日的空气中，那听起来格外愉快，就仿佛有什么好事要发生似的。斯克利普斯和乔诺领着一个女人走了过来。她身穿毛皮大衣，拿着一个手提箱，看上去好像正要去什么地方。她不说英语，所以斯克利普斯说话时没有一点避忌。他说，她是个和德国人做伴的女人。然后他转过身重新洗牌，让大家挑一张卡片。他们照做了。然后他说：“最大的先上。”他们摊开手里的牌。斯克利普斯看到后欢呼了一声，“是我，我拿到的是大王！”

说完，他把那张牌朝那女人脸上扔去，然后开始强暴她。

乔诺和汉齐跟在他身后等待。事发突然，德雷克手里仍拿着那张方块九，他冲向斯克利普斯，试图把他从女人身上拉下来。“该死，兄弟你也太急了吧，我很快就完了。”斯克利普斯边说边笑。德雷克只能冲着他身后的男人们大喊起来，但他们只是假装无视他，就好像自己正在排队等公共汽车。

最后，他们不耐烦了，让他滚远点——他本该拿起一把枪，逼他们停下来，但他没有。他竟然真的滚开了，而他留在身后的东西——清白的良心，就这样永远消失了。

在第三个人上去的时候，连那女人的尖叫声也停下了。德雷克不停走着，直到走进一个村子里，那里的教堂正传来唱诗的歌声，一个老人坐在门口的台阶上喝着酒。他抬起头看到德雷克，便将手中的酒瓶分享给他。

德雷克在他身旁坐下，唱诗班稚嫩的歌声与醇美香甜的红酒抚慰了他。一个年轻女子经过，老人笑着举起他的帽子致意，女子提了提裙子，也冲着两人微笑起来。此时此刻，德雷克几乎忘了在森林深处，有个女人正在十字路口被五个人强暴。

唱诗班歌唱着，老人也歌唱着，但德雷克却无法放声歌唱，他突然哭了出来，为这动人的音乐，为男孩们甜美的嗓音，也为想起了他们未来的命运。而他自己又变成了怎样的一个人呢？此刻他只想得到一点安慰。那老人在他离开前轻轻地拍了拍他的手臂，但德雷克更想要一个拥抱，更希望此刻父亲出现在自己面前，因为他知道父亲会原谅他，也会让那些难以名状的痛苦消失。也是在那一瞬间，他真真切切地感觉到自己的父亲已经死去了。而他为这个素未谋面的男人感到如此悲痛。他多么希望父亲能告诉他：一切都会好起来的。

唱诗班的歌声停止了，他坐在台阶上，旁边放着一个空红酒瓶，红酒洒了，流淌在他的腿间。教堂沉重的橡木门“吱”的一声打开了，几个男孩从里面跑了出来。鸟儿歌唱着，阳光洒落，男孩们的身后拖出一道道深长的影子。但当德雷克站起来时，他身后却没有影子。他知道，他身上的某种东西已经死去了。

他步履蹒跚地穿过树林，刚才那女人正朝他走过来。她嘴上的口红花了，走路也一瘸一拐的——但这也可能是因为她把鞋子提在了手上，而森林的地面上又遍布着树枝。他站在一旁，想要说点什么，但他法语说得不好，不知该怎样表达罪过或羞愧的含义。所以当她经过时，他差点想说：“Je m’excuse”[①]。而她冲他的脸吐了一口口水。他知道，这也是他应受的。

她用那件高级皮草大衣紧紧裹住自己，踮着脚尖，好像还穿着高跟鞋似的。斑驳的光线从树梢筛落，令她看起来宛如女神——不过只是在那一瞬间，因为三天后，村里的人把通敌者都关了起来。她身上被泼上焦油，在人们的嘲讽中，那一头金发也被剪掉了，和其他通敌者的头发一起被烧掉，散发出一股刺鼻的气味——真该死，那样的气味！她被推

① 法语，意为“我道歉”，但由于语法不完全正确，有未等对方表态就自我原谅之意。

进一群人当中游街示众，他们猛踢她，然后，他再也没看到她从队伍的另一侧走出来。

战线向东部的比利时推进，直逼德国。但在那之后，六人中的其他五人再没见他，因为他们不信任他了。他不再是这个小团体的一分子，而在此之前他不过是个该死的“临时党员”——是你自己选的，他们也给过你其他选择。

然后，战争就这样结束了，大街小巷满是欢呼和感恩。士兵们行军通过时，一只手回握住街上的女人，另一只接过递上来的酒水饮料。军队被重新编配，有些人立刻回到了故乡，更多人却还得继续待着。等待复员的过程慢极了，人们的愤怒和不满不断滋长。但德雷克有什么可关心？毕竟他无家可归。

整整十三个月后，士兵们携着满满一帆布袋的痛苦与沉默，前往运输舰抵达的海岸等待归程。趁着离别的混乱，德雷克悄悄溜走了。当时他并没有把相关的批示文件拿到手，不过以后他会从一个他认识的男人那里得到文件。同样地，他也没拿自己的配给物资和那套廉价的套装。他独自离开这里，去了法国。有人曾告诉他南方的太阳会连续几小时一直悬停在高处的天空，直到白昼结束，他希望在那里，温暖的热风能融化这些冻结的、无法挽回的岁月。

当德雷克讲完他的故事时，黄昏已经降临了。他感受到了心中的光明，可眼前的世界却已然变成了黑暗。他听到美妙女士发出叹息的声音，但却不敢直视她，只觉得自己的脸上带着羞愧和内疚，同时感觉到她温暖的手轻轻地放在自己的头上。

溪水中溢着寂静。海鸥在对岸互相呼唤着，在它们的叫声中，他仿佛听到了自己的名字。

“听啊。”美妙女士对他说。于是，他认真倾听着海鸥的呼唤，这一次，他确确实实听见了。

“潮水快退下去了。”她说。同时，他明白了自己该做什么。

他们站在岸边上。他爬下去，涉入溪水中。冰冷的水漫到他的胸口，衬衫和裤子紧贴着他的四肢。那曾是黑暗而恐惧的一生，如今什么都没有了，除了悲伤与往昔。他慢慢蹲下来，海水淹没了他的耳鼻。他静静地对抗着这无声的水压。衬衫漂起来，头发像水草般浮出水面。当他终于从水底抬起脚，与溪水和鱼儿们一同漂浮在水上，肺部也充满爆裂感时，他的内心却感到异常的平静。

他在下游处坎迪的旧船边浮出水面，双手抓住木板，大口地呼吸着空气。此时此刻，如脱胎换骨，他双手在船体生机勃勃的绿色苔藓的映衬下显得格外充满活力。他把头靠向木船，闭上眼睛，在宁静的黄昏中，他听到那艘船对他说：“一切都会好起来的，现在，一切都结束了。”

我会好好的，我美丽的男孩。我美丽的盛夏男孩。

一辆曾被作为救护车的破旧卡车摇摇晃晃地沿着高速公路驶来，停在了面包房外。开车的年轻女人没有马上将车熄火，而是坐在那里凝视着外面的寂静荒凉——这里是她的家。

那天早上，她带着一台无线电收音机、一把摇椅和一碗发酵剂抵达此地，同时也带着母亲的祝福和一位老人的信任。当时已经二十九岁的和平知道，命运之风更加偏爱轻装上阵的旅者。

她关掉轰鸣的发动机，打开门，紧张地走了出来。清晨的太阳暖暖地洒在她的背后，上次她呼吸这里的空气时还是个小孩子。那几幢村舍立在悲伤凄怆之中，但屋外的树篱却被春天装饰得美妙无比。她摘下一朵樱草花，塞进羊毛开衫的口袋里。

她站在面包房门前，抚摩着那扇饱经风霜的木门。现在，已经没有回头路可走了。钥匙插进锁眼，门被轻而易举地打开了。站在石头门槛前，她悉心聆听着，尘埃簌簌洒落，阳光如同一把锋利的刀刃，在幽暗的室内切出独一无二的线条。她听到面包房变大了一点儿——就像发酵——作为对她到来的欢迎。从此以后，他们就是一体了。不过，等到拆卸窗帘、装回百叶窗时，这屋子便不再有一开始时的礼节了。

室内空间很大，一张巨大的橡木桌占据了中间的位置。空气中有股潮湿陈旧的气味，还有微弱的发酵面团的气息。烤箱占据了整整一面墙，另一面墙上装着橱柜，再往外是一个她不烤东西时可以稍事休息的客厅。这里没有开关，没有顶灯，而且要等到下个月才能接通外面道路和田地里的电缆。

她穿过那条古老的石板路，打开了后门。花园里一片芜杂。但凭着极大的热情，她觉得可以亲自在一周内把这儿清理完毕，最后养上鸡，种上自己的蔬菜。花园里还有一棵苹果树。只需一点点耐心的照顾，那棵老覆盆子一定也可以再次繁茂起来。就像她的母亲曾经说的那样：她是个实干家，不是懦夫。

“你是个实干家，我亲爱的女儿。所以上帝才让你的个子长得这么大。这样你才可以做所有你想做的事情。像你这样的女孩一旦开始做一件事，至死也不会放弃的。这对你而言不是负累，而应该是一种安慰。”

同理，母亲还告诉她做事情既要一遍过，又要做得好——就像砌一堵石墙或结婚之类的事，母亲都贯彻了这个原则。于是，“一遍过，做得好”便也成了女儿的座右铭。

同样，也是母亲给了她潮溪周围的详细地图。在临死前，她把它匆匆画在一块白色棉布手帕的背面。这件东西交到和平手中，成了一种莫大的鼓舞。

和平展开这张地图，寻找自己过去的欲望便立刻如同强烈的饥饿感一般涌来。她不想把自己锁在屋里空想。于是她走出门，穿过马路，来到一片闪烁着晶莹的露珠、点缀着一丛丛幽灵般的蒲公英的草地上。她跑完了大部分路程，不久之后便来到了清凉的树荫下。熊葱、风铃草和海水一起散发出诱人的气息。溪畔荒凉，船屋和吉卜赛大篷车静静地立在那里。几块厚木板散落在河岸。和平大声呼唤着美妙女士的名字，惊起一群鸽子飞向东方。她想在大篷车门口留下张字条，但摸遍了口袋，只翻出一张皱巴巴的照片、一根弯曲的汤匙和一把粗面粉。好吧，她还会回来的。她会送来礼物——或许是一块面包？她爬下河岸，脱下鞋袜，卷起裤腿，开始蹚着水行走。

她记得母亲一直提起一所与世隔绝的圣心教堂，其中详细的理由无须再深究。因为和平已经跨坐在教堂门槛上——左腿迈入神圣领域，右腿还留在异教。她把耳朵贴在腐烂的门框上，听见哥哥那颗在战争中伤痕累累的心发出微弱的跳动声。一只啄木鸟安静下来，并且示意其他的鸟儿也保持安静，它们一起好奇地注视着她。“啪嗒、啪嗒、啪嗒”。就是这个，她按住自己心口。两个心跳声一齐响着。她与哥哥又重聚了。

她背靠着他的墓碑坐下，没有意识到那句细小的铭文“在完美的和平中长眠”就在她头顶。这一小片墓地已几乎被岁月与潮水侵蚀、摧毁。这里是母亲惦念的地方，在此她体会到了一种前所未有的感觉——她母亲的青春，在那一刻，关于母亲以及母亲的梦想，她突然明白了更多，比之前所了解到的更深、更透彻。因为现在，关于好好地去活、好好地去爱的简单梦想取代了她的梦。而她曾经的那些梦，如今已遥不可及了。在这悲伤的领悟中，她才真正理解了母亲，而且这一次是不同的，这一次她感到自己像母亲一样自由了。

她拿出一张照片，上面有一名年轻士兵，正笨拙地抱着一个小婴儿。这便是她的哥哥西蒙。他刚从战场上回来，正抱着她。他们两个互不认识，被母亲生育的时间所阻隔——他出生得太早，而她出生得太晚，而且在这段时间中也没有其他兄弟姐妹。他看上去并不好，但人们却给他穿上英勇的制服，那衣服太过明亮，遮掩住了底下潜藏着的痛苦。她把这张照片收回口袋，发现手指周围沾上了细细的面粉。她闭上眼，尝了尝面粉，仿佛回到了多年以前。“谢谢你，威尔弗雷德，”她轻轻说道，“谢谢你。”

父母离开行止村时，和平还是个婴儿。她还太小，几乎记不清那高高堆着锅、椅、床垫和传家宝餐桌的马车。也不记得在他们向群山中闪耀着陶土的光彩的奥斯特鲁尔出发时，邻居们转过脸，没有送上离别的祝福。后来，一家人从未提起过那一天。但这却像一块破旧的窗帘般，挡住了他们新居内的光线。

但是，和平却记得，她的童年是在等待中度过的。等待着母亲的悲伤消散，等待着父亲不再酗酒。可这两者她都没有等到。她还在等着自己身体的疾速成长能在某天停止，或被其他孩子赶超，但这两者也都没有发生。那时她感觉自己就像是一群鸭子里的鸵鸟，起初，这并不算困扰，但后来，差异越来越大，让她觉得害羞极了。在一个夏天，甚至连她的影子都拒绝出门玩耍。最终，这种等待击垮了她，她像一块带着体温的大石头一样躲在自己的床上。

然而，有天晚上，新鲜出炉的面包的香味从她的窗户悄悄溜了进来。她循着香味走出屋子，经过露台、酒吧和教堂，来到了威尔弗雷德家的面包房。窗户像老人的眸子般模糊不清，但她知道他还在里面烤面包。

她轻轻地敲了敲门，威尔弗雷德打开门并向她招了招手。

他给她搬来一张凳子，让她看着他怎样揉一团灰色油亮的小面团。和平认真学着，同时发现心中所有的不快都随着那揉捏面团的动作消失了。

在做学徒期间，她得不到任何报酬，但他们每天都要吃面包、做祷告——牧师告诉她母亲，这样做可以取悦上帝——于是，威尔弗雷德便把他会的东西都教给了她。

他教会她怎样增加烤箱的水分，使面包更好地膨胀、成型；他教会她倾听正在烤的面包和冷却的面包不同的声音；他教会她如何高效又安全地使用搅拌棒，以及用什么样的篮子装面包最合适；他教会她如何避免发酵食品橱发霉……他把毕生所学都给了她，而她也贪婪地吞咽着这些知识。

三年后，他把面包房的名字改成了“温柔与和平”。此前一年，他教她关于面粉的知识。根据季节变化，甚至是空气压力的不同，面粉的状态都会不同。因此，当你在风暴中烘烤时，千万得小心。

他要教给她的最后一样是他的配料表。他告诉了她一个从未与人分享过的秘方，同时也是他赖以谋生的秘方。

和平凝视着他：“那是什么意思？”

威尔弗雷德俯下身子轻声说道：“我做的面包里包括了一切事物：

名字、歌曲、回忆。每一批和下一批都有所不同，但我们追求的不是一致而是完美。为了成就完美，你不得不冒风险。”

和平忍俊不禁：“加了歌曲后的面包会变成什么啊，威尔弗雷德？”

“面团能更快地膨胀，成为一条轻盈的面包。你现在是在取笑我吧？”

“绝对不是。”

“加了回忆之后呢？”

“能为面包增加甜蜜的味道，”威尔弗雷德笑着回答，“但对待回忆要小心一点，因为其他东西可能会悄悄混进去。”

“什么其他东西？”

“比如遗憾。”

“那你怎么处理遗憾呢？”

“加点葡萄干。”威尔弗雷德骄傲地告诉她。

“噢，威尔弗雷德！”和平把胳膊缠上去，“你真是太疯狂了。”

“来，试试这个。”他走向桌子，亚麻布下盖着一个藏红色的小面包。“我把它称作‘和平包’。”

有一个以自己的名字命名的面包，和平感到骄傲无比。

烘焙教会了和平耐心，教会了她等待的价值。所有事情都急不得，因为万事万物都有它所需的时间：发酵的时间，面包膨胀的时间，面包冷却的时间。就像生活本身，烘焙就是它自己的主人。她仅仅是一个忠诚的女仆罢了。

然而，那一天还是到了。当威尔弗雷德正为一批新面包揉着面团时，死神悄悄地走到了他的身后，把它那瘦骨嶙峋的手搭到了他的肩膀上。他向前倒在了一堆闪着光的湿面粉上——不仅在面包店生活，最终他也在面包店走向死亡。

他死时已经是个富人了。遗嘱公开后，他的积蓄被平分给他忠实的顾客们，和平却没得到一分钱。他留给了和平一个已经付清五年租金的面包房和最后一批他最著名的酵母菌。

“你需要找到属于你自己的面包秘方，”他给她留下了他的私人指导，“我已经给了你五年时间磨炼手艺。现在你必须自己去闯荡了，亲爱的，去发现你的秘密配方吧。”

她马上领悟了他的意思，并在面粉上放声大哭出来。那天晚上，她烘焙出了第二天早晨售卖的早餐面包。那次的面包有着一种罕见的口感，并让人想起一种……一种没有人能准确形容的东西。但每个人都认为那面包与奶酪的搭配十分完美。可惜后来和平就再也不做那种面包了。

“为什么不做了？”村民们质问她。——因为她只做一遍，而且也做得好。

和平从她哥哥的墓碑旁站起来。她注意到树木周围簇拥着绿色植物，附近一列鹪鹩为她歌唱着。“家，”她想，“这儿真是我的家。”从嘴里说出这个词的感觉真好。她会把这个词加到第一条“行止村面包”中。这个词可以保证面包的完美。她站起来，再次蹚着涨到她膝盖的河水回到面包房。

现在，美妙女士出门的频率越来越高。早晨，她和朝阳一起动身，划着小船去博物馆见母亲。在那里，坐在椅子上的工作人员们早已习惯了那根探路拐杖伸过来，随后，一个小小的黄色的身影拖着步子走过大门。她朝着所有人挥手致意，许多人对她嫣红的嘴唇议论纷纷，虽然她常常听不清他们到底在说什么，但她总会回答一声“谢谢”。每天她都抹着口红，有时她的手法很稳，有时则不是。因此那口红有时候会弄花。但她和妈妈都毫不在意这种小事，毕竟在母亲面前，她总是美丽的。

当她回到潮溪，德雷克看出她变得不一样了，仿佛岁月的藤蔓正拉着她往下沉，以至于他已经开始想象那种无法言喻的分离之痛。

有一次，他发现她在系泊石上直直地坐着，像一尊神圣的花岗岩雕塑般一动不动。这场景几乎吓得他心跳骤停。还有一次，他发现她靠在船舵上睡着了，发动机运转着，船绕着圈儿白白走了几英里。

他开始做一些事，以便她能够更轻松地生活。他在河岸装上用厚木板加固的台阶，给系泊石加上安全绳，当她膝盖不受力时好支撑她一下。他学会了收集沿岸的食材以及做饭——主要是炖肉和肉汤之类的——他还在圣者村的杂货店和屠夫那里约定好，每周送来一份肉和黄油。他在河边洗干净锅子，将床单挂在林间。每天晚上，不管潮溪的水位高不高，他都要亲眼看着美妙女士挣扎着游去教堂点燃蜡烛——无论那是为谁而点的。

这也是他在4月第一个暖和的日子开始造这座桥的原因。这是一座简单的木制桥，沟通陆地与水中的岛屿。他在法国的农场干过类似的活儿。他会从河岸边开始修建，就像造梯子一样：两块长横木放中间，两岸挖出深槽用以固定。这只是座简易的桥，但他知道，它将会很坚固并且足够派上用场。

一个造船匠带来了按德雷克要求切割完毕的橡树木板。这些木板逐块加长，最终需要铺展出二十英尺的长度。上面的孔已经钻好了，螺栓和螺钉也都已经备齐。他所要做的就是把所有部件拼在一起，然后在两侧的河岸挖出深槽。

他先从小岛边的河岸开始，地点选在墓地东边。可他的力气不够大，而此处地下的树根与灌木根差不多有他手腕般粗细，因此挖掘过程颇为艰难。几小时后，他坐靠在教堂墙边，点了一根烟。铲子已经卷刃了，不知道能不能在工具棚某个黑暗的角落找到一块磨刀石。

太阳纹丝不动地悬在天空，没有一点风，一种温柔的寂静徘徊在潮溪上空，令人窒息的鸦群一边啼叫，一边如一团阴影般盘旋在松树顶端的巢穴上空。当他看到那抹熟悉的黄色高举着手中的茶穿过干涸的河床时，他的精神振奋起来。

“援助来喽，援助来喽。”她大声喊道。

他走到岸边，从她手中接过茶，然后拉住她的胳膊，把她拉上了斜坡。

“可能你刚造完这个我就死了，”她靠倒在帆布躺椅上，“请帮我递一下茶吧。”她说。德雷克把她的杯子给她，她啜饮了一口。“真棒，”她说，“是谁做了这么好喝的茶？”

“是你做的。”他回答。

“真好啊。”她说着，闭上了眼睛。

他看着她打盹。此间的沉默慢慢分泌出醇厚欲滴的糖浆，而心中的感情就如同他喉头发痒的花粉。他忽然意识到这一场景的严肃性：艰苦的工作和生活，操劳的双手在铲子和杯子上留下血污。一只蜜蜂紧贴着毛地黄的粉色喇叭状的花朵，它没有静止下来，也没有在采蜜，而是死去了。由此及彼，他感受到一种罕见的对于泥土的归属感。一束阳光落下，照到这交错纵横的闪光网络上，连接着万事万物——死去的，活着的——向着土地。

第二天早晨，扫烟囱的人过来清除了挡住炉灶烟道的燕巢。角落里成堆的灰尘和蛛网也被打扫得干干净净。再没有灰浆和砖块掉落了，这所建筑物在康沃尔郡蔚蓝的天空下安然而洁净地矗立着，等待缕缕炊烟从中飘扬。

橱柜和桌子都漂洗一清，窗户清明透亮，地板也被擦洗得一尘不染。这时，和平走到楼上两个卧室里，为一只大黑蜘蛛占据了屋里的每个角落而感到不悦。这是两间充满低语声的悲伤之屋。连这里的窗户都很难打开，不是因为被锁上了，而是不愿屈服在她的手下。她想，这大概是从它先前的主人那里继承下来的一份倔强吧。她花了点时间来考虑要将哪间屋子划归己用，最终，她选择了原先的客厅。因为从那里的窗户向外看，能将公路、草场以及沿路的树林和潮溪尽收眼底。

她清扫凹凸不平、带着斜度的地板，擦亮了窗户，但房间里仍弥漫着一股忧伤。她不知该如何跟这房间进行沟通，因为它对她的话置若罔闻。在这段时间内，她只能到楼下的椅子上去睡。

正午刚过，搬家公司的汽车就到了。没过多久，一张大床和五斗橱便摆入了前面的主卧室。两只装满寝具和衣服的行李箱、毛毯和小茶几摆在了后面的起居室里。进到厨房你会感觉进入了一个新世界：里面有几个装着平底锅、篮子、餐具和笔记本的盒子，几袋面粉、两个浴盆、一个洗脸盆，还有木柴、蜡烛、灯笼和煤炭。最后搬进来的是面包房的牌匾："温柔与和平"——尽管它在运过来的路上遭到了磨损。

和平彻夜劳作着：不断给壁炉加柴，直到它发出橙色的火光，然后火光又变白。她揉捏着面粉，给光洁的灰面团加水。她把一大块面团切成十几个圆形小团，然后撒上油装入烤盘，放到炉中的高温下进行烘焙。直到魔法生效，这些小面团膨胀起来，形成一层完美的酥皮。朝阳升起，厨房洋溢着一股香味。潮湿的空气里混合着酵母、新鲜出炉的烤面包和清晨露水的味道。

她走出面包房，把安乐椅摆在晨光照耀的地方。她坐下来，想感受人来人往的繁忙景象，但此时并没有人经过。所以她只好站了起来，从对面的公共水龙头接了满满一锅水。她用手舀起水喝了一口，这水于清凉中带着丝丝甜味，用来烤面包再合适不过。

她又坐回到摇椅上，想再次等待往来的人，但除了缓慢流逝的时间，她什么都没有等到。于是她起身走到灌木篱墙边，摘下了两株牛唇草和一把粉色酢浆草花，匀了一点放到战争纪念碑上，剩下的插到了捏面团的台子上的小花瓶里。正当她再一次准备坐下时，无意中看到厨房角落里有只生锈的碗。她以为是一个碗，但当她拿起来时，她才发现那是一只船上用的铃铛。她用力扯着那根粗壮的绳子，铃铛发出清脆悦耳的声响。于是她更用力地拉响了铃铛。然后她走上楼，发现外面有四扇窗户出人意料地打开了。

热风携带着干燥的沙尘，夹杂着一股气味袭来。这种气味德雷克可能永远也描述不清：干裂的大地、桉树、素馨花的味道与大海交汇处农田里的盐和肥料的味道碰撞在一起。“那可不是普通的海，”梦里有个女人说道，“它是大洋。”

德雷克紧紧追赶着梦中的热度，因为他再次感受到了床上坚硬的棕垫透出的湿气。窗外的乌鸦们喧哗着。他翻了个身。上帝啊！他浑身肌肉都那么酸疼。他手掌紧绷，梦境像一根浸过油的线，从他长满水泡的手指间滑过。

最终，他晕乎乎地坐了起来，嘴里带着一股奇怪的味道。他站起身，从水壶里倒了一点水漱了漱口，然后艰难地吞了下去。他把门大敞开，门口气息甜美的忍冬花丛中，蝴蝶正忙碌地采蜜。但德雷克既闻不到香味，也无法像蝴蝶一样去品尝花蜜，他只是迅速穿上衣服，赤足从溪岸走进林中。其间，他停下来细嗅空气。很显然，那种味道的确存在。

他重重地敲着门。

“美妙？”他高兴地呼唤道，耳边听到一阵呻吟和拖着步子走路的声音，“美妙？”他又叫了一次，这回，门打开了。

“你想干吗？”她说。

“我是不是已经死了，升入了天堂？”

“你可去不了天堂。”美妙坚定地说。

“你没闻到那种香味吗？”德雷克说。

“什么香味？”

“面包啊。”

“面包？”

“现烤面包的味道。”

这香味像春天般降临在小溪沿岸，传递着一种改变，更重要的是带来了新的生活。在那一刻，他们就好像是流落荒岛的人，而面包的香味就如同一面风帆，渐渐靠近他们这未知的荒凉海岸。

穿过树林费了很长时间，成千上万黄白蓝色的花朵装点着林中的地面，而美妙女士不想践踏脚下的鲜花。他们终于穿过了草地，又穿过雏菊丛和甜蜜而葱郁的草，看到前方一缕炊烟正从面包房的烟囱里冒出来。那石头垒成的建筑又活了起来，它又开始呼吸了，而且它的呼吸中带着天堂般的气息。一辆蓝色的货车停在外面。车外面写着一句话，已经摩擦得褪了色：温柔与和平。

走到高速公路时，他们放慢了脚步，停在储水塔边喝了一捧清凉甘甜的水。窗户外的封条被拆掉了，玻璃在阳光下闪烁着，在玻璃后阴凉的室内，是一个人影正忙碌地移动着。在大门左侧摆着一只破旧的摇椅，在摇椅边上，原先的那只楔子上还挂着哈德太太的船钟，那黄铜的外壳在阳光下闪耀如金。

“谁在那儿？”美妙女士大喊道，“快出来！”她举起了手上的拐杖。

恰好在这时，那承载着厚重历史的窗帘被拉开了，前门打开，一个年轻女子出现在他们面前。她像一株橡树般高大，手里拿着一盆薰衣草正准备靠放到前墙旁。这时她停下脚步，抬起头来。柏油路面在他们之间闪着灼热的光。她护着眼睛，努力分辨着站在水龙头旁的年轻人和老妇人。年轻人向她挥手。她也挥挥手，开始过马路，并且为这新的际遇而激动不已。但她突然停了下来，因为她意识到了那个老妇人是谁。阳光照在她背上，她仿佛变成了一只巨大的日晷，朝着美妙女士以及那段过去已久的岁月投下一个长长的影子。

“是你吗，和平？”美妙女士问道。

和平点了点头，朝着那曾如此细心、如此亲切、如此准确地把她送到这世上的老妇人跑了过去。

他们围坐在大橡木桌前，桌上的花瓶里插着牛唇草和粉红色的酢浆花，以及过去的记忆、逝去的时光。和平轻轻讲述着她和威尔弗雷德的故事。在这个过程中，她一边摆着盘子、倒着茶，一边从桌子走到火炉旁，从火炉走到烤箱，又从烤箱走向橱柜。直到面包冷却到可以切开，她才和客人们一起坐下来。她递给德雷克一把刀，与此同时，美妙女士才意识到，那年轻女子几乎不好意思看他。当德雷克站起身还刀并微笑着表示感谢时，她脸上泛起了淡淡的红晕，就像双颊不小心抹上了果酱。切面包时，他递给她第一块。“要黄油吗？”他问道。

“那是我父母的家吗？”和平却望向外面，指着对面的一幢农舍。

“不是，”美妙女士也走到窗边，“那是乐意的家。”

“你能肯定吗？”

“我非常肯定。她是我第一个接生的孩子，而你是最后一个。”

“那我父母以前住在哪里呢？”和平问。

“过来，”美妙女士拉起她的手臂，一行三人离开面包房，走到了外面的高速公路上，“他们住在民居与大自然的边界处的最末一栋屋子里，”美妙说，“这就是他们的家。”

“这儿？”和平轻轻问。

“以前不是这个样子的。它现在被风吹倒了，也算是被人心弄塌了。”

“我在这里出生？”

“没错。”

和平推了推前门，又推了推那扇被污泥糊满的窗户。

“都上锁了。”美妙女士对她说。

“可我想进去看看。”

“从后门走吧。”

“好的，”和平说。“好的。”仿佛带着点不确定，她又重复了一遍。

“噢！”美妙伸手捂住头发，“你在干吗呢，孩子？”

德雷克从她发间摘下两个发夹，举到她面前。他说：“你们退后。”然后跪在门前，在锁眼里插进了发夹。“说句咒语吧！”他说。“胡说八道。”美妙女士接道，话音刚落，在试探性的施力之下，门吱的一声打开了。

农舍黑暗而阴沉。蜘蛛网像帘子般垂落，大鼠匆忙奔逃进黑暗角落的洞穴里，气味潮湿腐烂，仿佛有什么其他的东西生存在她父母这所破败的故居当中。

“这儿看上去可真让人难过。”和平感慨道。

“以前不是这样的。”美妙女士说。

在屋子的角落，一个奇怪的东西吸引了和平的视线，她转向美妙：“我们家有过一架钢琴？”

“没错，这里也有过好时光，有过歌声。”

“但这里的人都没钱买钢琴。”和平说。

“我们曾经也阔过。”

“但钢琴又是怎么来的？”

“是你父亲赢来的。”

“什么？”

“我想，大概是赌牌吧。我记不太清楚了，但他赢得堂堂正正。”

“但是，谁会弹奏它呢？”和平又问道。

“就是他。”

“我的父亲……可我不懂，”和平说，“他以前还弹钢琴？”

“他弹得美极了。”

和平走到那架钢琴前，把双手放到这残破不堪的大家伙上。这是一个由破碎的木块和断了的琴弦组成的残缺物。而鸽子也早已在空膛中筑起了窝。

“是他把琴砸碎的吗？”她问。

“是悲伤和愤怒干的，”美妙女士说，“我想，是它们阻止了他从中创造出充满生机的东西。”

老鼠的抓挠声把人吓了一跳。和平打了个战，消失在后面的房间里。

“这里到底发生了什么？”德雷克轻声问道。

“死亡，”美妙女士回答道，“这家的男孩死后——我是说西蒙——村子里的人都相信他们一家，呃，被诅咒了，我想他们用的是这个词。他们都变得很恐慌，认为那个男孩应该像其他人一样死在法国，而不是活着回到这里。就这样，流言开始传开来了。人们大声地在门外讨论着。那是些可怕的话语，德雷克，特别是对一个沉浸在悲伤中的家庭来说。但人们真的可以很残忍。特别是受到惊吓的人。”美妙女士紧紧地抓住他的手。

“这又是什么？”和平从房间里走出来，手里拿着一个缀着羽毛和贝壳的柳条箍。

“啊，”美妙女士把它接过来，凑到眼睛前仔细看了看，“这是个抓流言的东西。”

“用来捕捉流言的。”她继续说，“我妈妈教我父亲做过，然后他又教给了我。如你所见，这个环由鱼线编织而成，在内部形成一个紧实的网，用以捕捉流言。垂下来的蛏子的壳，”她解释着，“使流言远离传播的源头，挂着的贝壳用来装起流言。最后，把黄莺的羽毛铺在周围，净化并创造出好的风气。”

“但你要怎么知道到底有没有捉住流言呢？”和平问道。

“根据声音。”美妙回答，“流言有两种不同的声音。当它自由散开时，听上去就像是船身剐擦到海港围的墙，但当它被抓住时，也就是临终之声了，那像是空旷的贝壳内恐惧的叹息声。”说着，她指了指海螺。

她能很好地分辨出这些声音，因为她自己的大篷车外有一个流言捕捉网。这几年来，它捉住了不少流言，其中大部分都是哈德太太的声音。她就像一艘皇家发射船般散布着谣言。那个捕捉网挂在风铃的不远处，不过它们发出的声音截然不同。实际上，捕获流言的原理类似于捕梦网[1]，但因为流言比梦要沉重，因此捕捉的器具必须更接近地面。流言飞得很低，梦则飘得很高，处于两者之间的，便是人们的祈祷了。

“我们最好是在流言传播开之前就将它捉住，”美妙补充道，“但是，有些流言——哪怕是从我这儿经过——都会像细菌般成倍增长。”

“什么样的流言？”德雷克问。

“就是关于西蒙的那些。所以我才给你母亲做了这个。”

和平拿起那个东西放到耳旁。

“你觉得我能听见那些流言吗？”她问。

“我还是希望你听不到它们。”美妙回答道，“那不是什么好东西，真的不是，你不会想听到的，亲爱的。”

他们关上了门，锁住了里面的往事。和平手臂上挂着捕流言的网，三人沿着公路漫步而返，一路无话。德雷克让两个女人手挽着手走在前面。他独自在战争纪念碑前停了一会儿，这个本该刻着名字的地方却是一片空白。

---

① 在印第安文化中，人们相信装饰着羽毛的捕梦网能够捕获美丽的梦幻，让噩梦随清晨的阳光消逝。

内德·布莱尼乘着自己的小船在海湾中，支着两根渔竿钓鱼。可靠的内德和他那浓密程度惊人的鬈发如今已被阳光漂成白金色。噢，不管在哪儿，你都能认出他来。

大家都说，他很多年前就该被抓起来。在战前他是个深沉的思想家，但大家都认为战争使他更加沉默，就像他钓鱼的那个海渠般静水流深。

那天他正独自捕鱼。他跷着脚，享受着一人独拥一舟的宁静时刻。他靠在座位上调着收音机频道，直到找到一首熟悉的老歌——奥斯卡·彼得森用钢琴演奏的《愚蠢的小事》。于是，他唱了起来，不记得歌词的时候便哼着曲调。

他伸手拿起脚旁的保温瓶，拧开盖子给自己倒了一杯茶。同时迅速拉了拉绳子，看看有没有鱼上钩。什么都没有。于是，他调大了收音机的音量。有关战争的事情浮上心头，但他让它们像一堆漂浮的节草般一闪而过了。

他把杯子举到空中。尽管他不相信有天堂，但他的兄长总得待在某个地方，而这河口之上他所熟悉的蓝色天幕便是再合适不过的位置。

“敬旧时光。”他喃喃自语。

旧时光又重新回到潮溪边，生活变得忙碌而充满期待，溪谷回荡着筑桥声与一个年轻女子的笑声。几乎是突然之间，美妙女士从暮气沉沉的年纪走了出来，就像一颗马铃薯在熟悉的黑暗环境中又发了芽。她已经没时间再去思索关于死亡的事，因为此时她的人生正被生机勃勃的年轻人以及噪声推动着向前。此刻，她再度成为被需要的人，不是被梦境所需要，而是被两个活生生的人。美妙从中绽放开来，毕竟她已经快忘了被别人需要是一种多么振奋人心的感觉。

“你到底在找什么呢？”当德雷克埋头在小棚子里，她问道。

“油漆。”他在里面大喊一声。

“哪种油漆呢？”

“哪种都行。”

“可我这儿有很多种。”

“只要是油漆就行。”

“可它们不仅仅是油漆。”美妙女士咕哝了一句。

德雷克走出来恼火地盯着她：“什么油漆都行，美妙！”

“我这儿只有一种……”

“那不就行了！”

美妙女士走进棚子里翻翻找找，不一会儿，她带着一罐船舶漆走了出来。

“钴蓝色。”她说。

“好极了。”说完，他便跑进了树林。她刚准备专心享受这个鲜有的寂静午后，忽然又听到了自行车轮碾过森林草地的声音。是那个邮差，自她认识的人相继过世，他就再也没来过了。

“有你的信！”他一边大喊着，一边气喘吁吁地走在河岸边。

“我听见了！”美妙女士走过去找他。

邮差向美妙女士确认地址：“康沃尔郡，法尔茅斯森林，吉卜赛大篷车，”邮递员说道，“但这里不是法尔茅斯森林吧？所以，它在附近几条街被投递过好几次，最后才寄到这儿。而且信底下写着：大不列颠联合王国。”他特意强调了最后两句话。“很显然。这封信是从国外寄来的。”他补充道。

“国外？”美妙女士疑惑地问。

“是呀。”邮差说。

“里面好像是一张明信片。”美妙从他手里接过信封，又递给他一杯茶和一块番红花面包。

“下次吧。”他拒绝了，因为他还有工作在身，满满一袋信等着他去送。

她解开油布雨衣，坐在系泊石上，擦了擦眼镜，研究着贴在上面的邮票："美国。"她大声说道。打开信封，果然，里面是一张明信片。她将它举到面前——那是一条夕阳下的河流，上面架着一座木桥，水边生长着树木。

"我亲爱的美妙，"卡片的开头写道——

"希望这封信能够顺利送到你手上。上周末，我和爷爷一起去钓鱼时谈起了你——关于你的善良。我现在在亚特兰大大学念商科。我所生活的世界并不尽善尽美。但起码我拥有一个未来——在不久之前，许多我的同龄人都失去了它。但这次的斗争又是不同的。

"那时我们在奥马哈海滩遭遇了袭击。一片混乱。许多船还没着陆就被击沉，无数士兵被地雷炸死。我们下了登陆艇冲进猛烈的炮火中，躲在燃烧的坦克、海滩上的掩体以及层叠的尸体后。最终，我们被困住了，需要撤退。可我们需要选择——到底是向左还是向右？在那一刻，我想起了你告诉我的话，美妙。于是我选择了向左走，而那些向右行的人无一生还。为此，我衷心地感谢你！——亨利"

美妙再一次将明信片凑到眼前，细细研究他的字迹。在那龙飞凤舞的字体她中看到了感激和期望。虽然她已很久没有落泪，但她知道，把泪水强留在这即将衰朽的双目当中并无必要。于是，此刻她让自己的眼泪肆意洒落。

一个小时之后德雷克再来找她，她抬起头对他说："亨利过得很好。”

“我很高兴亨利能平安无事。但你还好吗？”

“我想我很好。”她握住他的双手，将它们放到自己脸上。他被染成钴蓝色的手指在温暖而仁慈的午后阳光下闪着光。

和平回到面包房时天色已晚。她走进屋子，把她的袋子放到阴凉处，给自己倒了一杯水，然后走出门，看着五光十色的水雾洇染着黄昏的天幕。她花了一整个下午去寻找一个可靠的面粉供应商，此刻，她感到疲惫——更准确地说——是筋疲力尽。磨坊主们都很粗鲁，且不愿与她合作。她像在淤泥中寻宝一样精心挑选着一袋袋的面粉，她知道哪种面粉是“黄金”，而哪些是假货，同时她也清楚地了解好面粉所值的价格，不会多出一分。那天，她教会了他们比礼貌更多的东西。

一只黑鸟停在纪念十字架上，在白昼行将结束时它唱起了源源不断的欢快的歌。鸟儿上上下下跳着，唱着，似乎也使她恢复了活力。她走进屋子，又给自己倒了一杯水。她准备今晚彻夜烘焙面包。同时，她的视线落在了窗外闪闪发光的花岗岩十字架上。黄油般灿烂金黄的余晖正洒落下来，使得上面蓝色的名字愈发显眼。

上面用的名字不是S.朗德尔，而是他的全名——西蒙·朗德尔，显而易见，那是她的哥哥。那两个字母用亮蓝色的颜料写得整整齐齐。她用小指抚摩着那个“S”，明明早已经干了，但摸上去还有点黏。然后她又俯身向那被樱草花环绕的树篱靠去。最后，她边喝水边注视着太阳慢慢落入山谷，洒下如泣泪般赤红、金黄、粉色与淡紫色的光辉。

凌晨时分，她躺在床上辗转难眠，心中焦躁不安，满怀着不耐烦。

她打开窗户，外面没有任何声息。然后她走下楼梯，闻到了熟悉的烤面包的味道。她走出后门，蹲在捕捉谣言的网边上，想要听到一些有关于爱的传闻。这时，一阵微风吹过渔网，竹蛏和贝壳互相碰撞着，发出噼啪的响声。没有任何话语传出，她只听到了大海的声音。

“七点出发去酒吧，没必要盛装打扮。美妙留。”

这张字条和一小朵樱草一起被钉在船屋的门上。德雷克没有烧洗澡水，因为此时的天气已经够暖和了。同时，他的心情也好极了。因为河岸两边的沟槽已经挖好，第一块横木也已安上。他迅速擦干地面，把金属桶拿出去放在门边。

他试图从船屋里找出一面镜子来，但唯一能照出倒影的地方只有固定在阳台门上的那一整块玻璃。他找好角度，发现倒影中自己的头发又长又乱，他只好把它从额前撩起。他试着做个合适的发型，或使自己变得好闻一点之类的已是好几个星期前的事了。今天，他又想起了这档事。因此他只好翻找一通自己的手提箱，看看有没有来自“旧生活”的东西能够帮到此刻的自己。

他拿出一件散发着洗衣皂气味的舒适白衬衫。扣上领口，再松松垮垮地系上一条蓝色羊毛领带。因为袖扣已然丢失，他只好自行挽起袖子。同时他还找到了一小管百利发蜡——像一条快用完的牙膏似的。他挤了点发蜡在手指上，闻了闻，感觉还可以用。于是，他坐在玻璃门前，竭尽所能用一把梳子加一点发蜡给头发塑形。同时他有点疑惑为什么要如此在意自己的外表。毕竟美妙女士说了“没必要盛装打扮”。可是，他还是打扮了自己。

美妙女士梳理好头发，把它们扎成一个圆发髻。她用双手拢了拢头发，就像她以往经常做的那样，用力拍了几下脸颊。然后弯腰打开床底下的抽屉，拿出一件散发出洁净薰衣草香的钓鱼服。这衣裳曾经是红色，但现在已经褪成了粉色。但它总能把美妙的肤色衬得很健康。她把它举过头顶认真端详了一番。用一句话来形容她此刻的心情：简直像个百万富翁一样满足。

接下来，她微笑着，细致地为自己涂上口红。她该对着镜子来画，但墙上最后一次挂镜子的日期还停留在1929年——若不是如此，她可不会记住这个日子。那天镜子打碎了，成了外面风铃上的一小部分。然后，作为一个上了年纪的女人，同时内心还是一个孩子的她，就再没有理由去拥有一面镜子了：毕竟这两种特质就像两条河流的交汇点，人人都知道，在那种地方鱼儿都会迷惘不前。

“没必要盛装打扮。”她是这么写的。

在临行前，她把手伸向无线电，调高了音量。大篷车伴着歌声振动起来。她穿着一双报纸杰克留下的旧靴子，也随着音乐摇晃起来。

和平重新读了一遍那张钉在门口、夹着蓝铃花的便条。她已不记得自己上次精心打扮是在什么时候，同时又怀疑“没必要盛装打扮”事实上隐含着需要精心打扮的意思。

她侧身站在离镜子有一段距离的地方，整理着上半身的衣服。她的胸一直很美，威尔弗雷德甚至说过，在这方面她胜过丽塔·海华丝[①]。她紧张地拉扯着挂在手腕偏上方淡黄色的袖口。她的手看起来比普通人的大，与铲面包的木板子有种奇异的酷肖之处。但同时，她还挺喜欢自己的这身衣服。这是为威尔弗雷德的葬礼而买的，也是唯一一件合她身的衣裳了。在他的遗嘱当中，他不准许她穿黑衣裳出席。但心头沉重的哀恸使她没法穿上任何比苔绿更鲜艳的颜色。而且，苔绿色和她眼睛的颜色很相配。

在与她相同颜色的双眸与衣裙之间，是她抹上橙色唇彩的宽大的嘴唇。她试着去以客观的眼光看待自己的这一身搭配，但她做不到。她觉得自己看起来就像一个西葫芦。“但也是个漂亮的西葫芦！”威尔弗雷德在的话肯定会这么说。她希望自己有一双不惹人注目的鞋子，希望自己的袜子缝补过，尽管她此前从没考虑过诸如此类的事。她仔细梳理着刘海，确保它们全都整齐地贴在额头上。然后穿上一件剪裁合体的哈里斯粗花呢夹克，抓起手提包跑出了面包房的大门。

“没有必要盛装打扮。”这句话像块大理石似的在她口中碰撞着。

当溪岸映入眼帘，她已经热得直出汗。船屋的门虚掩着。此时，她才意识到自己有多紧张。直到呼吸平稳下来，她才喊出德雷克的名字。

---

① 美国20世纪40年代红极一时的性感偶像。1946年因在电影《吉尔达》中激情四射、放荡性感的荧幕魅力而红遍全美，亦被称为“爱之女神”。

“进来吧，”德雷克回答道，“门开着。”

她走进安静的屋中，看到他正在把一个锡沐盆拖出门。

“你好啊，”他说，“你今天看上去很性感。”

“噢，我觉得自己打扮得太过了一点。”

“喝点儿水吧。”

她拿过一个陶瓶，给自己倒了一大杯凉水。

“这水的味道真好，”她说道，“我现在感觉好多了。”

“那当然了，这里的水被称作‘圣人的眼泪’。来这儿之后我一直喝，连蛀牙都没长过。”

“噢，天哪，”和平说，“神圣的溪水，也许你喝了会变成这里的下一个圣人呢。”

德雷克笑了，她脱下花呢夹克，来自阳台的习习凉风吹动她胸口枯黄的头发。

“谢谢你。”她说。

“不用谢我，再喝一杯吧。”

“不是为了这个，我是为西蒙而谢你。我本想早点儿来的，但是……谢谢你，因为你帮他把一切都处理好了。同样也是为了我，现在一切都步入正轨了，所以……”

德雷克用双臂环抱住她，她倚在他肩上，闻到一股洗衣粉与发胶的气味，同时感受着他唇角发出的安静的示意声。

“好了，让我来帮你吧。”她说着，挣开了他的怀抱。

他们干完了活儿，把盆里的水倒在了门外墙边的金银花和野玫瑰上。德雷克看了看太阳，又看了看表。“我们该出发了。”他说。

“那看起来挺有意思的。”和平指着壁炉上面贴着的画片说道。

“是吗？那是我小时候做的。”

“可这个人是谁呢？”

“是我父亲。”

“你们长得很像。”

“我不能确定，其实我从没见过他，你知道吗，这只不过是我的想象罢了。”

“那在你的想象中他是个好人吗？”

“我觉得是。”

“他勇敢吗？”

“这我不确定。我只能通过自己的优缺点来想象他：不擅长游泳，但跑得挺快之类的。而且，我也从来没觉得自己很勇敢。”说着，他把自己的毛衣从床上拿了起来。

“那你觉得他会在暗处关注着你的生活吗？”和平又问道。

“是的，我认为是这样。”

“就像上帝一样？”

德雷克笑了起来：“恕我没有这种信仰。”

“嗯……”和平重新穿上夹克，“可你却相信一个从未谋面的男人一直在暗中关注你。”

“是啊。”德雷克帮她打开了大门。

和平微笑起来，不再多说，径直走向外面等候着的小船。

七点整，他们坐在捕蟹船上整装待发。夜晚充满了温暖的气息，天高云淡，海鸥们紧随着上升的暖气流起飞，苍鹭飞向闪亮而蔚蓝的西天。美妙女士掌着舵，不时回头看看德雷克，尽管他的恐水症在过去几周内已经有所缓解。但她知道，之前他经历的不过只是一个小小的淘气水波，推动他抓住了一根帆脚索和一块破旧的船板。这时，和平舀起一捧水朝他泼去，德雷克迅速蹲下身躲开，然后他抬头看了看美妙女士，得意地微笑起来。

那一刻，他看起来很高兴。而她将记住此刻浮现在他脸庞容光焕发的笑容。因为她知道，在这愉悦的时刻，有一个可以让他好好活下去的机会正摆在他面前。

当他们靠近老坎迪的船时，他们肃立着向这艘伟大的“拯救号”致意。沐浴在柔和夜色下，这如水夜光浸润了他们的全身，解放了夜晚最初带来的那股窒闷的尴尬，同时，在陌生装束与熟悉环境的包围下，周围的气氛有种奇异的安静。老妇人试图从身旁年轻女子的形象中找回一瞥她那消逝已久的自我。她曾经学过那种引人注意的舞蹈，几乎所有生物都练习过那种有趣的小小舞步——美丽、简明、苗条、大方、蛮横——同祖祖辈辈流传下来的优美舞姿一样，这也是一种完美无瑕的舞蹈。

美妙看得很清楚，女孩对德雷克有好感。而德雷克只是坐在那里，像个兄长一样朝她怡然微笑，丝毫没有注意到女孩的魅力，并依旧沉浸在来自旧爱的打击中。

真是两个孩子。想到这里，美妙开始大笑起来。这笑声富有感染力。他们驶过沙洲，通过狭窄的水道，朝着海湾上的大型船只进发。三人整整一路都在笑着。

外面的世界依然前进着，不像潮溪边的世界那样几乎被遗忘。绳子与桅杆发出的清脆碰撞声在空中飘散，船只安闲地浮动在不同的水道上，风帆懒洋洋地拍动着，就像是被挂在晾衣绳上的被单。此处，船只将向左驶入大河，而前方将会有开阔的水面与一望无际的海平线。

美妙女士看着那两个年轻人和谐地坐在一起，目不转睛地看着前方。他们都没意识到是那遥不可及的梦想所产生的无穷力量促使他们改变。那梦想如一根闪闪发光的银线，牵引着心灵时而高飞，时而下沉。

那更像是一片狂野而变幻多端的海洋。猛烈的龙卷风穿过河口，疯狂地破坏着没有放下锚的船只。但是那天晚上没有风，天空晴朗无云，水面被樱草色袖子里伸出来的手漫不经心地拨弄起涟漪，然而，水的温度就像她对面坐着的男子一般冰凉。

小船紧靠着遍布岩石的海岸停下，田野与树木围在水边，上下漂动的浮标为捕蟹笼标示出位置。沙滩海湾引来了一批勇敢而坚强的游泳者。远处的灯塔依旧在迈纳科石群旁静静地守望着，在汹涌澎湃的潮水的冲刷下，它独自低语着，等待着。1898年，莫希干号上的一百〇六人在石群周围罹难。在那一周，所有的渔网都被用来打捞遗体，而不是沙丁鱼群。

“就是那里！”美妙女士喊道。那就是大港口，起重机和拖船上发出的灯光昭示着这是一个世界著名地标。同时这里也有喷着黑烟的蒸气烟囱，有游艇和渔船——大多是红色的小帆船，甚至还有那些仿佛来自另一个时代的大型帆船，只是它们很少再有出航的机会了。

美妙女士回想起了那艘著名的卡蒂萨克号[①]，当时它满载着茶叶，壮丽的风帆翻腾，与风竞舞，索具上的水手们纷纷炫示着自己的速度。她仿佛又一次看到牙买加炽热的阳光打在小帆船的船尾，传教艇上载着牧师，由上帝的双手亲自掌舵。还有那些大房子里，所谓的大人物们只需付三个铜子儿就能享受一个姑娘一小时的服务。她还看见了一个渔夫，他常常待在海岸边，欣赏清晨壮丽的景色，宛如欣赏一个半裸着的女子。

一只海鸥低飞到了她面前，她跟着它，在亨利城堡前左转。渔民小屋的灯光沿着海岸公路闪烁。美妙女士熄灭发动机，捕蟹艇轻轻转进了港湾。

她轻松地在拥有三百年历史的石阶前停好船。欢呼与笑声从前面的

---

① 卡蒂萨克号：曾是世界帆船史上航行速度最快的一艘船，被称作“顺风威士忌”，代表着帆船建造技术的顶峰，1869年在苏格兰建成，用于当时的茶叶贸易。

酒馆里飘出来，招呼着他们。德雷克让美妙女士挽住自己的胳膊："请吧，费雯丽小姐。"老妇人跳上花岗岩台阶，她的膝盖如空气般轻灵。和平独自站在后面，等着德雷克回来也帮她一把，可他没有，所以她只能自己跟上来。这时，她的胸口开始疼痛。起初，她以为是因为出发前吃苹果时太匆忙了，但后来，当她想微笑时，却发现自己快要落下泪来。她这下才意识到，有种比心口疼痛更重大的情感出现了。这是威尔弗雷德曾悄声对她叙说过的"稀有成分"。她在最后一级台阶的顶端停了一下，闭上双眼，整个人沐浴在夕阳中，仿佛一朵花终于能在未知的光热中绽开。"或许现在我能够成为一个伟大的面包师了。"她心想。

她的心热烈地跳动起来，她自己也不禁在原地欢欣蹦跳着。

"和平！"德雷克在门口呼唤她。

和平的心漏跳了一拍："我来了。"她应答着，穿过马路朝他走了过去。

"你去哪儿了？"德雷克问，"我担心你迷路了。快进来吧，告诉我你想喝点什么。"

长着一头金色卷发的年轻渔夫内德·布莱尼无意中听到了这些对话，他一直坐在旁边的一条长椅上俯瞰着海港，并且看到了和平像一个破浪女神般出现在夜晚的灯光中。他天生了解大海，但他却并不了解女人——每个人都知道这一点。在那个男人走出来叫她前，他本该走过去跟她说几句话。可现在他只能坐在长椅上，出于礼貌和羞涩，他不好意思去抢夺一条已经被别人钓起来的鱼。大海的景致也不再吸引他了。他转过身，朝着安博·琳恩酒吧门口走去。

这是一个简单的渔人酒馆，里面没有什么新奇的东西。从海港走出来，过一条马路然后上一小段楼梯就能到达此地。最初，它以亨利八世第二任妻子的名字命名。但在数百年后，在一场为期一周的罕见大雾中，那艘写着酒馆名字的帆船便神秘失踪了。

钢琴伫立一旁，琴盖上放着烟灰缸，里面盛着整晚留下的烟灰。琴后有一个小火炉，但基本没什么热量。地板上散落着木屑和被扔掉的碎海草。墙上挂着早已逝去的人与船的相片，以及一连串长长的沙丁鱼收获记录。吧台里有威士忌、朗姆酒和好几桶啤酒。熟客们用的锡啤酒杯杯沿被一张张嘴唇打磨得光滑无比。船铃独自鸣响，提示着人们这是打烊前最后一轮买酒的机会。烟管里喷出烟雾，空气朦胧而温暖，到处充满着关于捕鱼或者女人这两个话题的悄声细语。就如谚语所说：“永远别把狗跟橡果放在一起。”

这是美妙女士和杰克分离前去的最后一间酒吧。她四处张望着，渴望能找到一张熟悉的老面孔，一起分享那些逝去的光阴。但现在，就连熟悉的面孔也都是些年轻人了。他们自顾自地隐藏在压低的帽檐、凌乱的胡须与褴褛的衣衫中。

美妙心想，老理发师克利普斯要是看到这些大胡子，可有一阵儿好忙了。以往每个周六，他都以娴熟的手法和锋利的剃刀将男人们邋遢的胡须剃得干干净净。而女人们见到他们，便会被迷得晕头转向，如同海鸥争夺鱼肉的残渣碎屑一般。

他们坐在窗边一个可以俯瞰海景的位置，大家一起碰杯道：“干杯！”窗外日月同悬。德雷克慢慢啜饮着玻璃杯中的啤酒，仔细品尝那泡沫丰富的滋味。他点了根烟，凝望着港口墙壁上晒着的块状渔网。轻舟荡起涟漪，渐沉的夕阳投下饱满的金色光辉，为他们的小船笼罩上别样丰富的色彩。他觉得眼前的景象美极了，蜜西一定会很喜欢的。同时，对自己这样的想法又感到有点惊讶。也许这就是老妇人曾对他提到过的那种前进的方式。她说："你需要带着那些回忆一起继续生活。我们不需要在身后留下任何东西，因为它们都会自愿跟来。"所以，蜜西？是你跟我一起来了吗？

"要付账了。"和平的话打断了他的回忆。

"我刚好想起了一个人。"德雷克说道。而他说话时特别的停顿方式使和平猜到，那是一个女人。

"是对你来说很特别的人吗？"她大胆地追问了一句。

"是啊。"他说。

而那是她所不了解的过去。

所以，和平心想，在他的心周围有一堵高墙，不知她何时才能提起裙摆逾墙而入。但她也知道自己没有适合翻越这种高墙的鞋可穿，因为对于像德雷克这样的男人来说，她似乎太理智了些。

"她是你的爱人吗？"她尽量装作随意地问道。

美妙女士看了眼德雷克，又看了看和平。这种对话在她看来可一点也不新鲜，毕竟她已经九十岁了。

"不是，我不觉得她是。我也不知道她算是我的谁，但她能鼓舞我一直向前走。"

"那么，她是你美好未来的目标。"美妙女士说。

“她是吗？”德雷克问道，“真是这样的吗？”

“我认为是的。”

“这听起来很美，”和平说道，“我也希望自己某天能够指引别人的未来。”

“噢，你不会想要那样的，”美妙女士说，“未来的愿景总是触不可及的，它们只是遥远地存在于前方，像是乐透大奖之类的东西一样。”

“噢，”和平举起酒杯，将杯中残酒一饮而尽，然后擦干唇边的泡沫，“我不觉得自己会再对另一个人有同样的感觉了。”她站起来，冷静地向吧台走去。“我是一个面包师，我是一个面包师，我的生活里只有面包。”她不断对自己说着，让这念头安抚心中的伤痛。

和平又点了一轮酒。当酒保转过身去时，她从手提包里拿出一个完整的长棍面包放在吧台上。她在上面钉了一个长方形的卡片，上面写着“吃我”两个字，就像一片小小的帆挂在面包上。在卡片背面则写着：“温柔与和平——位于行止村的老面包房。”通过这小小“诡计”，她开始了自己的生意。这里的人们终于要知道她的店在哪里了。

温酒的小童正在做着他们的工作。美妙女士说：“你看到外面那个短卷发的年轻人坐着的板凳了吗？老坎迪以前总是坐在那个位置，他竖着自己的手指，就像这样，放在大海和太阳之间，计算白天剩下的时间，简直就像个会走路的计时器。还有，在他头顶上飞的是属于他自己的海鸥。它们为他传递陆地与海洋之间的新闻和消息，有时候甚至是在他的梦里。”

美妙女士把黑色的烟丝塞进烟管点燃，那股伴随她多年的辛辣气息再一次散发出来。她仿佛又闻到了手上的鱼腥味，感受到了像个任劳任怨的男人一样把那堆罐头搬上船时肌肉的酸痛。可那一切根本没有意义。那时候的她是谁？现在的她又是谁？一切——根本——没有——意义。

“那你有没有自己的送信海鸥呢？”和平问她。

“没有。养海鸥实在是太麻烦了。但坎迪告诉所有人我在瓶子里养了一只‘布卡’。”

“‘布卡’是什么？”德雷克问。

“那是一种海妖，”美妙回答道，“而且还是脾气不太好的那种。”

“为什么他要跟别人说这个？”

“因为那时候女人不能出海打鱼。”

“那时候的条条框框可真多。”和平说。

“当然啦，旧时代有旧规矩，而那个时候的规矩就是女人和鱼在一起时会引来坏运气。渔民们甚至不能在船上看见任何女人。这也就是为什么一些老人家为了避免遇上女人，宁愿绕远路，走悬崖。

“但所有人都相信‘布卡’的存在。人人都知道，只要有‘布卡’在身边，捕鱼一定会顺利且安全。因为‘布卡’是大海的统治者，它能够指挥风和海浪。它强大而多变，同时喜好寂静，所以我们从来不会吹口哨或在水面上唱歌，不像那些水手，我们的歌谣总是等到上岸后才唱。”

美妙女士停下来，喝了一口酒。因为朗姆酒，她的面孔泛起了红光。“我讲到哪儿了？”她问道。

“老坎迪告诉大家你养了一只‘布卡’。”

“噢，是的，没错。然后我问他为什么这么说。这得从头开始说起。那时候海岸边住着一位聪明的老妇人，凯夏。她教会了我许多父亲不能教我的事，比如接生，又比如给人治病。那时我是她的助手，我还很年轻，从来没有挨过饿。但有些时候我也不用工作。后来，老凯夏过世了，她的事业交由我来继承，我知道日子不会好过。然后我决定，我要去做捕蟹笼。

“我看过好几百次做捕蟹笼的过程，我对此烂熟于心。于是，我借来了坎迪的小摊子，采集了一些柳条开始编织。我做得非常棒。也许因为那时候坎迪也很喜欢我吧，我也不清楚。后来他想让我也出海，和他待在一起，所以他帮我打扮成一个渔民的样子。然后我驾驶着父亲的船，把船靠岸往那些笼子里放进诱饵，航行归来再把笼子拉起来带走。我就靠这个赚了一点钱，活了下来。我最困难的时光就这样挨过去了。

“后来，有天晚上，我看见一群人在沙滩上举着火把等着我。我知道将会发生什么。他们把我从船上拽下来，摘掉我的帽子，脱掉我的工作服。被他们发现我是女人后，坎迪只好出面警告他们不要惹我，因为凯夏把一只‘布卡’留给了我。而提到凯夏的名字总能让他们畏惧惶恐。

“他们花了好几天来达成协定。最后，他们同意我打鱼为生，但我必须得继续打扮得像个男人。他们对待我的方式也和对待男人一样。因为船队的事业欣欣向荣，他们很快就忘记了我的真实身份。成千上万的沙丁鱼还有大群螃蟹朝渔船涌来，牡蛎仿佛是自己一头扎进拖捞网里。而且大部分渔民都安然无虞。‘布卡’庇护着他们，进入这个富裕的时代，幸运的时光。”

“所以‘布卡’现在在哪里呢？”德雷克问。

“你说什么？”美妙女士把耳朵凑近。

“我说‘布卡’。现在它在哪里？”

“噢，总在别的什么地方吧，我想。”美妙女士说着，伸手去拿她的拐杖。

“你不知道它在哪儿？”

“不知道。”

“你们完全不关心这回事儿吗？”

“它就在附近，或许就在一个橱柜里面，又或许在别的什么地方。”

“它不需要空气？食物？”

“它又不是什么宠物。”美妙女士说着，很严肃地摇了摇头。然后她起身走到楼梯口，向外面的厕所走去。当她接触到傍晚清寒的空气时不禁微笑起来。她从来没在瓶子里养过什么“布卡”，只在她生日那天收到过一只小海马。

他们并排站在夜空下，等待着和美妙女士告别。月色光辉炫目，更像是一轮冬天之月。流星纷纷落进黑暗的水中，而灯塔的光束似乎正试图在它们坠落前抓住他们。

“许个愿吧。”和平说。

“你也许个愿吧。”德雷克回答她。

“可别告诉我你许了什么。”

“不会的。”

他们闭上眼睛，分开站着。他们微笑着，思忖着各自不能说的秘密。

“他们说那是他们所见过的最美丽的女人。”

德雷克睁开眼，那个整晚坐在椅子上的年轻渔夫现在正站在他对面跟他说话。

“你说谁？”德雷克问道。

“老美妙。他们说她是他们所见过的最美丽的女人。”

“……甚至连海浪都忍不住要对她回眸？”德雷克接了一句，打破了沉默。

内德·布莱尼咧嘴笑了起来，同时，他把柔情的目光投向和平，发现她正神游天外，而那微笑中的愉悦令他一时难以承受，只好转身走进了那条被黑暗浸没的后街。

“等等！”和平回过神来，冲他大喊道，但他就像没有听见似的，“回来啊。”她继续喊着。

但他没有回头，只是强行压抑着紧张得快要爆炸的心脏，大步流星、头也不回地向前走掉了。他沿着熟悉的小路回到他独住的那间旧屋里。这安静的屋子名为“旧时光”，因为他曾经认识的所有人，以及曾经在这里生活过的所有人都已是过去的事了。在用钥匙开门前，他停顿了一下，回头看向那闪着微光的无尽夜色。远近的桅杆灯朝他眨着眼，犹如亲切的兄弟，这种感觉就好像他第一次见到飞鱼时的情景。于是，他满怀希望地走进了家门。

“啪、啪、啪、啪。”

捕蟹船发出的声响刺破了寂静的空气。夜色中，没有一丝光，有的只是程度不同的黑暗。河岸之间闪烁着一双双眼睛，偶然间，海鸥白色的身影会从不知什么地方闪现出来。在河流交汇处，美妙女士蒙眬的醉眼闭上了，她毫不在乎，因为她知道这艘船总会引导他们通过狭窄的水道，让他们平安返程。所以，她现在可以睡了。

和平注视着正在打盹的德雷克。在今晚的早些时候，她还用满含爱意的眼神望着他。而现在她的眼神中又是什么呢？兄妹之情？她无法确定。她把思维转向那个跑进夜色中去的年轻的渔夫。当她在柴油的气味和小船无声的语言里漂流之时，她回想起了他的笑容和他的鬈发。

那晚，老妇人正越来越接近她生命的尽头。而那三个年轻人的生活才刚刚开始。他们躺在床上，倾听着地球旋转的声音——若你悉心聆听，便会发现其中的旋律。他们思索着爱，关于失去的爱与即将到来的爱。老妇人先入睡了。梦中，月光滴落在她的双唇上，中国茶的香味弥散开来，金雀花悄悄低语着年轻时的故事。

年轻的女面包师认为，爱情就像是酵母。它需要时间去发酵，需要一个温暖的黑橱柜来存放。同时它也是复杂的。她想自己可能会养一只狗来代替一个爱人。而在海边名为“旧时光”的小屋中，那年轻人满心惦念的都是她。在他心中，爱就像大海，美丽而危险，但却是他想要去探索的事物。船屋中的年轻男人点燃一支烟。他划了两下火柴，“一下是悲伤，两下是喜悦”。他在思念着一个名叫蜜西·霍尔的女人。曾经，那也是一段美好的回忆。

月亮落在树的后面，灯熄灭了。

两周后，德雷克搭建的桥要开始选取位置了。他站在河畔，思索着如何根据涨潮水位选定桥的位置。这时，他听到一个奇怪的声音——船外的发动机在水中噼啪作响。而且那不是捕蟹小艇，因为他此刻能清楚地听到捕蟹艇正在远处发出孩子嗓音般的声响。他抬起头，看到一艘渔船穿过沙洲，阳光正在一头纠缠而又浓密的白金色鬈发之上微笑着。

年轻的渔夫在系泊石上系好安全绳，然后跳上了岸。

“又见到你了！”他向德雷克伸出手，“我是内德·布莱尼。”

“我是德雷克。”

“你在干吗呢？”

“这座桥的桥尾要搭到那边去，你有什么建议吗？”德雷克指向水中的小岛答道。

内德眯着眼睛往教堂看去。他喃喃自语，同时心算着距离。他看了看德雷克，又看了看小船，想出了主意。

“最好把桥尾放到这船上，”他说着，又跳回渔船的座位板上，“我们一起把它运过去吧，行吗？”说着，他松开了绳子。

内德矮壮而结实，是个彻头彻尾的康沃尔人。当德雷克把桥体滑向他时，他已将小船驶过来等待着。然后，他将木板桥尾高举过头顶，重量使得他手臂和肩膀上的肌肉如同爆裂。德雷克把桥安稳地固定在陆地上挖好的洞中，然后涉水走到岛岸边。小船正缓缓向他移动着，他抓住桥体，承担起另一半重量，然后二人一起慢慢将它放入深槽。最终，桥体完美地楔入，稳固且丝毫不摇晃，可供人安全无虞地行走。

他们吸着烟，一时无话，只是享受着共同完成任务后片刻满足的沉默。内德吸完烟后从口袋里拿出一张面包房的名片：“这家面包房是在这儿吗？我没找到路。”

德雷克笑了：“往前穿过树林和草地就到了，朋友。就在那儿，跟着这个香味走。但你得尽量快点了。”他一边说着，一边瞥了一眼手表。年轻的渔夫与他挥手道别，走向了树林。

内德·布莱尼从未跑得如此之快。他飞奔过树林，飞越过草地，终于到达面包店门口。他弯下了双腿，大口大口地喘着气。

他默默地等待着面前排队的人们一个个离开。最后一个面包也卖出去了。正当和平准备把“正在营业”的牌子翻到“暂停营业”那一面时，他突然走到门口，头发在风中凌乱，讷口咋舌说不出一句话，手上还拿着一个大大的包裹。

“又是你啊！”和平惊呼道。

“是啊，我又来了！”内德回答。

“可是面包已经卖光了，只剩半打昨天的烤饼了。”

“那我就要烤饼。”

“它们有点干了。”

“我就买那些。”

“可真的已经不新鲜了。”

“我就要那些。”他还在试着调节自己的呼吸，最后他好不容易才说道：“我……给你带了些东西。”然后他把袋子塞给她。

“给我带的？”

“是的。”

“为什么？”

“只是顺路。”

“你的船在外面吗？”

内德看向门外：“那个，我……现在涨潮了。”

和平笑了：“这些是什么？”

“鱼。”

“我能闻出味道。”

“噢，那是牙鳕鱼。”

“我喜欢吃牙鳕鱼。”

“那正好。”

“你叫什么名字？”

“内德。”

“我叫和平。”和平大声说出自己的名字，尽管她也有些紧张。

“和平。”他轻声重复了一遍。

“我还在里面放了点牡蛎。如果你需要的话，我现在就可以帮你去壳。”

和平接受了他的提议。于是他穿上工作服，并拿出一把锋利的小刀。

“给你。”他说。

她从他粗糙的手中接过牡蛎。海的气息与声音从闪光的贝壳中心传出。当她将这小小的肉块放入口中时，仿佛感受到了王子冰冷的带着海水咸味的亲吻。

当天晚上，内德·布莱尼坐在他的小屋里，一边看着海上夕阳，一边吃着一盘马鲛鱼煮土豆。其间，他忽然停下了进食的动作。要是有人看到这景象，一定会以为他被鱼刺卡住了。但并不是那样，他只是安静地坐着，把手放到嘴唇上，垂下眼睛看着闪闪发光的指尖。然后他起身走向厨房，在水龙头下冲洗双手。他专注地盯着起沫的肥皂，随着双手的搓动，仿佛有什么东西被释放了出来。他缓缓走向书桌，连呼吸都轻柔下来。他坐在桌前，拿起一支钢笔，看着他和哥哥刚参军时拍的照片，那些常常从他嘴边溜走的话语此刻都聚集起来，流淌在他的笔尖，就这样，他写下了自己所见所感的一切。

此后，他每周都给和平写一封情书表达爱意。第一周，他没有收到回信，但第二周、第三周他仍然继续着。有时他坐在海滨沙滩上写，有时在船舵上写。和平就这样通过信件了解这位年轻渔夫的生活。而当他们见面时，她会让他大声朗读他的信件。这样，他才能以恰当的语调表达自己想说的话。

“今晚又吃鱼啦！”和平穿过树林，停在桥边大声喊道。

正在垂钓的德雷克抬起头来：“是什么鱼？”

“一条大绿鳕。”

“他真是越来越厉害了。”

“噢，德雷克。”和平脸红了。

“过来，坐到我旁边来。”

她坐了过去，双脚悬在河堤上，向下游眺望着。

“你最近如何？”德雷克问道。

“我很好。”

“你们在一起多久了？”

“我记不清楚。”

“真的？”

“好吧，六个月零三天了。”

德雷克笑了：“那你喜欢他吗？”

“他喜欢我。”

“我问的可不是这个问题。”

“他总给我带鱼，却没给我送过花。”

“那样你永远不会挨饿。”

“可我喜欢花啊。”

他又笑了：“那么你自己种花吧。”

“怎么了？”他又问道。

“我只是想确定一下。”

“我知道。”

“我就是这样的人，德雷克。”

德雷克一手把她揽到怀中说：“我知道。”

“给你。”她从口袋拿出一个小面包递给他，“还热着呢。”

“这是什么？”

“你尝尝吧。”

他咬了一口香草味的酥皮然后笑着想，这下她应该能确定了。

“很好吃。”他称赞道。

夕阳如香草面包般甜美。美妙女士被一阵热情的呼唤声叫醒。她踉踉跄跄地从大篷车中走出来，午睡的迷糊感还像树脂一样黏附在她身上。

“看啊，美妙！看看这个。”是和平在喊着。

美妙小心翼翼地拖着步伐走到桥上向下看去。

“海星！”

它们被春潮吸引至此，一个，三个，一下子游来了六个。水中，桥的倒影里布满了星星。

“杰克喜欢海星。”美妙说。

“是吗？”德雷克问道。

“噢，是的。他过去常跟孩子们说，海星是与彗星争吵后陨落到地球的黑夜里来的。”

“他说星星们总是会对事物产生不同意见。有一次，彗星很生气，就用尾巴扫向它们，把它们从自己的轨道上撞飞了。于是那些星星开始下坠，在这个过程中，它们试着抓住点什么，于是，它们生出了五指。这时候，地球听到了它们在下坠时的哭泣，于是它加快旋转速度，好让星星们落入海中而不是摔在陆地上。因为大家都认为坠落作为对星星们的惩罚已经足够了，所以要仁慈一些。有时，你能听到海星因思念家乡而发出的不间断的恸哭之声，有些夜晚，你还能听到它们躺在海岸边望着那曾属于它们的天空时发出的叹息声。那也是海星会帮我们回家的原因——为了填补它们自己心中失去家园的空虚。”

他们三人都向下看着水底的世界，橘色的星星们在温柔的水流中扭动着，舞蹈着。

“可它们会引领谁回家呢？”和平问道。

“可能是我吧，”美妙女士回答道，她把拐杖浸入水中，看着一只橘色的触手伸上来，“当然是我啦。”她又轻声补充道。

“你怎么知道他就是你唯一的爱人？”和平又问道。

“你说什么？”美妙附耳过来。

“杰克。你怎么知道是他？”

“因为没有他，我的生活就没法踏上正轨。”

“他是个什么样的人呢？”

“很普通，真的。但他灵魂中住着一个隐逸诗人。那个诗人使他焦躁不安，却也使他对这个世界有着一种独特的看法。对他所生活的环境而言，他的灵魂未免太好了一点。”

“哪种环境？”德雷克问道。

“矿工。他想要的和渴望的东西太多了，但那和他所得到的注定相距甚远。他告诉我，他下矿井的第一个早晨仿佛就是他人生的最后一个早晨。在那些黑暗的记忆把他完全吞噬前，他必须把所有的美好铭刻在心。

“他说，他看着初升的太阳将光芒洒向沼泽，在赤红的石楠丛中映衬出荆豆花艳黄无比的色彩。以前他就注意到这美丽的颜色，但那个早上不同于以前，因为他知道在自己的双手变粗糙、变老之前，他没有机会再回到地面上了。他还穿着父亲死去时留下的那双鞋，双脚酸痛不已。

“他还说他停下脚步，望着远处一艘反射着阳光的帆船在风中驶过。于是，他便把心托付给了那艘船。那一刻，他感到它从心房中一跃而出，向着那艘载着锡矿、瓷土和其他男人的梦想的船上的风帆飞去了。

“他们在海平面以下两百零五英寻处探寻锡矿。他和哥哥吉米都是海下最深处矿脉里的工人。海啸到来时，他们能听到头顶海浪互相撞击的巨响，还会不时停下来，倾听涂着松油的柱子在这片人造的肃穆氛围当中，发出风里的桅杆般嘎吱嘎吱的响声。

“他们在炙热的环境里工作。赤着上身，靴子浸透汗水，白色的皮肤在烛光映照下显得病态。杰克讲着笑话，但吉米没有笑，因为在他醒来时常常发现不幸的阴影正覆盖在胸口，他抬头寻找着死神是否降临。他的这种恐惧充满了传染性，很快，它开始在整个矿井中蔓延。渐渐地，锤子嗒嗒的敲打声停止了，只剩下海浪拍打的声音。

“刚开始——没人知道是从谁开始的。他们之后才说起这个问题，有人说是塞米·德雷，也有人说是汤米·拉夫，但实际上都不是。他们都说，那个甜美的声音来自暗处，但他们都识得那声音的主人。很显然，因为那是杰克的歌声，他唱着：

‘奇异的爱！怎能如此——我主我神，为我受死。’

然后吉米也开始跟着唱起来。很快，唱诗的歌声回荡在矿井中。直到有八十个、一百个人的歌声与海浪的声音混在一起。隧道中的土地紧绷着，而地面上的人们发誓听到了从草地下传来的歌声，而这美妙的音乐足以使附近的动力车间忘记运作。歌声飞扬着，充斥在这条绵延十二英里的矿井当中，仿佛保卫并支撑着这脆弱的采矿场。甚至有一些男人被歌曲中圣洁的气息触动，忍不住哭了起来。随着最后一句歌词戛然而止，一个渐近的海浪如最后的高音般传了过来。黑暗中落入一点微光。在那一刻，所有的恐惧都在神圣的寂静当中烟消云散。

“就在那时，杰克的传奇故事也诞生了，人们给了他一个新的名字。”美妙女士接着说道，“‘歌手杰克’，那时他们就是这么叫他。他们叫他‘歌手杰克’，因为那时他仍在歌唱着。”

绿鳕鱼就如内德·布莱尼曾描述的一样美味。和平用藏红花醪与嫩洋白菜作为辅料一同烤制，他们美餐了一顿。德雷克坐在面包房的墙边，注视着那个拥有苍老灵魂的年轻女子和那个内心年轻的老妇人，在纷繁光线的照射下，她们坐在安乐椅上轻轻摇摆着。时光缓慢流逝，木头椅子发出轻微的咯吱声，像是给缓缓落下的夕阳打着节拍。深蓝色的暮色渐渐在天空蔓延，同时带来了一股薰衣草和紫罗兰的香味，也带来了暮间出动的蝙蝠群与熟悉的朦胧月光。

“一个男人就应该在这种日子踏上征途。”德雷克望着天空说道。

“为什么？”美妙女士问。

“为什么？当然是去探索世界啊。”

“男人需要先从这里开始探索。”她指着他的胸膛说道，“就算没有我们，月下的景色依旧会很美。”说着她拿出了一瓶黑刺李杜松子酒，在之前的晚上喝空了以后，这酒瓶又奇迹般地被装满了。她说，

“有些东西还是不要去亲自体验为妙。”她说，“坐看潮涨潮落，这就已经足够完美。”

“我的话让你不安了。”德雷克说。

“没有。”

“你不能阻止进步的事物。”

“是的。”

“所以，你愿意走吗？”

“飞到月亮上去吗？”美妙喝了一大口酒，“我去过那里。”德雷克正想开口说点什么，她举起手指，做了个示意他安静的动作。

于是，他们静静地坐着。只有身体满足地消化食物的声音，以及想象中的双翼越过山谷的声音填补沉默。

“应该这样说，”美妙女士说道，“我在这种所谓的‘进步’中发现了不安，因为正是这种进步导致了战争。在我渐渐变老的过程中，那些曾经有价值的东西都逐渐衰减了。而当你老去的时候，你便很难再跟上时代的脚步。这就是不安之处。所以，就让月亮静静待着吧。”她向着那白色的月球举起酒瓶。

德雷克把目光移向远处。

“我懂你。”美妙轻声说道。

“那么，你年轻的时候是什么样子的？”和平问道。

“我很少害怕。”

“你很少头发？”德雷克没听清。

“我说我从不会害怕——真不知道今晚你脑子里进了什么。”美妙女士嘟囔道。

“我敢打赌，那时候你一定很漂亮。”和平说。

“不，我从来不算是美人。可男人们说我身上有种气质。也许他们是指我天生有点性感吧。”

“你没有留下一张照片之类的吗？”和平问。

“没有，如果可以的话，我倒是想要一张儿时的相片。那样的话，我可以把照片上的面孔和我的脸贴在一起，这样，你便能看见我们的相似之处了。”

“你年轻时头发是什么颜色的？”德雷克问。

“棕色，和我母亲一样。”

“你很高吗？”

“一般吧。”

“你认为自己最值得称道的部分是什么？”

“怀抱希望。”美妙女士回答道。

和平笑了：“那你的初吻又是跟谁？”

“她是个无名无姓的灯塔看守人。”德雷克替她说道。

“那时候你多大了？”

“十七岁。”她说。

“啊，十七岁，”和平长叹一声，“在那之后呢，你还吻过谁？”

“吉米，”德雷克又抢答道，“然后是杰克！”

“你有过三个爱人。”和平说。

“不止呢，我觉得我本来还可以再多爱一个。”美妙女士说道。

“跟我说说杰克吧，美妙。说说关于他的故事。”

美妙说：“要是说起杰克，那得先从吉米说起。”

“那就从吉米开始说吧，”经过德雷克的多次恳求，她终于同意了。不过她要求先稍等一会儿，好让过去与现在之间蒙着面纱的朦胧记忆及时转换。

她靠在椅背上，闭上双眼沉思。这种感觉很甜蜜，就好像有一双手牵着她走进一个废弃的长廊，走过两侧一扇扇封锁着的门。那里到处是灰尘的气味。她尝试了每一扇门，但却没有一扇能打开，直到她走到最后一扇门前。那是一扇位于右手边的蓝色大门，她缓缓地转动钥匙。门开了，她看到一个年轻的自己，那景象几乎令她无法呼吸。

“是你吗？”美妙女士问道。

“是我吗？”那个年轻女子也问道。

她忽然睁开了眼，并让德雷克帮她点燃烟枪，递给她一杯酒。一切收拾停当后，她擦了擦眼睛，开始讲述起来。

“那时我才二十岁吧，我想，”美妙女士说，“不管怎么说，那时我还相当年轻。但如我父亲之前的旅程一样，在我开始工作之前，我曾向西部一直行至陆地的尽头。在一大丛金雀花边上驻扎下我的大篷车。那时我像所有年轻女子那样做着美丽的梦，其中大部分是关于爱情的。那是在一个6月，盛夏中的一天，空气黏腻而甜蜜。我把蛋清放在一杯水里，然后静置在烈日下。黏性的流体呈旋涡状舞蹈着，当它静止下来时，我便能看到那个能够终生呵护我的爱人的脸庞。于是我等待着。几小时后，一张脸定型了。直到今天，我也永远不会忘记那张脸的模样。”

对美妙来说，那张面孔无疑是美丽的。她感到一种急不可待的激动，所以她只能忙点别的事情来分散自己的注意力。她采集了一大捧木柴，投进炉中，等待着，然后她走到溪边打了满满一锅水，继续等待着。太阳落山了，在凌晨三点钟，浓雾滚滚而来。她终于嗅到他即将到来的气息，因为那是一种土地的味道。

他极尽轻柔地敲了敲门，同时带着世界上最甜美的笑容与她打了招呼。他把一枚带着掌心温度的硬币交给了她——在到这里之前，硬币已经在他手里捏了一个小时。而他的面孔正与美妙看到的那张脸完美匹配。

他想来找一种药水，他害羞地说着。他想要一种能让女孩注意到他的药水，特别是，最好能让一个在黎凡特矿区工作的少女注意到他。“你不需要这种药水，”美妙对他说，“你需要的是遇到一个合适的女孩。”他笑了。她把硬币还给他，并让他回去好好想想她说的话。

第二天，他换班之后又来到了这里。美妙给他倒了一杯朗姆酒。他喝了酒，双颊泛红，口中的话语也变得甜蜜起来。她问他是否还想要那种药水，他说自己也不确定，所以他明天还会来。就这样，他接连来了三天，换班之后过来喝她的朗姆酒。可随着他来的次数越频繁，说的话却越少。“你在我的酒里放了什么东西？”他怀疑地问道。“希望。”她回答道。他捧起她的手，吻了它。

她目送着他昂首阔步地穿过田野。他走路的姿势仿佛一个位高权重的人，这是她前所未见的。或许她并不应该接近这样一个男子。但这是我们的天性啊。大多数女人都想成为国王的妻子。

（和平笑着看看德雷克。“嘘，”美妙说，“故事继续。”）

吉米问她愿不愿意这周日和他一起散步。在开口回答之前，她的眼神已经毫不犹豫地答应了。

那天，太阳高高挂着，天气很暖和。红雀和黄鹂一整天都在不停地歌唱。他们走到悬崖下面的小路上，穿过一丛蕨类植物，感受到草地中散发出炎热而潮湿的刺激性气味。

他告诉她，自己在本地是一个传奇人物。人们称他为灭火吉米，因为有一次他扑灭了酒吧里的一场大火。她说自己以前没听说过他，还有，他最好别把在她身上点燃的火焰熄灭。在那些日子里，她非常擅长说这些话。而他却对她说，以前有一个女人的裙子被油灯引燃了，他帮她把裙子撕扯下来，并在裙子上跺着脚跳着，直到长钉鞋变红，从他的脚上飞了出去。那种跳跃和跺脚从此被称为“吉米的舞蹈”。星期日的早上，大家都喝得醉醺醺时，他们就会大喊着：“跳舞啊吉米。”然后，等到盛情难却之时，吉米便会上去飞跳一场。

她并不习惯穿裙子，父亲的裤子是她熟悉的装束。但那天她却为他穿上了裙子。可裙摆卷入了靴中，在他们踩进沙地之前，她就已经显得很狼狈。那时她看起来一定很不优雅，而且让人尴尬，但吉米什么也没说。他只是在走到陡峭的小路时握紧她的手。因为天生的浮肿以及伴随着脉搏传出的热量，他的手摸起来黏糊糊的。

“到这儿来！”吉米喊道。悬崖底部有一个巨大的洞穴，其中散落着一些受潮汐影响而形成的湖泊，他们小心翼翼地攀着岩石爬下去。洞穴里凝结的水珠缓缓滴落在他们头顶，潮湿黏腻地滑过脸颊。滴水声在沉默中甜美地回响着，宛如一场永恒的倒计时，计算着他们之间终将到来的亲吻。当然，那是不可避免的，他很焦躁，她满含渴望。当她正试图固定住一缕散落的头发时，他出其不意地抱住了她。“别管头发了。”他说。于是，她松开手。他们的嘴唇贴在一起。她背靠柔软的湿沙，双脚发软，同时感受到身前那坚实而温暖的躯体。

从那以后，他每天换班之后都会来美妙的大篷车找她。二人在车里亲热一阵。与此同时，在别人眼中，她已经是“吉米的女人”了——这个名号和一枚戒指的效力一样。她每天都高兴地哼着歌。吉米也容光焕发，他的光彩使得不幸都随海水流去，剩下的只有幸运。

当她把吉米视作爱人的时候，这“灭火吉米”，摩尔人当中的传奇人物却已开始把她当作自己幸运的担保与不可或缺的魔力。幸运对吉米来说很重要，他笃信于此，无论是好运还是噩运，他相信这二者之间相辅相成，人的一生也不过是这一个“运”字。同时，他还认为自己能从沙子的移动与山水景物的阴影中看出噩运，就像通过乌云判断坏天气一样。

那是临近盛夏尾声的一个下午，美妙听到一阵敲门声。她还来不及扣上衬衫就冲出去打开门。走到门口，她呆住了。低垂的阳光照在男人的背后，那是一个熟悉的黑色剪影。朦胧中，那似乎是吉米的脸，但实际上却又不是。那是一张更加年轻、柔软，并且更加完美的脸，脸上挂着一个巨大的微笑。

她踉跄地退后，勉强才辨认出他的话语：“我是杰克，吉米的弟弟，见到你很高兴。”他说话的声音很轻柔，她意识到自己的心脏漏跳了一拍。就在这个瞬间，一种疑虑冒了出来——它盯着她，手指轻敲着，等待着她。她试图把这种疑虑推到一边去，但它反而大笑起来。因为你永远没法把疑虑放在一旁，它只会假意让步，但却在前方等待着你。就像一个拥有完美条件的胚芽等待着疯狂生长的时机，最后扼住你的喉咙。

“我在海滩上发现了这个，”杰克说，“我觉得你可能会喜欢。”他递给她一个已经干掉的海星。如此美丽的橙色，噢，她真想留着它，可她最终还是还给了他：“等到未来有什么重要的时刻再给我吧。”然后她回到炉子边，一言不发地开始烹茶。只是看了他最后一眼，看向他那美好的轮廓。

他开始说一些从来没告诉过任何人的事，而她依旧保持沉默。他告诉她，他想离开这里，去探索外面的世界。他告诉她，他想去另一片天空下寻找爱，拥抱大自然。他还唱了一首自己的歌，声音如此甜美，使她的血管顿时溢满渴望与嫉妒，如同饮了醉人的鸡尾酒一般。她无言地转过身，煮着一锅干花。在遥远未来的某一天里，他会告诉她那天她的举止有多么粗鲁。

秋天伴着落叶悄然而至。她与吉米在沼泽边的一个农舍里成了家。

她一直没有怀孕，因此他们也没有结婚。他依旧像是个国王，但她却从来不是他的王后。他开始夜不归宿，回家时身上还带着酒味和其他女人的体味。他会在口中说着后悔自责的语言，然后和她睡在一起，恳求她永远不要离开他。

晚上，她总是听着外面马路上的脚步声。她在门口点上灯笼，常常会看到杰克正独自站在农舍门口。他会给哥哥打掩护，用一些谎言欺瞒他的去处。但大多数时候她甚至不会走到门口张望，因为她知道门外传来的脚步声只是来自她心中的猜疑。

一次又一次——愚蠢的她啊！她亲自邀请这种疑虑进入家门，他们坐在床上，她问它为什么会走进这里。那疑虑对她说：“你自己知道是为了什么。”她说：“可吉米是我的真爱啊。”那疑虑便像狼一样嚎叫起来，“那你为什么还要请我进来？”“我们可以做朋友啊，你知道的，如果是在另一种情况之下。”那疑虑往烟管里塞进一大把烟草点燃，它躺在床上，诱惑地抚着肚子。美妙让它离开了。因为当吉米回家时，她不希望有怀疑的气息萦绕在屋内。

寒冬降临在这片荒芜之地，白昼与黑夜抢夺着越来越短暂的时间，而农舍里总是那么冷。

美妙所求的东西很少，因此她所得的东西也很少。她病了，瘦得皮包骨一般。晚上，母亲不再游进她的梦里，因为她的梦境这时已成了干涸的河床，一切都枯死了。当她站在海中，她甚至听不见水声。她也不能再游泳了。只有在杰克的目光中，她才能短暂畅游一番。在那里，她看到了曾经一切美好的可能性。在一些日子里，连这对她来说都太痛苦了，所以，她也不再看他了。

她太过疲倦，无法再思考接下来的生活，因为她的勇气已经悄然流逝。她身上的火焰熄灭了。噢，灭火的吉米，真是人如其名！直到有一天，吉米再次离开了家，杰克走了进来。他一身纯白，坐在她的桌子上，看上去严肃而紧张，简直像是一只白鹭。他用几乎听不见的声音说了三个字，忽然之间，一切仿佛都改变了。冬天似乎一下子变成了春天——杰克抓住她的手对她说出了那三个字：

“有我在。”

然后他又说：“还有酒在。”

美妙说：“我知道。”说罢她捧住他的脸，深深地吻了他。而从那以后，那疑虑再也没有出现过。

杰克常来拜访。同时，微笑重返他的脸庞，因为他的梦想之境突然变得触手可及了。他重新开始唱起了歌，特别是当美妙在场时，他的歌声格外优美。她的期待与希望滋长着。人们开始谈论起他们生活的安逸与喜悦，就这样，谣言很快传开了。鸟儿们竖起羽毛向上看着，以为飘散开去的谣言是一阵风，直到它们感到后脑勺挨了重重一击。“那是什么呀？”一只画眉询问它的同伴，“不知道，对于这种东西，你永远看不见它是什么时候来的。”

“你永远看不见它是什么时候来的。”吉米一边思索一边点燃了烟，他看着弟弟对着他的女人歌唱。突然，他感觉到一阵天昏地暗，飞沙走石。感到噩运的阴影一点点向他移动过来，呼喊着他，轻声叫着他的名字。他不由得紧紧地抓住了桌子。

“嫁给我吧！”他突然向美妙高呼道。与此同时，噩运的阴影也停下了它靠近的脚步。

“这是怎么了？”阴影低语着。

“嫁给我！”

阴影退缩了。

但美妙没有回答。

小屋屏息等候着，火焰发出微弱的噼啪声，老钟嘀嗒嘀嗒敲着。

“嫁给你？”她的声音像炉子一样干燥。

“你不想嫁给我吗？你还有更好的打算吗？”他说着，看向了杰克。

“她当然会嫁给你。”杰克站起身用手揽住了哥哥，重重地在他后背上拍了一下。他轻声说着一些恭维话，因为他不敢直视他的爱人，因为从此以后，他们的共同生活就要结束了。

那晚，在热朗姆酒散发出的薄薄热气下，他们三人制订着未来的计划。“美国！南非！澳洲！”仿佛世界尽在他们的掌握之中，他们可以前往任何地方。锡的价格正在下降，全世界都需要来自康沃尔的矿工，并将为他们开出不菲的报偿。

他们为未来的新生活举杯庆祝，美妙像一头小牛犊般把她的悲伤淹没在酒中。“敬我们在澳大利亚的新生活！”吉米流下了泪水，因为那不幸的阴影已经转移到另一片草地上。他感激上帝，那黑暗苦涩的阴影终于能暂时离去了。

但是，它并没有真正离开，不是吗？他们全都酩酊大醉，以至于没人注意到这烟雾腾腾的房间里的一个角落。但那片阴影确实存在在那里。

次日清晨，恐惧伴随着朝阳一同升起。一束明亮的光线如发热般从逝去的夜晚悄悄地附到吉米身上。那是一种无法言喻的恐惧。他一言不发地穿上衣服，沉默着吃了一点东西。他拢了拢柴火堆，脸色苍白，而他的未婚妻也沉默着。最后，他打开门向矿井走去。

天空低垂，迅速聚拢的乌云吞噬着沼泽上空的云彩。日光努力挣扎着，但还是在十点前输掉了这场战役。他们坐在石堆中的一块石头上，一边呼吸着新鲜空气，一边等着杰克。美妙注意到吉米在发抖。于是，她在他的手帕里放了一根金雀花的嫩枝。他十分感激，放到她手里的一切都带有被祝福的魔力。天气越来越恶劣，杰克却还没有出现，因此吉米的心情也越来越低沉。他一言不发，大步流星地走向烟囱和锅炉房。吉米消失在视线中，美妙心头的疼痛加倍袭来，她终究还是不由自主地落下了眼泪。

她咆哮着猛打自己的脸，回到小屋时，她已经满脸血痕，筋疲力尽。她拖着疲惫的身躯走进屋子，任由自己摔在冰冷如棺的石床板上。她足足在上面躺了一个小时，直到一只老鼠匆匆跑过，她重新清醒过来。

她跌跌撞撞地站起来，走到火炉边，那温暖稍稍抚慰了她，但她面前再一次出现了撕心裂肺的痛哭的景象。起初她还以为自己在做梦，不管这是愿望还是梦境，两者都是模糊的。接着，她揉了揉眼睛，发现桌上有一个东西——那完美的橙色。海星来带她回家了。

她拿起海星往回跑去。她的马车和大篷车都不在了。但跑了一阵儿，她就又看见了它们——那是一个远远立在石堆旁的灰点，它们像一座灯塔般静静地注视着她。

她想要跑过去，但路途颇为艰难，一路上满是雨后的积水，以及隐藏在高低不平的草丛后的洼地。她被浸到泥土中的裙子绊倒了两次。大雨滂沱，雨水用力地打在她的身上，但她没有一丝感觉。因为不久后，他的嘴唇就将吻上她，然后他会对她说："我们一起离开吧。"她永远记得那一瞬间，一束阳光从乌云的罅隙中洒落。那个无比美丽的早晨，她的马车和大篷车被悄悄藏在金雀花丛中，他们将奔向属于他们的灿烂未来。

那时，他已经计划好了一切，或者说，几乎计划好了一切，只是几乎。

因为，当他们手牵手走向马车时，二人突然摔倒在地，仿佛双腿在身下被刀砍了。沉重的大地仿佛压上了脊背，迫使他们大口喘息。于是他们懂了，自己正与吉米感同身受。

杰克无法弃哥哥于不顾。他赶紧跑回矿井叫其他人帮忙，然后又自己跑回去找他，尽管大地已开始移动，恐吓他，尽管灰尘如浓烟般在空中涌动。杰克仍四处搜寻着吉米，直到他终于在矿井最深处找到了他。他移开吉米身上的石头，把他揽到自己怀中，扛着他穿过黑暗隧道。一小节燃烧的蜡烛指引着前路。他扛着他的身体，就像在肩头搭着一件夹克衫。最终，他把他带到安全地带，放到担架上，温暖的阳光拂过他的耳朵，杰克发誓，他转身离开前听到了他哥哥虚弱的声音，最后一次从那具破碎的身体中传来。而他没有告诉任何人那天他所听到的话语。因为那使他心神不宁，使他悲伤不已，并在他的心上安放了一个永远不可打破的诅咒。

美妙亲自为吉米料理了后事。在小屋楼上的前厅里，她洗净他的身体，将他装进裹尸布。按照习俗，她用两块小石片代替硬币，放在他的双眼上。最后她将一个金雀花环绕上他的脖子。

她打开门窗，日夜与他的尸体坐在一起。他的母亲、姊妹与牧师如一阵黑色的潮水般来了又去。她迎接这些她不认识的女人，看着她们哭泣，安慰着她们。因为她们生前分享着这个男人，所以她们也一同分担他死后的悲伤。

守灵的最后一个下午，美妙在寂静的房间里做着超度。就在此时，突然吹来了一阵风。她关上窗门，盖住镜子，念起了祷文。

吉米彻底离开了这个世界。

牧师带着一个残疾女孩走到床边。当时人们相信，当一个生命走向终结时，会带来神奇的治愈力量，但这或许只是一种迷信。牧师举起吉米的手，把它放在女孩萎缩的跛腿上。因这迷信仪式的到来，美妙立即走出了房间。

抬棺的是杰克和另外三人，他们都戴着黑手套，慢慢地走到教堂的三英里外。这时候，天空中下起了雨。女人们哭泣着，男人们沉默肃立。一个小男孩拉着小提琴，但他很难奏出悲伤的曲调，毕竟他的灵魂深处是欢悦的。他渴望歌唱与舞蹈，并且更乐于为婚礼献奏。

美妙发现自己无法把目光从杰克的背后挪开。前方的道路渐渐消失在壮丽的地平线上，苍莽的山峰与不远处的大海渐次出现在面前。她想知道在看向那无休无止的线条时，他的想法是否与她一样：前方将会出现一个充满无穷可能性的未来。

葬礼终于结束了。小屋中人群散去，撒着藏红花丝的蛋糕吃光了，音乐停止了，故事结束了。而美妙也终于得到了她的答案。二人围着火炉面对面坐着，欲言又止的气氛如浓重的煤烟般弥漫。

她站起来，坐在他的脚上，头枕着他的膝盖。现在，只剩下他们两个人了。过去他们只能争分夺秒地相见，而现在，时间都是他们的了，这让气氛显得有点尴尬。她不看他，只是解开了他的拉链，而他也没有阻止。

柴火燃烧着，噼啪作响，他们沐浴在火热之中，但在她有节奏的抚摩下却什么都没有发生。最后，他只是握着她的手说：“我要走了。”

她说：“我知道。”然后她又问道，“我可以和你一起走。我们可以去另一片天空下寻找爱情。这不是你一直想要的吗？现在，我们可以自由地去爱了。”

但他什么也没有说。

她说："你的梦想就是我的梦想，永远如此。你就是我的生命。"

他还是什么都没有说。因为假如他一旦张口，就会忍不住哭着说出吉米死前对他们的诅咒。因此他宁愿选择沉默。

木柴中的汁液像眼泪般渗出，炉火开始冒烟。这一切都令她始料未及。

于是她说："既然如此，就最好别再纠缠不清。"说着她站起来，走出了门，"你自己照顾好自己吧，杰克。"

他回答道："我会回来的。"

"什么时候。"

"很快。"

"有多快？"

"当这一切被遗忘以后，"他说，"美妙，我爱——"

"不要说，"她制止了他，"千万别就这样留下这三个字，那是对我的侮辱。要么你留下，要么就带着它们一起走。"

于是，他带着这句话一起离开了。

他轻轻弹开了窗钩。他离开时，带起了一阵风。屋子里静悄悄的，空气窒闷，镜子也变得暗淡无光，就像屋主本人一样，突然便被死神带走了。

她一直在窗边等待着他的归来。两个星期就这样过去了，然后，三个星期，六个星期……下了一场雨，又起了一场雾，浑浊的夜晚漫长而孤独。她走到狂风呼啸的黑暗中呼唤他的名字，但狂风只是把那呼唤又刮了回来。

在最后一天晚上，她来到“天涯海角”，那里除了悲伤与废墟残缺的记忆，以及风的呻吟之外，一无所有。或许，那也是她的呻吟，她也记不清楚了。她只是呼唤着他的名字，但这一次风在她的背后，它把他的名字送到崖顶，越过干内特石群，越过波光粼粼的黑暗的海湾，这跨度几乎像一生那样长久，令她悲喜交加。他的名字像一只海鸥朝着地平线飞舞着，朝着一艘从左至右慢慢滑动的船只上闪烁的灯光飞去。最后他的名字安全降落在甲板上，作为一声模糊的呜咽滑入沉睡的坎迪的耳道。美妙举起她的双臂，高喊着：“要平安啊，我的爱人！”

灯光闪烁着。

“要平安啊。”

她转身爬上马车，手中缰绳的触感熟悉而柔软。她感到昏昏欲睡，于是，便信马由缰。

一天后，她回到了家。

“瞧瞧这是谁回来了。”哈德太太像戴上了马嚼子一般，嗫嚅着说出这句话。

美妙沉默无言。她在哈德太太面前脱光衣服涉入水中，于哈德太太而言，这个举动的挑衅意味不亚于一位年轻女士当着她的面蹲下身来如厕。

她的血管中充满了悲伤，它们顺着血液流向心脏，使得心跳也变得沉重起来，同时也令她丧失了平衡。回家后，她意识到自己其实已经放弃了那份爱情。次日夜里，美妙去教堂点燃了她的第一支蜡烛。然后到了第二天晚上，她又那样做了。从那以后，她决定每晚都去点一支蜡烛，她将以此作为一盏她所独有的明灯，同时提醒着自己某些男人可以对女人做出怎样残忍的事。她将会让那火焰长明。

“那他最后回到你身边了吗？”和平问道。

“一度回来过。”

“他没有永远留在你身边？”

“最终是那样的。”

“什么时候？”

“在一战结束后。如果说万物皆有所属，那么那段时光就是属于我们的。”

德雷克为她倒了一杯酒。

“为何他不在吉米出现前找到你？”

“我曾经也问过他这个问题。”美妙女士轻轻地回答道。

“那他怎么说？”

“好了，安静地听我说吧。”美妙说道。

在遥远的昨日，那个带着宿命气息的清晨，美妙明白无误地听到了传闻的声音。她跪下来，把捕捉流言的网举到耳边。里面的话语滚烫滚烫的，她的心却顿时凉透了。

那流言说道：早上好，我亲爱的！今天是1921年4月14日，以下乃我所知：杰克把报纸当作外套穿在了身上！他以此为自己添上了传奇色彩！现在人们叫他“报纸杰克”，而且他会在新闻发生之前提前进行预知！他的肺坏透了！他刚刚路过德马尔。流言（也就是我本人）说，已经死在了回来的路上……以上就是全部了，亲爱的！

不久之后，杰克就回来了。未见其人，先闻其声，她听到他那刺耳的咳嗽像冰雹般打破了林地的静谧。

她穿过树林，出来迎接他。白苣菜和毛地黄点缀着绿色的草地，万象更新，欣欣向荣，每一个嫩芽、每一片花瓣以及每一只归鸟的喙都在高唱着。而在这一切美丽的景象中，报纸杰克一瘸一拐地走了过来：他的双眸依旧是蓝色，只是满脸胡茬，他身上的那件报纸衣在阳光下窸窣作响，闪着白色的光。

“你回来了！”美妙大喊道。

“是啊，我回来了！”杰克说。

“你这件衣服是怎么回事？”

“我什么都没有了，连贴身的衬衣都丢了。”

“你看起来就像个幽灵。”

“没错，我是过去的自己的幽灵。”他说着，大笑起来，但她并没有笑。

“爱尔兰出乱子了，”他指着右边袖子上的文字说道，“一场内战，不过战争可没有内外之分。”

“够了，停下吧，杰克。”

“再来看看伦敦发生了什么吧，在我左边袖子上的是每日新闻，非常及时。噢，噢，噢——”

“够了。”她小声地制止他。

“我试过逃脱这一切，美妙，相信我，我逃啊，逃啊，最终我拥有了这些真知灼见。”

“所以这到底是什么，杰克？”

“这就是说，只有和你在一起，我才能获得内心的平静。”

一阵温柔的清风从树梢吹拂下来。

“我的心始终和你在一起，所以我回来了。”

她说：“可是，已经过去二十年了！杰克。”

“真的已经那么久了吗？”

“是的，我现在已经老了。”

他不说话了。

只有山谷的回音重复着她说的话：“老了——”

“时间都去哪儿了呢？”他问道。

“全都过去了，”她说，“这就是你需要知道的一切！”

他刚想回答，可一阵涌起的咳嗽吞没了他的话语，并给了他重重的一击。他把血吐在地上，擦了擦嘴，抬起头，冲她绽放出一个世界上最甜美的笑容。

“等我死后，把我的肺割开，你就会成为最富有的女人了。这里面满是铜、锡和金粉。这下可没人说我没有担当了，噢——噢——”

美妙转身走开了。

“等等!”他大喊道，“我很抱歉，请等一下。”他伸出手，“好好想一想，我们可以重返我们的青春。”

美妙停下了。

“不要哭了，小美妙。现在时间终于属于我们了。不要对我说一切已经太晚。我不能接受。我来得太晚了吗？”说着他从口袋里掏出一只一动不动地躺在他掌心里的小苍头燕。

“我想我要是能及时把它送给你就好了。这是个很可爱的小东西，不是吗？我喂它食物，帮助它呼吸。我试着教它唱我的歌，但我的歌声早已消逝，早已长眠于矿井之下了。让这只鸟儿起死回生吧，美妙——也再给我一个起死回生的机会。”

她朝他走去，用双手捧起那只鸟，冲着它呼了口热气。羽毛被微微吹动，但鸟儿没有活过来。

她用她那小小的手指的侧沿抚着它的胸膛，然后散下头发，把鸟儿裹在头发最浓密的地方，再重新绾起髻。最后，她小心翼翼地用一条围巾包住头。

“来吧。”她静静地领着杰克穿过潮溪和船屋。

她烧掉了他那套报纸衣。看着这二十一年来的悲伤经历化作螺旋上升的青烟，仿佛微风也同时将历史的印记吹到了彼岸。

在涨潮的水中，她为他沐浴清洗，搓去他身上的陈年污垢，覆以紫罗兰的芬芳。她把他的身体擦干，为他穿上干净暖和的新衣。她为他剪指甲和头发，为他刮胡子——覆盖在胡子下面的肌肤又白又嫩，如同来自过去的时空。

她在热朗姆里加上柠檬和丁香，正午到来之前，他已酣眠。而她在一旁静静地注视着他：承载着回忆与她血肉相连的爱人，带着一副瘦骨和一个千疮百孔的肺回到她身边。

她打开阳台的门，倾听着潮溪轻柔拍打岸边的声音。与此同时，她在玻璃上看到自己的倒影。一开始，她甚至没有认出自己。随后，她剧烈喘息起来，但同时她又极力压抑自己，因为这种激烈的声音会把今天这样一个好日子变坏。

“为什么你没有先来找我？”美妙裸身躺在杰克怀中时问道，“你为什么没有在吉米出现前找到我？”

“因为那时我在眺望地平线。”杰克回答。

“就是那样吗？这就是一切的原因？”

“是的……”说着，杰克因这逝去的时光而痛哭起来。逝去的时光似乎因此而被取悦，便加倍给予他时间作为偿还。

他们所得到的仅仅是一年的相聚时光，但其间的快乐却使这一年显得倍加漫长。其中第一件乐事便是杰克的肺恢复了，他可以再次歌唱而不被咳嗽打断。他们通过大河行至安博·琳恩酒吧，杰克伴着钢琴和班卓琴唱歌。然后他们的三重奏便被人们传为“奇异的四重奏”。

一天晚上，杰克清醒地躺在船屋的黑暗之中，他不想再错过任何一个时刻。因此，他几乎从不睡觉，总是把目光放在美妙身上。不断自问当初为何要离开这一切，为什么要如此介怀一个已死之人的心意？他不再渴望去到地平线的另一头，因为那遥不可及的诱惑已被头顶树木的浓荫所遮蔽，而那曾经闪闪发光的承诺如今也已具象化为他身边的女人，现在只有她才是他无限快乐与未知冒险的所在。夜复一夜，他把自己裹在她筑起的茧中，同时他也知道，很快地，他就会如一只蝴蝶般带着炫目的色彩破茧而出。

他的肺总是响个不停。他呼吸困难时，她会抱住他，安抚他，强迫他的胸部扩张、收缩以喘息。一次，在这种斗争的间隙，他对她说：“嫁给我吧。”在一片寂静当中，她回道：“好。”

没有交换戒指的仪式，没有誓言，没有庄严的许诺，因为这一切他们早就拥有了。美妙划船沿着潮溪行进，在沙洲边扎下锚。他们宣誓结婚。在他们美好的婚礼上，证婚人是一只猫头鹰和两打鲜艳的橙色海星。海马飞驰过银色的浪尖，夜莺在头顶的树枝上歌唱。美妙站起身，立在天地之间吩咐月亮往下落，很奇妙地，月亮真的降低了。他们踮起脚尖，沐浴在水一般纯净优美的月色当中。他们努力伸长双手，直到他们成为世界上第一对触到月球表面，同时将誓言埋藏在月亮上的夫妇。

在他们的新婚之夜，二人赤身躺在带着海水咸味的船座上，在月光下饮着自酿的烈酒。她忍着年长带来的双膝和臀部的疼痛爬到他身上，同时她注意到，数以万计散落的鱼鳞粘到了她的臀部、双腿和脚上，在她身上闪烁着，在这个夜晚，她感到前所未有的幸福。

“以后你想要做什么？”杰克用最后一丝力气梳理着她的头发。

“这些事，那些事吧，反正总会有些事。”

“别让自己一个人。”

“噢，可我最终还是得一个人过。”

“起码你需要一个人来给你梳头。”

“在那之前，我会去把头发剪短。”

“你总那么固执。”

“这样也不错啊，但你会去哪儿呢？”

“我不会走远。”

“会留下来吗？”

“是的，我会留下。”

“就像这样。”

“我们一起坐在岸边？”

“我们一起坐在岸边，听听音乐。”

“那里还有你的歌声。”

“我会试着回来看你。”

“好吧，那很好。”

“你知道我会去哪儿。所以你也要好好的，行吗？”

“我当然会好好的。”

他停下了梳头的动作。他最后的呼吸，就像两三下浅浅的浪花似的打了几个转，肺部的响声也随之停止。美妙还没有转过身。“我会好好的，”她轻轻唱起了歌，“我会好好的，我美丽的男孩。我美丽的盛夏男孩。”

她停顿了一下，想看看死神是否依旧在身边，她想和它说几句话。同时，她感到一股冰冷的液体正顺着她的脊柱往下滑。

她说：“我们之前已经见过很多次了，可你只是经过我身边，对我视而不见，也许我不是你喜欢的那种类型吧。但现在请不要再忽视我了。把我一起带走吧。让我们一命抵一命吧，请别带走那个你想要的孩子，或者说，那个被自己的渔网所困住的渔人。而是带走这个被兴奋燃烧着的新娘吧。我知道你总会带走我们两人中的一个，我们注定要被悼念，注定奏起那哀怨的死亡之歌。我了解你，我也熟悉你的喜好。但我只想说，这一次请做一件不同的事吧。拿走我的生命，用来换他的。这是一笔划算的交易！”

可死神却只是说："唉，真是一大段废话啊！"说罢他笑了笑，从前门（不是后门）离开了。

当他走后，光与热又重新回来了。

于是她便知道死神已经走了。

接下来的两天，美妙一直躺在杰克身边。日升时，白昼温暖，鸟儿欢唱，潮流涌动，鱼群回溯；日落后，月光清澈，群星闪烁，知更鸟叫着，圣徒们喃喃低语。奔腾的时间一去不返，但她试过让它停止，她真的已经试过了。

那是在杰克死后的第三个晚上，她的母亲游进她迷雾笼罩的梦境。美妙闻到了母亲的气息，同时母亲还变成了一个救生圈，缠在她的脖子上，阻止她下沉，令她从那具冰冷的尸体旁离开。这梦境带来的暗示已经足够了。接下来，美妙知道自己该怎么做。

第二天，她备好船。海面很平静，她把报纸杰克从床上抬到岸边。水中活跃着几千只橙色的海星，它们被潮水围困于此，等待着带他一起回家。与此同时，有些人在那里看着他们，这很奇怪，她已经好几个月没和那些人说话了。当她朝着系泊石走去，身着黑衣、手中没有拿铁锹的人们把他的尸体从她身边夺走了。

"但我要把他带回大海里，和我的父亲母亲葬在一起啊。"美妙苦苦解释着。

但没有一个人愿意听她说话。

"请别土葬他。他绝不想再回到地下去。请不要把他放在那里。"

没有一个人愿意听她说话。

有人抓住了她的手臂。动作虽然温和，但他们说出的话却很尖刻。后面的事情她已经记不太清了。只记得她自己手上沾满了泥污，以及他们口中念着祷文。就这样，他离开了，长眠于一个荒凉的小土堆下。

她只好回去，开始擦洗船屋。她拿着肥皂和一把硬毛刷子走到河边，坐在系泊石上望着教堂，它在浅滩投下深深的阴影。然后她脱下衣服，进入水中打湿肥皂，清洗自己的脸和身体。她就那样一直待在水里，直到涨潮慢慢吞没了她，直到那使人刺痛的海水几乎杀死她，她才举步维艰地从水中爬出。她的皮肤变得紧绷且更加皱缩，使得每一个动作都仿佛在她身上扯开裂缝。她的皮肤默默哭泣着，而她也流下了眼泪。

一次，在外面，她散开头发小心翼翼地找到那只小苍头燕，把它握在手心。它注视着她，随之张开翅膀飞到一丛开花的灌木旁。在接下来的一个月里，她不曾穿上衣服，仿佛自己也变成了一只鸟儿。她裸身生活在树林中，凭借时令提供的物产过活，伴着杰克的灵魂一起飞翔。在那个月里，她陶醉在他最后的爱之歌中，直到她最终在自己的床上醒来，发现那些曾经安抚她心灵的羽毛已经被一只残酷的手扯碎，散落一地。那残酷的手正是拿听诊器的手，它时常提醒她：生活还要继续。

于是生活便继续着。她也继续着生活。她的心情随着潮涨潮落起伏。她忘了很多东西，最重要的是，她摆脱了死亡的阴影。

一个星光灿烂的夜晚便是这个故事的结局了。讲到这里，美妙女士不再说话，因为她还沉浸在过去的时光中。她站在那里，看着那个年轻的自己昂首阔步地离开，她注视着她，直到她消失在阴影中。“永别了。”老妇人挥了挥手。

德雷克握着她的手，和她一起穿过露水覆盖的原野。一排火炬引领着他们前进的路。她像个孩子般紧握着他的手。在草地和林地的边界处，美妙女士筋疲力尽地倒在了地上。在她落地的同时，口中传出了轻柔的鼾声。

德雷克没费什么力气便抬起了她。而他带着她走动的感觉一定让她以为自己正置身于水中，随着浪花漂流着，漂流着……

她平静而不带一丝负担地酣睡着，因为现在，回忆的重担已经卸下。德雷克坐到她身边，把手放在她的额头上。在闪烁的烛光中，他看向床的上方，那裂缝斑驳的天花板上已经不再钉有纸条。因为她已经没有需要记住的东西了。他吹熄蜡烛，吻了吻她的额头，然后走到康沃尔郡新鲜的空气中。

天黑以后，他听到圣徒们在大声喧哗，他们策马向东追赶朝阳。一些高唱着圣诗，另一些喋喋不休，此刻既非圣徒的壮举也非享乐的罪恶，这只是一个简单的人的世界。

他觉得自己内心深处有一股骚动。于是，他开始哭泣。过去他常被恐惧感所折磨，恐惧在他五脏啮噬出小坑。但他知道，那种理所当然的恐惧其实源于他的母亲，也源于生活的沮丧与无常。她只是一个失败的玩家，也从来没有人教过她什么时候该走哪一步。在他小时候她还太年轻，她唯一想让他认清的就是自己心中所愿。

就好像掷硬币一般，正面突然变成了反面，恐惧也突然变成了兴奋。想到这里，他闭上眼，觉得自己正与圣徒们一起走向一个崭新的黎明。

盛夏的白昼格外漫长，再加上暴雨倾盆，和平的生意格外惨淡。她总是彻夜不眠，然后早早关店，走到后院，如她母亲所预见的那般清理杂草，把一切混乱都收拾得井井有条。她栽下了蔬菜，救活了园子里的覆盆子条，她所做的这一切都是因为，毕竟，她是个实干家。

但伴随着连日的大雨，她开始感觉自己更像一个懦夫。因为，不同于以往，在一周前，她拒绝了再同内德·布莱尼见面，因为她懂得了一些东西。“你懂了什么？”他问她。但她无法将那句话说出口：“如果你是他就好了。”

苹果树的枝条完全被浸湿了，如她的肩膀般沉沉下垂着。她努力试着别把痛苦带到她的烘焙工作当中，但面包还是变得硬邦邦的，味同嚼蜡。忽然之间，她意识到自己揉入面团的不是害怕或是后悔，而是正在害怕自己后悔。

她足足花了一个小时才在鸡窝里找到一个鸡蛋，因为这些鸡都是

“劣等田”——她知道自己不该给它们取这个名字。最终，她发现一个带着热度的棕色鸡蛋依偎在一堆草屑中。她把它温柔地捧在手心，并把手举向天空，轻声祈祷着：“让我看看他的脸吧。”

回到船屋时，她已经全身湿透。因此，她脸色苍白，紧握着拳头走进屋内。德雷克拿出一条毛巾包住她的肩，领着她走向早已为她生起的火炉旁。

“出什么事了？”他问道。

“我必须弄懂一件事。”

“什么？”

她伸出手亮出那颗新鲜的鸡蛋：“我要知道内德到底是不是我的真爱。”

“嘘，”美妙女士卷起袖子，摘下眼镜递给德雷克擦干净，然后说道，“和平，你确定要这样做吗？”

和平回答道：“我十分肯定。”

美妙放下袖子，从酒壶里倒出一杯水，然后把鸡蛋递给和平。

“准备好了吗？”和平点了点头。

于是她们开始了。

和平打破了鸡蛋，分离出蛋黄，把蛋清倒入那杯水中。蛋清立马在水中漂浮起来，舞动着。

“现在别看！”美妙说道，“否则你只能看到你自己心里想看到的。”

正如这个智慧的女人所告诫的，和平别过头去。美妙轻柔地在水杯上盖了一层布。

“现在让我们等待魔法生效。”

他们走进她的大篷车，局促不安地坐在拥挤的空间中，边喝茶，边听着广播里的航运行情预测。随着雨滴有节奏地滴落到房顶，他们打起了盹。德雷克扫视书柜，眼光再一次被《美妙真理之书》所吸引。因此，美妙女士在陷入熟睡前一直盯着他。

“如果那是一张我不认识的脸，那我该怎么办？”和平静静地问道。

“那么，你面前有一场未知的冒险。”德雷克握住她的手。

“如果是你，你会想知道自己的真爱是谁吗？”

德雷克思索了片刻：“说真的，我不太确定。有你和她，对我来说已经足够了。”

“是的，”和平说，“现在我也已经满足了。”

三小时后，雨停了，太阳渐渐浮现出来。这仿佛是一个信号。美妙醒了过来，说道：“时候到了。我们走吧。”

他们匆忙地赶回船屋，内心夹杂着紧张和期待。

“来吧，”美妙把水杯递给和平，她未来的答案正隐藏其间，美妙女士接着说道，“继续吧，不要害怕。”于是和平轻轻地揭开了上面的布，把水杯举到灯光下。她喘息着，因为答案将明白无误地揭晓。如果此时内德·布莱尼坐在她身旁，他的心肯定会漏跳一拍。因为假若他望向这个水杯，看到的景象会和照镜子一般无二。

三伏天到了，烈日高悬，黎明的清风吹过，在沙丘上形成一道道波纹，整个大自然的节奏都慢了下来。

和平格外用心地捏着她的面团，由于双手不停地出着汗，她额外准备了一碗面粉和冷水。与此同时，内德·布莱尼正为情所困，心烦意乱地在海湾拉着他那忘了放诱饵的捕蟹笼。

在船屋，德雷克起晚了。他掀开床单，躺在床上，盼望着能从阳台吹进一阵凉风，但等待他的只有夏日热湿的气息。于是他只好起身，在床边的夜壶里方便。他穿上衬衫和裤子，用水盆里温热的水洗了洗脸。然后他走到壁炉前，站在那张跟着他远行千里、上过战场的拼贴画前。画中的男人保佑着他，这个他想象中的父亲是一个很好的男人。现在，这位父亲已经完成了他的职责，指引他来到此处，在这溪边小屋中拥有了自己的家。

“今天是我的生日，爸爸，我二十八岁了。”德雷克对着画片说道，“一切都很棒。”

他打开门，门外夏日的气息亲吻着他。昆虫们如痴如醉地围绕着金银花，发出低声嗡鸣。阳光筛过矮树丛，懒懒地打在释放出辛辣汁水的蕨类植物上面。德雷克拿起他的钓鱼竿，光着脚走到阳光下。

坐在桥上，解下鱼钩抛了出去，心情十分平和。阳光照在一堆腐烂杂草的棕色渣滓上，发出麝香般浓郁的味道。他拍死一只马蝇，手上沾上了自己的血。他看着粉色的小虾游来游去，寻找着一片荫庇。夏天的一切纷纷扰扰都是如此可爱动人。

美妙女士坐在躺椅上，一动不动，不发一言。到正午十二时，潮溪被阳光烤得火热。德雷克钓着鱼，美妙打着盹，和平烤着面包，此时此刻，有一种声音和温度计里的水银柱一起升高了，那是一阵自行车的车轮声。

德雷克的生日蛋糕刚出炉，和平正把它放在窗台上冷却。这时候，邮递员笑着挥着一封信出现在窗口。他每星期都会给她送一封信，那是一个蓝色的信封，闻起来有鱼腥味和古龙香水的味道，在三角形的封口处还有一枚银鳞。

“谢谢你，山姆。”和平把信塞进了围裙口袋里。

“下一封是寄到溪边的。”山姆说。

“噢，需要我顺路帮你送过去吗？”

“不用了，亲爱的，我还挺享受在这里自由自在骑车的感觉。这封信是给弗朗西斯·德雷克的。”

当邮递员自在的车轮声穿过树林时，德雷克还在桥上钓鱼。他放下鱼竿抬头看了看，一封信在空中舞动着，向他靠近。

“你有一个时髦的好朋友来信了！”邮递员喊道，“从国外来的！”

“国外的？”德雷克问道。

“国外的？”从酣睡中醒来的美妙也接了一句。

“致弗朗西斯·德雷克，寄件人：阿诺德医生，地址：隐者坡，教堂街，特鲁罗，康沃尔郡，英国。重寄到这里。给你吧。”邮递员将信交了过来。

德雷克目送着邮递员骑车穿过树林。然后他回头把目光放到信上，上面贴着一张澳大利亚邮票，信封下的线条可以看出里面似乎放着一张明信片。他走过去坐在美妙女士身旁。感到她把手轻轻搭在了自己的背上。他打开信封，取出明信片，上面是一幅黑白图画，画着夜色中的桥与河流。底部印着一行字：“默里景观，海港大桥，波心泛光，于悉尼，新南威尔士。”

他将明信片转过来，阅读阿诺德医生的留言：

弗雷迪：我见到美人鱼了。

他向后退到无路可退的境地。那些女人们逐渐化为一个模糊而沉默的幻影。他拒绝她们的陪伴，拒绝她们的食物，摔碎碗碟，然后愤怒地赤脚走在上面，直到双脚流出了鲜血，他才反而松了一口气。

他的世界日夜颠倒。白昼成了黑夜，太阳在外辛勤工作时，他躺在床上；猫头鹰鸣叫的时候，他却外出漫步。一旦听到他如狂犬般的号叫声，女人们便知道是他出来了。

“它将如暴风雨一般吹过。”美妙女士说。它的确是吹过了，而且并没有造成很大的余波。仅仅是吹红了他的眼睛。不是因为感动或伤心，而是因为刻骨铭心的伤害。

船屋内，另一个人的走动声吵醒了他。他睁开眼，发现头上有浪花卷起的光环。他感到自己被抬到了海水温暖的光线下。

云朵轻快地在蓝天上飘动，海鸥盘旋于他的头顶，俯冲着，嬉戏着。他躺在座椅的木板上，跟随着它们漂流。发动机的震动颤着他的脊柱、肋骨和肺。疼痛让他重新开始呼吸——深深地、缓慢地呼吸。阳光转瞬即逝，温暖也随之消失。他闭上双眼。船只向左航行着，他感到它放慢了速度，然后停了下来。一双手抓住了他。“上来吧。”有人轻柔地对他说道。

走上岸上的阶梯，他又一次深呼吸。一间小屋伫立在花岗岩阶梯的尽头。他跟着他走了进去。桌上摆着一瓶插着野花的花瓶和一个相框。照片里是一对未理发之前，拥有如出一辙的凌乱白金色头发的兄弟。

他坐在床上，靠着毛巾和肥皂。“说点什么吧。什么都可以。”但他什么都没说。门关上了，他把拳头塞进嘴中，抑制住他想要发出的声音。

他睡了一宿，在从窗帘透出的阳光中醒来，新的一天到来了。他感到饥肠辘辘。床边的椅子上有一盘冷的马鲛鱼和土豆。他缓慢而满足地享用着。

他拉开窗帘，阳光洒进了房间。他走向衣柜，从中他发现这位兄弟的生活十分井然有序。

他听到前门被关上的声音。与此同时，站在那扇将大海尽收眼底的窗边，他看到内德·布莱尼拿着一个热水瓶走下台阶。接着，他走过一排排的渔舍，它们挡住了视线，但在内德渔船旁的海港边，他又重新看见了他。

内德的身影现在成了一个小黑点，还没他的小拇指关节大。他看着他在浮标旁抛锚停靠，看着他有条不紊地独自往上拉着捕蟹笼，就这么一直静静地注视着他。

第二天早晨，他加入了内德，与他一起工作。当他出现在门口时把内德吓了一跳，但他还是很高兴有他做伴，他说了两次表达喜悦的话语。然后两人一起从阴凉的台阶走到低垂的灰色天幕下的海边去了。一路上两人无话。

他们把捕蟹笼堆到船头，坐在远离装着腐烂、恶臭的诱饵的垃圾箱的位置。当船轻盈地划过波光粼粼、平滑如石板般的水面时，他们点起了烟。内德不晕船，他自如地站起来给捕蟹笼装饵。他用鱼油标记笼子的位置，海鸥们疯狂地俯冲下来争抢着那一点残渣浮屑。他靠在船边洗了洗手，同时看到自己的倒影映在镜子般的水面上。

内德让德雷克掌舵。于是他吃力地爬过来，将船舵握在手间，感觉很不错。

内德从脚边拿起一个瓶子。他拧开盖子，里面装的液体没有冒出气泡。德雷克接过杯子，原来那是苏格兰酒。

没有任何装腔作势，没有大声的宣言或祝酒。只有一句轻得几乎听不到的话：“敬生活。”内德说道。

内德示意将船向左，于是德雷克掌舵驶向了开阔的水面。发动机呜呜响着，熏风拂面。他望向青铜色的大海和天空，然后又将视线投向海天之间明亮闪烁的银线。

他知道她就在那里的某处。生活着，这便是一切。

这是她最后一夜了。

暑去秋来，空中纷飞着落叶，充斥着咸咸的泥土味。美妙女士站在大篷车外。微风吹动了她的头发，她抬头望着天空，夜幕正在降临，月亮迫不及待地在日落前升起来了。她看向那一串悬挂着的钥匙，轻轻地拿起其中最小的一个。她拎着那破破烂烂的绿穗子，将钥匙靠近眼前：这是一把用于理解的钥匙。回想起她曾如此称呼它，美妙女士不禁微笑起来，然后她把它塞进口袋，走上了台阶。

室内尚算温暖。她最后一次拉上窗帘。本以为自己已准备充分，但这简单的举动却又使她感到窒息起来，这是她回溯自己一生的时间。她迅速拉开窗帘，以缓解突如其来的恐慌。再次见到这个她所生活的世界，这些熟悉的轮廓多么美丽啊！

她注意到落日的余晖为树梢抹上一层亮光，树上有空空的鸟巢，曾在海岸边寂静无声的贝壳如今被制成风铃，在风中发出清脆的响声。她注意到她的生活用品：炉边光滑的石头，正准备加热以后放进口袋用于暖手，还有那些蔽体衣物——并不时髦——只是用于取暖或遮住身体，她的虚荣心早已远去。她抚摩着将要陪她度过最后一个夜晚的床单——“对于这个时刻，我已经等待了很久，但我却不知道到底该怎么做。”她拿起一支笔，试图写下些什么，但对于即将发生的一切，她真的感到无甚可书。

她脱下衣服，小心地把它们挂到一个钩子上。她听见德雷克在下面的船屋唱着歌。美妙觉得很害怕，但她不会下去打扰他，今晚不会，因为这是她的最后一夜了。

那是一扇门吗？一束光穿过门槛照到她的床上，空气变热了。

“你又回来了！”

“是啊，是我，我说过我会回来的！”

“我不信你。”

“来吧，小美。”杰克坐在她的床边说道。

“你看上去很不错。”

“因为我已经重返青春。”

“好吧，那你别看着我，”美妙说，“在你离开后我变了很多。”

他俯下身摸了摸她的脸颊，目光从未离开她。他开始脱衣服，露出洁白而年轻的肌肤。他的臀部上方有一些麻疹留下的疤痕，美妙轻轻把一根手指向左游移到最远处。杰克俯身吻向她。

“等一下，”美妙转过身去，打开了床边的一个小抽屉。里面的东西杂乱，因此她找得很慢，但最终她还是找到了——她的口红。她紧张地为自己涂上了口红，“你觉得怎么样？”

“你看上去美极了。”杰克说着，他一遍又一遍地亲吻着她，直到自己的双唇也染上了红色。他在她耳边轻语“你真美”，使她自己都快相信了。

美妙拉开被子，拍了拍床单：“上来吧。”她说。

德雷克站在沙洲的岸边凝望着“拯救号”。在傍晚空气的笼罩下，他感到时间如热沙般在指缝间流逝，有些东西变得不同了。自然的变化，时间和潮汐的变化都是如此强劲，却又如此轻微。一些重要的讯息正出现在空气中。

他喊着她的名字跑过树林，手紧紧地按在心房处，以免激烈的情感溢出来。低声的话语如祷文般回荡在周围熟悉的风景中，就如同他来到这里的第一夜以及之后每一个明亮的夜晚。“现在安全了，没什么可怕的……”那些来自过去的蠢话扰乱了他的心绪。大篷车上没有升起烟，当他走进去时感到一阵阴凉。

床铺得整整齐齐，她把自己全部的生活都陈列在床单上：一朵荆豆花、一只海星、一枚硬币、一支口红、一张来自美国的明信片和一个曾挂在她母亲胸前的小贝雕盒。她的屋子也收拾得井然有序：

瓶子排列在地板上，里面的留言都已被写下回答，特别是他的那张纸条，上面写了百来条回复，甚至可能更多。黑刺李杜松子酒、棕色纸包的草药都被摆好了，他知道这些是为他准备的。她的黄色油布雨衣挂在门后；书柜上的架子上放着她的书——《美妙真理之书》，一束完美的阳光正打下来，他刚巧看见了它。锁边有一把挂着破旧绿穗子的小小钥匙。现在，没有人能阻止他打开那本书了。

他坐到床上，把书放到膝前。他打开锁，翻阅着书页，一种轻盈而沸腾的感觉在他胸中涌起。在这些薄脆的书页中间，除了灰尘和一只死苍蝇之外没有什么。他从前到后翻了一遍又一遍，什么都没有，他忍不住笑了起来，根本没有什么真理。他站起来把它放回书架，突然，一张卷边的纸落在了书页线下面。他的心猛然跳了一下。他可不会错过它。于是他把它拉了出来。那是一张照片，背面写着四个字：你的父亲。

他没有立刻把它转到正面，因为在看到它以前，他心中仿佛已经有了感觉。他的心奇异地跳动着，思忖着谁会出现在这张照片上。当他终于把照片翻过来时，他看到那上面的人拥有与他在父亲缺席的混乱日子里从母亲的杂志上剪下来的图画上一样的眼睛、鼻子、嘴巴、胡子。它一直是他，那个如护城河般包围他生活的人。它从来都是他。

美妙女士对周围的一切事物都道了别。这花了一阵工夫，因为她熟知树林的每一个角落，而且她不想错过任何东西，因为那样会显得很无礼。开始时，她沿着柳树苗走着。她感恩生活，感恩在她生命中留下印记的每一朵花、每一棵树与灌木，她感恩她所拥有的时间，她的青春，她的中年，她的渴望，她的身体，她的悲伤，她的大笑，她的计划，她的疲惫，以及她的命运。这是她的谢幕仪式，是舞台上最后一次鞠躬献礼。树叶沙沙作响，有些落了下来。一群海鸥正列队飞向朦胧的、乳白色的西天。

她最后一次坐在系泊石上，呼吸微弱。事物、时间，一切都在消逝着。光线包裹着一只正在飞翔的海鸥。时间凝固了，美妙明白，此刻便是永恒。因为这是她的最后一刻，如此繁茂而丰盛的最后一刻。她知道这最后一刻当中充满了爱。

德雷克看到了她。他握紧胸前的拳头，那里仿佛握着一个生命，而那其中坐着的便是她——美妙·微斯。他清楚明白地了解了她生命的所有过去、现在和将来。

他向她挥了挥手，她也向他挥了挥手。海鸥们在飞到半程时被冻肉汁吸引，方阵散乱开来。他上前握住她的手，很冷，她的呼吸也越发衰弱了。

“发生了什么事？”他温柔地问道。

“跟我来。”老妇人说。

她抓住他的手，一瞬间，那只手变成了他母亲的，而河岸变成了伦敦的卵石路，她引着他走向童年的酒吧，那里散发着啤酒的气味，那味道就像他在饥饿的夜晚醒来，闻见美味佳肴的香气。他们穿过潮溪上的小桥，而他觉得自己正走上楼梯，回到那个寒冷的房间，那是他的家。在那里，他在问母亲问题，问着问着，直到她变了脸色。

“他的眼睛是什么颜色的，妈妈？爸爸的眼睛是什么颜色？”

“是一种渴望的颜色。”

“那是什么颜色？”

“就是大海的颜色。”

他站在桥中央，看着溪流拍打松树与沙洲。潮汐起伏，波浪上装点着泡沫和闪闪发光的鱼脊。他知道时间不多了。

“来吧。”美妙女士说。

在另一边的岸上，走过草丛，穿过那些被深深忘却了的记忆，落日很快失去了温度。她停下脚步，抬起头，一动不动地凝望着那刺眼的光球。她看着它，一直看到它的深处、远处去。“差不多了。”她喃喃低语道，然后抓住他的手把他带到一个他之前从来没见过的墓碑旁。石碑很简单，由赤色花岗岩制成，上面刻着一个名字：

杰克·弗朗西斯

“这就是他，”美妙女士说，“你的父亲。”

低声的话语忽然变得响亮起来，德雷克四处张望着。最后，他跪在潮湿的草地上，将脸颊贴上父亲的墓碑。美妙用手轻抚着他的后背。

“听着。”

“好。”他低声说。

“这是你自己的故事，也是只属于你的故事。”

他转向她，向她伸出手，但她早已走开。她走向碧波荡漾中光线柔和的薄暮，感到自己的衣服正在落下，皮肤也正在落下。但这次，一切都不同了。他们都在前方等待着她。于是，她奔跑起来，现在，年迈的躯体已经离开。她轻盈地潜入水中，用力进行着她的第一次呼吸。她的身体被水淹没。现在，她回家了。

附录

谢辞

谨此向在我成书过程中提供支持、援助与善意的各位表示衷心的感谢：

感谢我的家人，尤其是母亲带给我诸多鼓舞。感谢本书的早期热心读者：我的侄子汤姆·威尼克斯、侄女凯特·威尼克斯。

感谢火种传媒各位同人所付出的时间与精力，特别是我的编辑莉亚·伍德伯恩，是她引导并鼓励我写下这个我想说的故事。同时还要感谢维姬·帕尔默出色的市场营销。

感谢与我分享回忆，且将继续共享未来的海内外友人们：莎朗·希曼，谢谢你的聪慧、鼓舞与你所带来的一切；帕特里克·弗拉纳根、大卫·拉姆斯登、萨拉·汤姆森、西蒙·佩奇–瑞奇、玛琳达·麦克道格尔、大卫·迈克林、安德鲁·麦考尔顿、范·玛甘地与莫拉·布瑞克，感谢你们的来电关怀，邀我共进晚餐、小酌、散步，或在我频陷情绪低潮时为我带来欢乐。感谢赛琳娜·吉尼斯始终贴心的话语；感谢“斯皮塔佛德生活”博客作者“温柔作家”以及因该博客聚到一起的各位，是你们令我永远不忘初心；感谢圣约翰酒吧餐厅与史密斯菲尔德的陪伴。

感谢娜丽·安德鲁在那个夏天里对我的悉心照料，也感谢PFD全体成员对我坚定的支持。感谢莎美雅·斯派斯、帕迪·阿斯顿和蒂姆·弗雷泽帮助我渡过最后关头的慌乱；衷心感谢蒂姆·百汀花时间帮助我厘清故事的思路；感谢格雷厄姆和西娜·潘吉利的海星，穆琳贴心的下午茶，以及老斯坦晚间提供的威士忌与故事。

我并不擅于调查研究，它令人忽视那些最好的时光，令人在最糟糕的部分倍感沮丧。且对于我孩童般自发的叙述欲望而言，它总是一种障碍。可是，以下人员、机构与组织却使这个过程变得充实——我敢说，他们甚至让它变得愉快了——因此我要对你们所有人表示衷心的感谢：英国国家图书馆、伦敦城市档案馆、伦敦交通博物馆的布莱恩·波利、国家铁路博物院、第一大西铁路、多佛渡口纪念馆、皇家康沃尔博物馆的安吉拉·布鲁姆、康沃尔郡档案局、艾莉森·寇特妮。

以及最后……

我亲爱的朋友，我的经纪人罗伯特· 凯斯基，你见证了此书一再修改的过程，并且始终报以宽容的微笑，对此我实在是感激不尽。你给予我的指引，以及伴随其中的幽默、诚恳与信任，我将永远铭记于心。最后，我还想对蒂娜·透纳说：“你就是最棒的。”

帕特里克·尼文，感谢你为我所做的一切。

作为读者

做一名读者，对我而言就是投入一个充满无限可能性的世界。我将抛却怀疑，在由作者想象力构筑的世界中自在穿行。

做一名读者也并不寂寞，因那代表着被挑战，感受愤怒、侮辱与不公；但同时也代表着始终保持思考与被触动。“读者”并非处在一个被动的位置，它是主动的，且总在阅读过程中回应文本。

做一名读者，即表示我们拥有了一个拷问深层人性的机会——如果我们身处那种情形，我们会怎么做？我们会如何说？做一名读者就要移情其中，感受同情与悲痛；去敬畏或大笑；与人物，与场景，与作者相爱。做一名读者是要去学习与接受启发，是唤醒内心深处的梦想，并投入行动。

做一名读者意味着脱离群体，去独处，意味着不为缺席社交活动而忧虑，意味着要关闭电视、社交页面和网站。这是一个放慢速度、逐渐充实自我的过程。做一名读者就是要去探寻答案，同时它还可以帮助我们在无话可说时找到话题。

做一名读者可以如同交友一般收集故事，在有生之年与它们保持愉快而亲密的联系，并享受其中。

做一名读者是一件很酷的事。

做一名读者是一笔财富。

作者问答

问：您两部小说的故事背景都设在康沃尔郡，这是否意味着您时常调查研究或创作关于此地的内容？另外，在《回忆是场孤独的重逢》当中，您所设想的地点是否真实存在呢？如果是，您为什么选择这个地点呢？

答：每当我需要静一静或找个地方投入创作时，我都会逃到康沃尔郡。幸运的是，我母亲至今还保有一处我外祖父在卢港的房产——而卢港就是我的第一本书《当上帝是只兔子》中康沃尔郡的真实背景。

美妙女士的故事的灵感源于法尔茅斯的卡里克路附近一条美丽的潮沟——圣罗丝兰德。九年前我第一次去那里时，曾看到一个小小的船屋漂在教堂对岸。当时我暗自疑惑：住在那里的人会是谁呢？四年前，同样的疑惑再度升起，但是这一次，我给了自己一个答案：那是一个害怕水且不信仰上帝的男人。

尽管圣罗丝兰德是灵感的诞生地。在创作过程中，我对潮溪及其周边景物进行了艺术加工，以便获取更多叙述的自由。通过康沃尔郡档案局和皇家康沃尔博物馆，我查询了很多相关资料，同时也花了很多时间在溪边。那些关于康沃尔郡的书籍也给我带来了很大的帮助。诸如A.L. 罗斯的《康沃尔式童年》、弗雷德·马奇德拉尼的《漩岩上的红石头》、J.亨利·哈里斯的《我们的海湾》、克劳德·巴瑞的《康沃尔郡》等。

问：您选择康沃尔作为创作背景的动机来自哪里呢？

答：在我四岁的时候，我的外祖父搬到了康沃尔。那是我最为熟悉，且与之保有真挚而长久的联系的一个郡。当我想要描绘自然时，那是我首先想到的地方。那种熟悉带给我叙述的愉悦与自如——我可以熟练地讲述那片土地，说出光线的纹理，或有关大海和季节变换的种种。借此，我的回忆被乡愁的金色光芒所笼罩，这与我在康沃尔度过的童年时光密不可分。

问：蜜西作为本书中的一个重要人物，在故事发展过程中起到了多方面的延宕作用。此外，她也可以被认为是许多情节的发端。您认可这一观点吗？

答：这是个很有趣的问题。我的答案可能也会随着时间的流逝而发生变化。然而，此时此刻，我还是认为那个士兵托付给德雷克的信才是情节的发端。那是一条主线，德雷克正是因此才会前往康沃尔郡。

但是，我很喜欢蜜西这个人物。由她这个角色，我们引入了关于美人鱼的概念——也即关于生活如何变迁的思索。蜜西总是充满希望，不受环境遏抑。她是一个幸存者。如果再活五十年，她将变成下一个美妙。蜜西之于德雷克就好比报纸杰克之于美妙，她就是他梦想中的那条地平线。这两个女人都本能地知道，她们值得从向她们示爱的男人身上得到更多。

问：在小说中，同战后的伦敦一样，德雷克也在经历一个“复原”的过程。您是如何在小说中展现他的这一变化的呢？

答：德雷克刚到康沃尔郡时，是一个颓废的人——因战争与爱情而遍体鳞伤——他丧失了活下去的希望。但是大自然（当然还有美妙女士）给了他答案，治愈了他。起初，大自然令他感到恐惧。后来，它激发了他的好奇心。最后又为他带来平和、坚定、美与非凡蕴意。大自然衰落、灭亡又更生。书中的每个人物，都在某种程度上被溪流治愈了。这是一片受祝福的土地——并不是像牧师所说的那种宗教含义，而是说，这是战争的毁灭和爱情的幻灭之后的避风港。

问：一开始，美妙这个角色就展现出非凡的魅力。在您的现实生活中存在这样一个人物原型吗？

答：不，不完全是。她是我身边许多人的综合体——亲戚和老朋友们，当然，这些人中有男人也有女人。但是，我认为我从故事开场就应该把她的外貌特征向读者交代清楚。就像把一张照片放在桌上一样明了。如你所说，对我而言，她的形象是开启她个人魅力的一把钥匙。我有一位小个子的老友，她戴眼镜，拄着一根款式过时的拐杖，走到哪儿都穿着她的红雨衣。她的打扮很引人注目，她总是微笑着面对每个人。这个形象对我而言就是一个很好的落笔点。人们面对她时是坦诚的，而这种开放性——也就是接纳能力——就是叙述美妙女士的故事的关键。

问：康沃尔乡村的多样性在书中所有的角色身上都得到了呼应，这是有意为之吗？

答：是的。乡村在各种情节所需的设定下治愈各个角色，由此，“乡村”本身也近乎于一个角色，它与每个角色的互动都是独一无二的。

问：在一部小说中没有设置一个让读者厌恶的角色，似乎是不太常见的。在本书中，你是否选择了让“战争”充当那样一个角色呢？

答：不，那并不是出于有意，不过我喜欢这种说法。角色的受欢迎程度之于我并不那么重要，甚至在一开始，我也并不认为德雷克会特别讨人喜欢。然而，我所看重的是各个角色身上背负着怎样的创伤，这些创伤正是每个人踏上人生旅途的关键所在：救赎需要让一切回到正轨。

问：弗朗西斯与美妙的关系呈现出一种彼此依赖的，十分融洽的状态。作为全书的一个关键性的情节，这个部分的灵感源自哪里？

答：我认为所有人都是彼此依赖着的。我的一位老朋友曾说过，青春能够唤起青春。我以为确实如此。因此，通过这种方式，美妙得以将她从漫长的人生中习得的经验和智慧传递下去，德雷克借此燃起她青春的记忆。她需要他成为自己生命的见证人；他需要她带给自己爱与宽恕；她需要他为自己的一生画上句号；他需要她帮助自己描绘一个新的未来。

在整个社会中，年轻男子与老祖母之间常常呈现出一种彼此充实、相互尊重的关系，因此我总认为，将这两类人放在一起能够碰撞出许多可能性。

问：您的下一步计划是什么？

答：我将重拾我的第一本书。它当时没有出版。总的来说，那是一个简单的、关于暗恋的小故事。那里没有魔幻现实主义，也没有复杂的人性，只有人们尽最大努力应对随着各种决定而来的结果，以及生活中的各种境遇。我想，在完成两部作品后回到那本书中去将是十分有趣的。

图书在版编目（CIP）数据

回忆是场孤独的重逢 / （英）莎拉·韦曼著；高心悦，唐欣译．— 成都：四川文艺出版社，2016.9
ISBN 978-7-5411-4426-4

Ⅰ．①回… Ⅱ．①莎… ②高… ③唐… Ⅲ．①长篇小说—英国—现代 Ⅳ．① I561.45

中国版本图书馆 CIP 数据核字（2016）第 213267 号

A YEAR OF MARVELLOUS WAYS
by Sarah Winman
Copyright © 2015 by Sarah Winman
Rights Arranged by Peony Literary Agency Limited
Simplified Chinese translation copyright © 2016
by Beijing Xiron Books Co., Ltd.
ALL RIGHTS RESERVED

著作权合同登记号 图进字：21-2016-258

HUI YI SHI CHANG GU DU DE CHONG FENG

回忆是场孤独的重逢

〔英〕莎拉·韦曼 著 高心悦 唐欣 译

策划出品 磨铁图书
责任编辑 奉学勤
特约监制 魏 玲
产品经理 聂 文
特约编辑 陈煦婧
装帧设计 所以设计馆

出版发行 四川文艺出版社（成都市槐树街 2 号）
网 址 www.scwys.com
电 话 028-86259285（发行部） 028-86259303（编辑部）
传 真 028-86259306

邮购地址 成都市槐树街 2 号四川文艺出版社邮购部 610031
印 刷 北京温林源印刷有限公司
成品尺寸 880mm × 1230mm 1/32
印 张 10.5 字 数 230 千
版 次 2017 年 3 月第 1 版 印 次 2017 年 3 月第 1 次印刷
书 号 ISBN 978-7-5411-4426-4
定 价 35.00 元

版权所有·侵权必究。如有质量问题，请与本公司图书销售中心联系调换。电话：010-82069336。